中國語言文字研究輯刊

初 編

許 錟 輝 主編

第 20 冊

《西儒耳目資》所反映的明末官話音系

王 松 木 著

花木蘭文化出版社

國家圖書館出版品預行編目資料

《西儒耳目資》所反映的明末官話音系／王松木 著—初版
— 新北市：花木蘭文化出版社，2011〔民 100〕
目 4+270 面：21×29.7 公分
（中國語言文字研究輯刊　初編：第 20 冊）
ISBN：978-986-254-716-8（精裝）
1. 北方方言　2. 音位學　3. 明代
802.08　　　　　　　　　　　　　　　100016556

ISBN-978-986-254-716-8

9 789862 547168

中國語言文字研究輯刊
初　編　第二十冊　　　　　　　ISBN：978-986-254-716-8

《西儒耳目資》所反映的明末官話音系

作　　　者	王松木
主　　　編	許錟輝
總 編 輯	杜潔祥
出　　　版	花木蘭文化出版社
發 行 所	花木蘭文化出版社
發 行 人	高小娟
聯 絡 地 址	新北市永和區中正路五九五號七樓之三
	電話：02-2923-1455／傳眞：02-2923-1452
網　　　址	http://www.huamulan.tw 信箱 sut81518@gmail.com
印　　　刷	普羅文化出版廣告事業
初　　　版	2011 年 9 月
定　　　價	初編 20 冊（精裝）新台幣 45,000 元

《西儒耳目資》
所反映的明末官話音系

王松木　著

作者簡介

王松木

學歷：中正大學中文研究所博士

現職：高雄師範大學國文系教授

經歷：國中國文科教師、文藻外語學院共同科助理教授、高雄師大華語文教學研究所副教授、中華民國聲韻學學會秘書長

論文：碩士學位論文《〈西儒耳目資〉所反映的明末官話音系》，另有專書《傳統訓詁學的現代轉化——從認知的觀點論漢語詞義演化的機制》、《擬音之外——明清韻圖之設計理念與音學思想》，以及學術論文〈明代等韻家之反切改良方案及其設計理念〉、〈網路空間的書寫模式——論網路語言的象似性與創造性〉、〈論音韻思想及其必要性——從「魯國堯問題」談起〉、〈會通與超勝——從演化模型看高本漢典範的發展與挑戰〉、〈調適與轉化——論明末入華耶穌會士對漢語的學習、研究與指導〉等。

提　要

探究漢語共同語的歷時發展當以斷代專書的研究為基礎——即是先揀擇各個斷代中，能確切反映共同語實際語音的語料，作窮盡式的剖析。待各共時平面的音韻結構皆已全然釐清，即可貫通各時代音韻系統的推移、分合的情形，尋繹出音韻系統演變的規律，從而藉此洞悉華夏共同語歷時嬗遞的動態歷程。本文以《〈西儒耳目資〉所反映的明末官話音系》為題，主要的目的即在以《西儒耳目資》為主要材料，擬構出明末的官話音系；兼論西儒的音韻學理，對傳統漢語音韻學的影響。冀能經由此次的研究，描述現代國語的源頭，而能對共同語語音發展史的建構略有助益。本文概分為九章。第一章〈緒論〉，旨在點明本文的研究動機，並簡介全文的研究方法及其理論基礎。第二章〈《西儒耳目資》的背景概述〉，論述《西儒耳目資》成書的內因、外緣，考查參與編撰者的生平，並闡明全書的內容、體例及記音性質。第三章〈《西儒耳目資》的記音方式〉，筆者運用現代語音學知識，解析書中特殊的音韻術語，追溯西儒標音符號的擬訂過程，且評析中西合璧的拼音方式 --「四品切法」。第四章〈《西儒耳目資》的聲母系統〉，考察《西儒耳目資》聲類與《廣韻》聲紐的對應關係，擬構出語音歷時演化的規律，並參照現代官話方言調查報告，擬測出各聲母的具體音值；至於若干逸出音變歸律的例外現象，則嘗試著探索音變的潛在原因。第五章〈《西儒耳目資》的韻母系統〉，將含甚 / 次 / 中區別的韻類從五十韻攝中剝離出來，分別擬測為各個音位擬訂具體音值。第六章〈《西儒耳目資》的聲調系統〉，依據〈列音韻譜問答〉與范芳濟《官話語法》對於官話聲調的描寫，歸納出各調位的區別特徵，進而參照江淮官話聲調分布概況，擬測出各調位的具體調值。第七章〈《西儒耳目資》的基礎方言〉，將《西儒耳目資》所呈現的音韻特徵與現代江淮官話相對比，證明兩種音系密切的相關；再考查域外學習漢語的情形，佐證明末之時以南京話為主體的江淮官話，具有作為共同語標準音的社會基礎。綜合各項證據，得知：《西儒耳目資》的基礎音系乃是明末南京音。第八章〈《西儒耳目資》在漢語語音發展史上的定位〉，以明末官話為基點，上溯宋元，下推清、民國，粗略地探索出近代共同語標準音轉換的動態歷程。第九章〈結論〉，總結全文，並瞻望論題的深入發展。

致　謝

　　多數中文系所的學生視「聲韻學」爲畏途，而個人卻揀擇冷門的音韻學作爲專業研究的方向，此實肇始於大學時受到林慶勳老師的啓蒙所致，由於林老師深入淺出的教學方式，從而引發個人對漢語研究的濃厚興趣；而後考入中文研究所，則又在竺家寧老師的悉心指導下，涉獵歷史語言學、語音學、方言學……等相關知識，得以初步窺探出音韻學研究的門徑。因此，本篇論文習作若是有一點點的成績可言，首當感謝兩位老師的辛勤教誨。

　　在論文寫作過程中，亦承蒙多位師長、同學的關心與鼓勵，尤其是南京大學魯國堯教授來信提供研究心得、指導研究方向；西南師範大學曾曉渝副教授惠賜論文資料，對於兩位先生的盛情指教，個人謹此表示由衷的感謝。此外，本篇論文大量援引前修時賢的研究成果，在此亦對各個文獻撰述者致上深深的敬意。

目
次

第一章　緒　論

第一節　研究動機與目的

　　語言自然發展的歷程中，常因空間的阻絕而產生許多地域性的變體（方言），為了達到能相互溝通、彼此交流的目的，於是便自然凝聚出一種超越方言的共同語。共同語的產生既是由於實際交流的需要，故其基礎方音往往是全國政治、經濟、文化的中心；又因共同語的使用是跨越方言界限的，故在音韻系統中絕免不了雜揉許多方音的色彩，顯現出多樣的面貌。華夏民族遠在周泰時已有共同語，經籍中所載「雅言」、「通語」、「官話」……等皆是指稱一種應用層面廣，承載文化信息量大的共同語。共同語在漢語發展史上實居於主流的地位，如何建構出共同語語音發展史，實為漢語音韻學的重要課題。

　　探究共同語的歷時發展必以各斷代專書的研究為基礎，即是揀擇各時代中能確切反映共同語實際語音的語料，作窮盡式的剖析。待各共時平面的音韻結構皆已全然釐清，便可貫通各時代音韻系統的推移、分合的情形，尋繹出音韻系統演變的規律，於此即可洞悉華夏共同語歷時遞嬗的過程。

　　元代周德清《中原音韻》（1324）具有「韻共守自然之音，字能通天下之語」的通語性質，董同龢《漢語音韻學》以其為早期官話的語音實錄，為現代官話的源頭。然而自《中原音韻》以下，又有幾種韻學著作能全面展現共同語的實際面貌？《西儒耳目資》實屬其中之一。關於《西儒耳目資》的語料性質，陸志韋（1947：115）曾有明確地論證，指出：「《耳目資》是中國音韻史上唯一的注明音符的一部書。……從他的注音，直接可以明了十六七世紀的官話的音韻。在《中原音韻》跟現代國語的中間，這部書是一種過渡的材料。」在近代共同語標準音轉換的動態歷程中，《西儒耳目資》所反映的明末官話音系，具有上承元代《中原音韻》、下啓現代國語的關鍵地位。

　　漢語音韻史研究的主要目標在於：剖析各斷代的共時音系，推衍出語音歷時演化的規律。此次研究的主要目的亦即在於：著眼《西儒耳目資》音系的特質，對全書作窮盡式的剖析，擬構出明末的官話音系；以此一斷代（明末）音系的構擬爲基點，上溯宋、元共同語，下推現代國語，冀能以此釐清近代金同語發展的脈絡，而能對共同語語音發展史的建構稍有助益。

第二節　方法和理論基礎

　　音韻學方法論包含三個層次：哲學上的方法論、邏輯學上的方法論、學科方法論，〔註1〕而本節所論則僅止於學科方法論。現代學者多將漢語音韻學的研究法歸屬“求音類法”、“求音值法”兩大類，筆者以爲兩類之外當可再加上“音系描寫法“一類。

　　學科方法的擇用，當視施用對象的性質與研究的目的而定。因此，在闡述學科方法論時，亦必涉及語料的性質、音變的方式……等問題。以下就本文所採用的方法，分項加以論述，並闡釋各種學科方法的理論基礎。

1. 斷代音系的初步擬構 —— 求音類

　　近代結構語言學家主張；音韻系統是個由許多語音單位相互制約而組成的嚴整結構體。因此，音系的建構首在離析出系統中所含攝的語音要素，進而確認各個要素在音系結構中所居處的地位，描述出支配各語音單位間各種關係的

〔註 1〕馮蒸（1989：123）認爲漢語音韻方法論的具體內容，大致可包含三個層次：

　　a. 哲學上的方法論 —— 即辯證法在漢語音韻學研究上的體現。

　　b. 邏輯學上的方法論 —— 即一般歸納法、演繹法、類比法等在漢語音韻學研究上的體現。

　　c. 學科方法論 —— 即處理漢語音韻資料而採取的特殊方法論。

規則。

　　欲擬構《西儒耳目資》所反映的音系，必先確立音系中所含攝的音類。西儒以羅馬字母標音，明確的標示出明末官話音系所具備的語音要素，其記音形式所展現出的精確性，正如劉復在《西儒耳目資・跋》中所言：「以其求明季音讀，較之求諸反切，明捷倍之。」《西儒耳目資》以羅馬字標音，能精細的展現漢語的音韻結構，不必如傳統的漢語韻學語料，得經由反切（漢字標音）的系聯、歸併方能窺見音類。

　　但是由於自然語感的殊異，《西儒耳目資》中有若干音類實非漢語所故有，當只是語流中的細微區別，並無辨義作用，西儒因受自身母語音位系統的影響而強加區別。然此種音類在音韻系統中多呈現出互補分配的狀態，於是可採用美國結構主義語言學的操作程序，即根據對立、互補分配、語音近似……等原則加以歸併。例如：eao、eam 兩韻僅出現於 l-聲母後，與 iao、iam 互補且音值相近，實可將其歸併成一個音位。

　　本文擬就《列音韻譜》、〈音韻經緯全局〉所記，基於結構語言學的理論，運用"音位歸併法"〔註2〕釐清金尼閣所標記的音類，以確立《西儒耳目資》音系所含攝的音位，初步構擬出明末官話的音韻系統。

2. 音變規律的探尋 —— 求音值

　　在釐清音系中所內含的實際音類後，宜再進一步為各音位擬測出具代表性的具體音值。音值的擬測並非只是將已確立的音類做一番機械式的轉寫，而是要將語音的認知引向深入，因為音類的分合常是以音值的變化為基端，若不能確立音值、掌握語音發展的趨勢，便無法了解音類分合的內在機制。因此，欲建立有明確音值、能模仿其發音的語音系統，而藉以探求古今音變的規律，離開音值擬測是無法進行的（崇岡，1982：4）。

　　徐通鏘（1991：72）指出：「語言中的差異是語言史研究的基礎。沒有差異就不會有比較，沒有比較也就看不出語言的發展。」然而，不同性質的差異與不同的音變方式相關聯，以下就筆者考查《西儒耳目資》所見的語音差異著眼，推測出語音演變的模式，並運用不同的學科方法加以解析。

〔註2〕馮蒸（1989：128）解釋"音位歸併法"：「運用現代音位學的理論與方法對古音音類的分合或音值的擬測加以判定和歸併的方法。」

（1）連續式音變 —— 歷史比較法

　　新語法學派（Neogrammarian）依據親屬語言或方言的空間差異，發覺到語音形式間存有嚴整的對應規律，從而提出「語音規律無例外」的論斷，主張：語音的變化是漸變的、連續的，但變化在詞彙中的反映卻是同時的、突然的，即在相同的條件下，包含這一音位的所有語素都一起發生變化，展現出音變規律無例外的特點。新語法學派的體察到語音演變的規律性，奠定歷史比較法的理論基礎。〔註3〕

　　歷史比較法是語言學史上的第一套科學的方法，歷史比較語言學的建立，表徵著語言究究的重大轉向 —— 即是由偏重文獻歸納的傳統語文學（philology）轉入著眼於注重現實語音差異的現代語言學。〔法〕A.梅耶（Antoine Meillet）曾極力推崇歷史比較法的價值，認為：「比較研究是語言學家用來建立語言史唯一有效的工具。」儘管以現代語言學的進展情形來看，梅氏之說雖是略嫌誇大，但不可否認，直至今日，歷史比較法依然具有重要的理論和實用價值。

　　根據歷史比較法的原則，欲解釋語音歷時的發展，得先依據親屬語言所呈現的空間差異擬構出早期的語音形式。就漢語音韻史的研究而言，《切韻》音系乃是運用一種樸素的歷史比較法所構擬出的早期語音形式，〔註4〕與現代多數方言有明顯的語音對應，〔註5〕因此研究近代漢語的歷時發展，可以《切韻》系韻書、早其韻圖為音變解釋的參照點，配合現代漢語方言的調查資料，執此二端，

〔註3〕徐通鏘（1991：72）：「語言研究的每一種方法都有它自己的客觀根據，如果找不到這種根據，這種方法就帶有主觀任意性，不會有什麼價值。歷史比較法有其可靠的客觀基礎，這主要是語言發展的規律性、語言發展的不平衡性和語言符號的任意性。正是這些客觀的根據才使歷史比較法成為一種科學的方法。」

〔註4〕崇岡（1982：6）論述《切韻》音系的性質，指出：「《切韻》的制作過程中參與討論的八人（連陸法言九人），操有不同的方音，至少操鄴下和金陵兩個方言。再加上他們所參考（參考不等於綜合）的不同韻書，就等於他們把幾種方言的材料擺在自己面前，運用樸素的歷史比較法進行觀察分析。他們所確定的《切韻》語音系統，就是運用了一種樸素的對於原始共同語的構擬的方法而得出來的。」

〔註5〕若干方言的語音特點，難以從《切韻》音系中得到合理的解釋。徐通鏘（1991：136）指出：「贛方言的知、章、端三母讀同 t-，徹、昌、透三母讀同 t'-；廈門話的舌頭、舌上不分，齒頭、正齒不分……等。」

即可推求出音類在該歷史階段所當具的音值。

　　明清之時，漢語音韻學尙屬科學前的時代，僅能在音類上作粗淺的描述，疏漏之處多；且由於政治環境、社會心理所囿，對《西儒耳目資》的評論不夠客觀。〔註6〕

　　民國以來，學者運用歷史比較法擬測音值，對《西儒耳目資》的音韻架構有更深層的了解，但因當時方言調查的資料缺乏，且對明末官話的基礎方音見解不同，仍存有許多疑問有待探究，此時期的代表爲羅常培（1930a）、陸志韋（1947b）。80年代以後，學者普遍運用方言調查資料，結合西方的語音學理，故在各語音單位的音值擬構上，已無太大的爭議，且對《西儒耳目資》基礎方音的認定也較爲一致。

　　本文對《西儒耳目資》音值的擬測，乃是在前人擬測的基礎上，依據歷史比較法的原則，蒐羅文獻語料、方言調查資料，並汲取社會語言學的知識，對前人的擬測結果加以補苴、驗證。

（2）離散式音變 ── 詞彙擴散論

　　語音形式必以詞彙爲載體，音變在詞彙載體中的擴散乃是漸進的、連續的，即音變現象初始時，僅呈現在少數的詞彙中，但音變現象會隨著時間的推移而漸次的擴散到其他相關的詞彙中。由於詞彙擴散理論是著眼於音變在詞彙載體

〔註 6〕《西儒耳目資》既已展現出精細的語音分析概念，何以遲至十九世紀末方才有初音字運動，自覺地創立一套新的標音符號？且「知所取法者，前後只有楊選杞、劉獻廷二家」（劉復《西儒耳目資·跋》）？筆者認爲不外乎以下兩項原因：

a.政治環境和社會心理的排斥

雍正元年（1723）同意閩浙總督的奏請，詔令在全國驅逐西方傳教士，拆毀天主堂，不許百姓入教。由於嚴屬禁教，自明末以來的中西文化交流就此終結，在社會上的影響遂告灰滅。此外，中國傳統文人不免有排外的心理，不肯虛心受納，更不乏有詆毀者，〔清〕熊士伯《等切元聲·閱西儒耳目資》（1703）：「切韻一道，經中華歷代賢哲之釐定，固有至理寓乎其中，知者絕少。因其不知，遂出私智以相訾謷，過已！」

b.對羅馬字標音原理缺乏認知

羅馬字爲外來的標音符號，社會大眾難能體察出其所表徵的確切音值，因而在《西儒耳目資》屢見「西號之難」、「奈多西號，我輩不易曉」……等。至於對音素拼音原理，因中士未習分音，亦多不知曉。

中的擴散，基本前提與新語法學派不同，因而產生相反看法，主張：語音的變化是突然的、離散的，而這種變化在詞彙中的擴散卻是漸變的、連續的。

新語法學派觀察到的是音變完成後，語音演變的規律性、語音形式齊一性；而詞彙擴散理論（lexical diffusion theory）則是著眼於音變過程中，詞彙載體所呈現的參差性。然而，兩者除立論基礎的不同外，所涉及的音變單位亦不相同，徐通鏘（1991：253）曾論及造成兩種音變方式分歧的原因：「新語法學派對因變的研究以"音位"為單位，必須注意同一音位在不同條件下的變異，注意它在不同地區的形式表現，從而可以在語音的差異中看到音變的具體過程。詞彙擴散理論以"詞"為單位，[註7]詞的讀音的變化非此即彼，自然是突變的；另一方面詞的讀音的變化僅能一個個地進行，不可能是突然地一起都變。」

分析反映實際語音的斷代音系，或可察覺到已完成的音變（連續式音變）與正在進行中的音變（離式式音變）並存的現象。筆者考查《西儒耳目資》聲母系統，得知同為中古疑母合口洪音字，聲母卻分屬額 g[ŋ]與自鳴[ɸ]二類，且有若干字呈現一字兼含二讀的過渡現象，如：吾（gu、u）、伍（gu、u）……等。此當可說明《西儒耳目資》聲母系統裡，ŋ->ɸ-的音變現象正在經由詞彙載體漸次擴散中。

（3）疊置式音變——音系剝離法

語言是社會交際的重要工具。因此，除系統內部結構的自我調整外，受到不同語音系統的滲透、融合，亦是促使語音結構產生變化的重要因素。

文白異讀是漢語中常見的語言現象，兩種語音形式分別體現出雅／土的風格差異。文白異讀并置的共時音系可以看作是由兩個音系所疊合而成的整體，兩音系相同的部份疊合為一，沒有異讀；兩音系不同的部份則分層別居，呈現出一種既分又合的"疊置"關係（王洪君，1985）。

徐通鏘（1994：41）更進一步闡釋文白異讀的形成與疊置式音變的理論基礎：

> 文白異讀是方言間相互影響的產物，權威方言憑藉使用它的言語社

〔註 7〕徐通鏘（1991：256）實際考查漢語方言的詞彙擴散現象，認為：「音變在詞彙中的擴散的單位不是詞，而是詞中的一個"音類"。就漢語來說，就是音節中的聲、韻、調。」

團在經濟、政治、文化上的優勢地位而不斷向其他地區進行橫向（空間）的波浪式擴散，從而使音系的結構要素（聲、韻、調）滲入其他方言區，產生文白異讀形成不同系統的同類音源疊置。這種疊置可以說明很多問題。第一，語言系統的性質不是如索緒爾所說的那樣，是一種純一的、無時無空的靜態系統，而是可以容納、疊置著不同系統的結構要素的動態系統。第二，文白異讀既然由語言橫向（空間）波浪式擴散形成，那就不能用縱向（時間）的變化的觀點去解釋"文"與"白"之間的關係，即"文"不是從"白"變來的，反之也一樣，"白"不是從"文"變來的，而應該建立"競爭"的理論……第三，疊置式音變的理論和方法可以爲改進歷史比較法和內部擬測法開闢前進的道路。

連續式音變與離散式音變，均是音韻系統內部自我調整而生成的縱向歷時演化，變化前、後的語音形式有著直線相承的同源關係；文讀、白讀兩種語音形式的疊置，則是方言音系漆浪式橫向擴散的結果，形成疊置的不同語音形式，並無前後相承的同源關係，故其音變的模式並非"演化"而是"競爭"。

《西儒耳目資》乃是反映明末通行最廣的官話音系，在早期缺乏語音規範的歷史背景下，爲達到全民交際的需求，共同語音系除以權威方音爲基礎外，必然會雜揉不同音系的語音成份，從而形成共時音系的異源疊置。筆者考查《列音韻譜》中所列的同音字組，即察覺到有一字異讀的現象，或爲聲母不同，或爲韻母有別，此種異讀現象規律、系統地呈現，顯然是關涉到音韻層面的音變問題，是不同音系疊置的具體展現，並非字彙層面的個別破讀。

對於《西儒耳目資》異讀形式疊置的現象，筆者基於疊置式音變的理論基礎，採用"音系剝離法"﹝註8﹞將疊置的異源音系剝離開來，剖析各疊置音系的音韻特徵，從而判定音系的語音基礎；並參酌歷史文獻的記載，考查人口遷徙的情形，冀能對音系疊置的原因作出合理的解釋，探究出共同語轉換的動態歷程。

﹝註 8﹞ 本文所謂"音系剝離法"，乃是參酌楊耐思的意見而提出的。楊耐思（1993：254）
　　　 認爲：「宋元明清的一些韻書、韻圖等往往在一個音系框架中，安排兩個或兩個以
　　　 上的音系的作法，是造成音系"雜揉"性質的眞正原因。根據這種情況，我們就
　　　 有了一種新的研究方法，這種方法可以稱作"剝離法"，把各個音系剝離出來，
　　　 加以復原……。」

3. 音系描寫法

音韻系統的研究，除了離析結構中所含攝的語言單位，並擬測各語音單位確切的音值外，當要經過語音描寫的手段，進一步闡釋各語言單位相互間的關係，以確立語音單位在音韻結構中所居處的地位。

（1）區別特徵理論

科學性的分析首在離析出結構組織最小的構成單位，進而探尋單位的組合方式、聚合關係，再從中歸納出某種可循規律。語言科學的分析亦是如此。由於現代音系學和實驗語言學的發展，學者分別從生理、聲學上加以深入分析，發現‘音位“並非區別意義的最小語音單，實際擔負區別作用的是更小的語音單位——區別特徵（distinctive feature）。

布拉格學派的語言學家認爲：音位包含著一束區別特徵。基於此種認知，語言中所有的音位都可以用“偶分法則”分解和歸納爲幾組區別特徵的對立，揭露出各音位間的相互關係。本文多運用“區別特徵”來闡明音位間的對立，並依此揭露音位的聚合關係，例如：下文探討甚／次／中的區別何在？即是以幾組區別特徵來加以說明。

（2）生成音系學

生成音系學（generative phonology）的主要內涵在於；擬定一套語音規劃，通過規則的運用，將語音結構的深層形式——音位表現，經由語音規劃轉化成表層的形式——語音表現。語音規則的表達方式與電子計算機處理信息的基本模式“輸入→輸出／程序”相同，即：

A→B/X＿＿Y

A 代表要發生變化的語音（輸入）；B 代表所要發生的變化（輸出）；→表示「變爲」或「改寫爲」；斜線／以後的部份是語言環境，也就是發生變化的條件；X＿＿Y 表示「處於 X 之後，Y 之前這一環境中」。整個表達形式可以讀作「A 處在 X 和 Y 之間變作 B」。（王理嘉 1991：194）

如此，透過語音規則的轉寫，可將繁瑣的語音演變過程，轉換成簡明的公式，便於觀察、比較。本文論述歷時音變規律時，多採用此種簡明、扼要的程式來表達。

第二章 《西儒耳目資》的背景概述

耶穌會士金尼閣（Nicolas Trigault, 1577～1628），沿用同會教士利瑪竇（Mathieu Ricci, 1552～1610）、郭居靜（Lazare Cattaneo, 1560～1640）、龐迪我（Didace de Pantoja, 1571～1618）等人所擬訂的標音符號；且在中國學者韓雲、呂維祺、王徵等人的詮訂、校梓下，於明天啓六年（1626）編撰成以羅馬字母標記漢語語音的韻學專書——《西儒耳目資》。此書的編撰凝聚著中西學者的心血，實爲中西文化相互交融的具體表徵。

本章的主旨在於闡釋《西儒耳目資》的若干外圍問題，以此作爲探究該書內部音系之前導。因而本章的內容主要包括：探求《西儒耳目資》成書的因緣、考查編撰者的生平、概述《西儒耳目資》的內容與體例、確認《西儒耳目資》的記音性質……等項。茲將其分節論述於下：

第一節 成書的因緣

《西儒耳目資》是現存最早以羅馬字母來"系統地"標記漢語語音的音韻語料。〔註1〕然而，此種體例特異的韻書並非憑空產生，而是在特定的歷史條件

〔註1〕現存以羅馬字來標注漢語語音的語料，在《西儒耳目資》之前尚有羅明堅、利瑪

下所孕育出來的，究竟《西儒耳目資》成書的內因外緣爲何？實是探究《西儒耳目資》首當觸及的問題。

　　本節擬先從中西文化交流史的宏觀角度著眼，探究《西儒耳目資》成書的外在條件；而後再將焦點收束到金尼閣自身，揭露其編撰《西儒耳目資》的內在動機與編撰過程。

1. 耶穌會士的傳教策略 —— 外緣

　　十五世紀末至十六世紀初，歐州正值海權高漲時期，以葡萄牙、西班牙爲主的殖民者積極地向美洲、非洲、亞洲各地擴展，開闢新的航線，並以殘暴地侵略手段來掠奪殖民地的財富。值得注意的是葡、西兩國的殖民侵略是與海外傳教活動相互結合的，所謂「葡萄牙探險家所到之地，不久便會發現一個教堂和一個堡壘，及一個貨倉，同時建立。」（馮承鈞，1941：4）蓋因殖民者爲消弭殖民地人民的強烈反抗，故想藉由宗教的力量加以懷柔；再者，羅馬教庭希望透過海外殖民擴張來增加其影響力，亦積極支持海外傳教活動。於是，在這些歷史條件的聚合下，海外傳教活動得以迅速推展，且經常淪爲殖民者的征服工具，誠如張維華（1985：24）所言：「對於這個時代來說，把傳教的活動和殖民侵略活動絕對分割來的想法是不符合歷史實際的。」

　　根據史書的記載，在明武宗正德十三年（1518）"佛郎機"（葡萄牙）人以進貢爲名遣使來華，始和中國直接接觸，[註2] 此後，葡人便以殖民者的姿態出現，不斷地侵擾中國東南沿海各省，並與中國發生武力衝突。[註3] 由於"佛郎機"人的貪婪、殘暴，明朝不得不採取閉關自守、嚴加防範的措施。《明史‧佛郎機傳》卷三百二十五載有武宗正德十五年御史何鰲的奏疏；

　　　佛郎機最凶狡，兵械較諸番獨精。前歲駕大舶突入廣東會城，砲聲

實合撰的《葡漢辭典》及《程氏墨苑》中所收錄利瑪竇的羅馬標音文章，但此兩種語料的系統性，記音的精確性遠不如《西儒耳目資》。詳細內容請參見下一章。

〔註2〕《明史》卷三百二十五〈佛郎機傳〉記葡萄牙人請求入貢：「佛郎機近滿剌加，正德中據滿剌加地，逐其王。十三年遣使臣加必丹等貢方物，請封，始知其名。」

〔註3〕《明史》卷三百二十五〈佛郎機傳〉記中葡間發生的第一次戰事：「嘉靖二年（1523）遂寇心會之西草灣。指揮柯榮、百戶應恩禦之，轉戰至稍州，向化人潘丁苟先登，眾齊進，生擒別都、盧疏世利等四十二人，斬首三十五級，獲其二舟餘賊。復率三舟接戰，應恩陣亡，賊亦敗遁。」

般地，留驛者違制交通，入都者桀鶩爭長，今聽其往來貿易，勢必
爭鬥殺傷，南方之禍殆無紀極。……乞悉驅在澳番舶及番人潛居者。
禁私通，嚴守備，庶一方獲安。

西方傳教士初抵中國，所面對的是一個悠久歷史，具有完備制度和豐贍文化
的封閉國度。耶穌會士不斷地想扣啓中國嚴閉的大門，企圖進入中國內地傳
教，然自沙勿略（Francis Xavier, 1506～1552）的首次嘗試失敗（1552）至利
瑪竇順利抵達北京（1601）為止，在半世紀間，耶穌會士經歷了幾個階段的
不懈努力，[註4] 而從屢次失敗的經驗中，逐漸地自覺到以往施行於野蠻民族
的傳教方式——武力傳教，根本無法適用於中國，因此必須改採能應合中國
情勢的傳教方式。耶穌會遠東教務視察員范禮安（Alexundro Valignani, 1538
～1606）在 1578 年巡視澳門之後，分析中國的實際情勢而得到以下的結論：

> 人們不難相信，一個聰明的、有成就的、獻身於藝術研究的民族，
> 是可以被說服同意讓一些同樣以學識和品德而出名的外國人到他們
> 中間居住的，特別是假如他們的客人精通中國的語言和文字的
> 話。……由於這種想法所產生的遠景，就有足夠的理由要委派幾個
> 人學習中國語言和文學並作好準備利用任何可能出現的時機把福音
> 傳入這個新的世界。（《利瑪竇中國札記》，頁 142）

范禮安總結沙勿略等人失敗的原因，主張必須先學習中國的語言文字，並且採
取適應中國情況的傳教方式——學術傳教，以此方能爭取中國官方的認同，最
後達到進入中國內地傳教的目的。范禮安主張學術傳教的構想由羅明堅（Michel
Ruggieri, 1543～1607）、利瑪竇等人加以實踐。自此後，耶穌會士開始褪去殖民
者的侵略色彩，一方面研習中國語文，閱讀中國典籍，改著儒服，採用中國字
號，力求應合中國習俗；一方面以其淵博的學識，引介 "西學"，吸引中國知
識階的注意。正由於耶穌會士學術傳教策略的成功，利瑪竇、金尼閣等人得以
入華傳教，從而造成繼佛教之後，外來文化第二次大規模的輸入，開啓了中西

[註 4] 萬明（1993：51）將耶穌會入華傳教的歷程分成三個階段：

　　a.1551～1582：自沙勿略開始，進入中國的一次次失敗嘗試；

　　b.1582～1588：在范禮安指導下，羅明堅進入中國初告成功；

　　c.1588～1601：利瑪竇到達帝都北京，傳教士在中國站穩腳根。

文化交流史上璀璨、輝煌的一頁。

　　耶穌會士在學術傳教策略的主導下，當務之急便是習漢語、漢字，金尼閣抵華之後，亦曾兩度到南京學習漢語，〔註5〕而《西儒耳目資》的初始功用即是在於「資西儒之耳目」；然而，除此之外，金尼閣亦透過《西儒耳目資》引介西方語文學知識，而達到學術傳教的最終目的。因此，無論就其初始功用或其終極目的來看，皆不難察知《西儒耳目資》的成書乃是學術傳教策略主導下的必然產物。

2. 編撰的動機與過程 —— 內因

　　前文的論述，乃是就宏觀的角度來考察《西儒耳目資》成書的歷史背景。但若問；同時期的耶穌會士中，何以獨金尼閣能自覺地編撰出中西合璧的漢語拼音字彙？欲解決這個疑問，必得要深入探究金尼閣編撰《西儒耳目資》的內在動機。

　　金尼閣在〈《西儒耳目資》問答·問答小序〉中曾提及該書的編撰動機：

> 嚮者旅人初適晉，館于景伯韓君（按：韓雲）明旦齋中，彼時或與此中人士交談，得聞未知難知之音；或展閱此中奇書，得遇未知難知之字，一開旅人學音韻之編，則能察音察字隨手可得，不待一一詢之人也。景伯殊甚怪之，曰：吾儕未能是必，必有巧法在，幸傳我勿吝。余謂字法信然有巧，然係西字之號，未習西字，似乎難傳，景伯貪知，固請不已，且疑旅人之有吝也。若是，奚敢不承大命哉……。（頁 31a-b）

又 1864 年在 Douai 刊印 Dehaisnes 所著的《金尼閣傳》（"Vie du P. Nicolas Trigault", p.208），指出金尼閣致書 P. de Montmorency 亦曾論及《西儒耳目資》的編撰動機：

> 余應中國教友之請，曾以漢文編一字典（余不感漢文困難），凡三冊，使漢字與吾邦之元音、輔音接近，俾中國人得於三日內通曉西洋文字之系統。此一文典式之工作，頗引起中國人之驚奇。彼等目睹一外國人矯正其文字上久待改善之疵病，自覺難能可貴也，此書且爲

〔註 5〕根據費賴之《入華耶穌會士列傳》（頁 133）所載，得知金尼閣在 1611 年間，曾經兩度至南京學習漢語。

　　吸引偶像教人（按：指佛教人）進入天主教網罟之餌……。（方豪《中西交通史》，頁948）

金尼閣於 1624 年前往山西絳州開教，居住在韓雲家中。金尼閣雖是初次到絳州，但與當地人交談或是閱讀中文書籍時，若有遇到不懂的音、難知的字，便翻閱隨身攜帶的“音韻之編”——具有類似「漢語拼音字彙」、「中西雙語字典」性質的語文彙編，如此即可依音而查得形、義，由形辨析音、義。韓雲喜好音韻之學，見金尼閣的語文彙編竟然有如此大的功效，因而再三要求金尼閣傳授此種辨音析字的捷法；金尼閣見韓雲求知心切，於是構思在原有的稿本基礎上加以改編，以此作為吸引中國知識份子入教的手段，藉以達到學術傳教的目的。此即是《西儒耳目資》編撰的內在動機。

　　金尼閣原有的“音韻之編”本僅是供西儒學習漢語、漢字之用，蓋因「旅人所用，不必切法，不必直音，一見西字便得其音」（《列音韻譜‧小序》，頁5a），故可推想：全書本當僅是以羅馬字母——“西號”為標音符號。然而明清之際中國人對於羅馬字母的認知普遍不足，〔註6〕為便於中士所用，因而必須採用若干變通的措施，例如：在標音符號上，於“西號”之外，得另加漢字標示；在拼音方式上，於音素結合的多拼法外，又沿用傳統反切的雙拼方式，另外創設四品切法；在音節結構的分析上，於元音、輔音的畫分原則外，又兼採以聲母、韻母分析法來切分漢語音節結構。如此，即在西方語文學的基礎架構上，力求兼容中國傳統語文學的概念，以符合中國知識份子的認知基礎，將原本只為資助西儒耳目的語文彙編，改編成今日所見中西合璧的《西儒耳目資》。〔註7〕

〔註 6〕利瑪竇以羅馬字標音的第四篇文章，收錄於程大約《程氏墨苑》中，時人僅是將羅馬字母當成線條優美的藝術字來欣賞，（葉向高《程氏墨苑‧人文爵里序》曾論及《墨苑》成書的旨趣：「今君房幸當昭代熙陸、人文蔚遲之日，得盡收其篇什，以為宏麗瑰壯之觀」）往往不解音義，因而金尼閣在《西儒耳目資》中屢次提及：「書中多西號，未學西號，似乎難傳。」

〔註 7〕據筆者所知，今日台灣所能見到《西儒耳目資》的版本不多。中央研究院傅斯年圖書館與中央圖書館均藏有明天啓六年的刊本；民國22年，北京大學與北平圖書館曾將此版本重為影印，除傅斯年圖書館外，臺灣大學圖書館、東海大學圖書館恰有收藏，本文所採用的即是這個影本。此外，傅斯年圖書館另藏有手抄的烏絲至《西儒耳目資》成書為止，金尼閣停滯在中國前後不過八年（1610～1612，1620～1626），對於難學的漢語是否已能全面掌握而運用自如？對於漢語的標記與音韻的分析是否能完全符合中國人獨特的語感（feeling of the native）？答案恐怕是否定的。因此，在《西儒耳目資》的編撰過程中，必得與中士相互討論，由中士加以修訂、校梓。金尼閣在〈《西儒耳目資・問答小序》中記述《西儒耳目資》的編撰過程：

> 彼此（按：與韓雲）再三問難，爰為之次第其說，幾成帙矣。未幾過新安邂逅豫石呂君，出其帙，甚許可，又間多所訂正。今寓關中，良甫王君酷愛其書，必欲壽之剞劂，輒又互相質證，細加評覈，而成此問答之篇。此則旅人問答之所由作也。……。（頁31b，32a）

《西儒耳目資》的編撰始於天啓五年（1625）夏月，在天啓六年（1626）春月完稿，凡五閱月，三易稿始成。在山西絳州傳教時，金尼閣與韓雲相互討論，完成大部份書稿，而後又於前往陝西西安開教的途中，路過河南新安得到呂維祺的修訂，最後在王徵的校梓、增補下定稿。

第二節　編撰者的生平考述

《西儒耳目資》得以刊行是金尼閣與中國學者共同努力的成果，王徵在〈《西儒耳目資》釋疑〉中，羅列出參與刊印者的名單：

> 是書也。創作之者：四表金先生；贊成之者：豫石呂銓部、景伯韓孝廉、子建衛文學；而冢宰誠宇張先生與其季子敬一，則所為捐貲刻傳之者。余小子徵特周旋終其役耳！至于一字一音一點一畫細加校讎而毫不致有差遺者，則金先生之門人鼎卿陳子之功為最，書作于乙丑年夏月，于丙寅年春月告竣。（頁6）

由上列引文可知參與刊印者頗多，但本文旨在探究《西儒耳目資》所反映的音韻系統，因而本節僅揀擇與全書內容相關者──金尼閣、韓雲、呂維祺、王徵

欄本，但是僅在〈《列音韻譜》問答〉，並非全本。關於《西儒耳目資》的流傳，請參閱羅常培〈耶穌會士在音韻學上的貢獻〉，頁 274；林平和《明代等韻學之研究》，頁256～258，在此不多贅述。

四人，介紹個人的生平事蹟與學術背景。

1. 金尼閣

費賴之（Louis Pfister, 1833～1891）《入華耶穌會士列傳》與方豪《中國天主教史人物傳》對金尼閣的生平事蹟有詳實的記載，以下依二書所載為主要根據，再參酌其他相關資料，簡要介紹金尼閣的生平及其編撰的漢語書籍。

金尼閣（Nicolas Trigault），字表四，比利時人。〔註8〕1577 年出生於 Douait 城。1594 年入耶穌會。1610 年入華傳教。1611 年初被派至南京，在王豐肅（又名高一志，Alphonse Vagnoni, 1566～1640）、郭居靜二位神父的指導下學習漢語，不久即赴北京向會督報告會務，而後再重回南京繼續學習漢語。1613 年返回羅馬，在羅馬期間，金尼閣將利瑪竇以義大利文記載的中國傳教事蹟，轉譯成拉丁文，並加入兩章，專記利瑪竇逝世及殯葬情形，書名題為《基督教遠征中國史》（De Christiana Expeditione apud Sinas），此書即是今日所見的《利瑪竇中國札記》。1620 年攜帶七千部西書返抵中國，而後即在中國各地傳教，足跡所至為：南昌、建昌、韶州、杭州、開封及山西、陝西兩省。1628 年病逝於杭蚰，葬於大方井。

金尼閣具備高深的學術修養，且精通漢語。根據費賴之記載：「華人曾言詞理文章之優，歐羅巴諸司鐸中殆無人能及之者。……其時常從事之譯業，或譯拉丁文為漢文，或譯漢文為拉丁文，使之諳練語言文字，故言談寫作均佳，無論文言或俚語也。」（馮承鈞，1938：137）。金尼閣不僅勤於編撰書籍，且在絳州、西安、杭州設立印書廠，積極推行"啞式傳教法"，即透過刊印漢語教理書籍而引人入教。金尼閣所編撰的漢語書籍，主要有以下幾本：

（1）《推曆年瞻禮法》一卷。

1625 年在西安刊行。此書為萬年曆一類的書。

〔註 8〕金尼閣出生於法國北部盧昂以南杜愛（Douai）（劉埜 1982：51）。關於金尼閣的國籍，學者有不同的看法：費賴之（1938：132）、居蜜（1966：159）、劉埜（1982：51）等人，主張金尼閣為法國人（又稱"佛蘭第亞"，Franchia），而在大方井的墓碑上亦載有「金四表先生諱尼閣，聖名尼各勞，佛蘭第亞國人」；吳孟雪（1993.2：42）等人，則認為金尼閣為比利時人。因金尼閣在拉丁文本《基督教遠征中國史》的封面上，自署「著者同會比利時人尼古拉・金尼閣」，本文暫將金尼格閣的國籍定為比利時。

（2）《況義》一卷。

1625年在西安刊行。楊揚（1985：266）論述此書的內容與體例，指出：「全書正編收22篇，補編收16篇，共收寓言38篇。其中絕大部分為《伊索寓言》。但補編前兩篇為柳宗元的寓言，也有別的篇出處仍待查考。至於編述方式，書前署明"西方金尼閣口授，南國張賡筆傳"。」

（3）《西儒耳目資》三卷。

1626年在杭州刊行。該書的內容與體例，可詳見於下節。

2. 韓　雲

《新絳縣志》卷四，記載韓雲的生平事蹟：「韓雲，字景伯，萬曆壬子（西元1592）舉人，任徐州，改漢中推官，再起葭州，藏書萬卷，法帖數千卷，與相國徐元扈、宗伯董思白稱文字交。其於星象、音韻之學無不究心，詩工七言律……。」（頁332）

韓雲在學術上精研星象、音韻之學，但未見有著作傳世。根據方豪（1988：255）的考查，韓雲曾詮訂其弟韓霖所著之《鐸書》，並校閱高一志《空際格致》、金尼閣《西儒耳目資》及羅雅谷《天主經解》。

3. 呂維祺

呂維祺，字介孺，號豫石，河南新安人。神宗萬曆十五年（1587）生，萬曆四十一年舉進士，授山東袞州推官，握吏部主事。光熹之際，上疏請慎起居，擇近侍，防微杜漸，與揚左相唱和，累轉至郎中，告歸。崇禎六年拜南京兵部尚書，後因事落職為民，避居洛陽。崇禎十四年（1641）李自成圍攻洛陽，維祺死守不屈，被執而死，享年五十五，諡忠節。著有《存古約言》、《四禮約言》、《音韻日月燈》、《明德堂文集》等。〔註9〕

呂維祺是明末著名的音韻學家，著有《音韻日月燈》，該書中實包含三種音韻論著，即《韻母》、《同文鐸》、《韻鑰》。韻書總名為「日月燈」，乃是將所撰的韻書自比為燈，輔翼日月——《洪武正韻》、《洪武通韻》〔註10〕而使之能遍

〔註 9〕關於呂維祺詳細的生平事蹟，可參考《明史》卷二百六十四、〔清〕鄒漪《啓禎野乘》卷十〈呂忠節傳〉、〔清〕陳濟生《啓禎兩朝遺詩小傳》中的「呂忠節公」條。

〔註10〕《續修四庫全書總目提要·經部小學類》中，孫海波所撰「《同文鐸》」條：「《洪武通韻》者，即孫吾與所撰之《韻會》。先是明太祖詔作者十一人，質成者四人，

照各地；又命其書爲「同文鐸」，意在「發明孔子以同文覺世之遺意，以長振高皇的考文之鐸」（《同文鐸》序），可見呂維祺編撰韻書的主要目的在確立天下之標準語音。

張問達在〈刻西儒耳目資序〉中，論及《西儒耳目資》對中國字韻之學的助益：「其書一遵《洪武正韻》，尤可昭同文之化，可以采萬國之風，可以破多方拗澀附會之誤」（頁 5a），無疑是將《西儒耳目資》視爲標準語。因此，儘管金尼閣與呂維祺編撰韻書的主觀動機不同，但《西儒耳目資》與《音韻日月燈》的客觀效用卻頗爲相似。或許正是因爲這個緣故，呂維祺對於《西儒耳目資》的初稿才會「甚許可，又間多所訂正」（〈問答小序〉）。

4. 王　徵

王徵，字良甫，號葵心，又號了一道人、支離叟。聖名斐理伯。陝西涇陽魯鎮（三原）人。隆慶五年（1571）生，天啓壬戌進士，官至山東按察司僉事。李自成攻陷西安，脅使效力，引佩刀自矢，不肯赴。崇禎十七年（1644）聞京師失守，七日不食而死，享年七十四，里人私諡曰端節。著述豐富，計有《兩理略》、《奇器圖說》、《諸器圖說》、《學庸書解》、《士約》、《兵約》、《客問》、《山居詠》……等。〔註11〕

在《西儒耳目資》的編撰過程中，金尼閣所編撰的初稿最後在王徵的校梓、增訂下定稿，故王徵自言「余小子徵周旋終其役耳」。劉獻廷（1682：52）將王徵所作的增補工夫，歸納爲如下幾項：

（1）與金尼閣「互相質證，細加評核」。此外，兩人又以對話體寫成〈西儒耳目資問答〉一文，針對中國知識份子的心理，回答一些可能會遭到質疑的問題。

（2）依金尼閣所訂之五十"字母"（韻部）爲準，兌《洪武正韻》、《沈韻》、《等韻》三部韻書的分韻，撰成〈三韻兌〉一文，附於《西儒耳目資》中。

刊定七十六韻曰《洪武正韻》。既久復謂尤未盡善，後見孫吾與之書稱善，詔刊行之，賜名《洪武通韻》者也。呂氏名其書「同文」，取天下書同文之意；而又曰「正韻」者，蓋所以遵《洪武正韻》、《通韻》二書也。」（頁 1212）

〔註11〕關於王徵詳細的生平事蹟，可參見〔清〕鄒漪《啓禎野乘》卷十一〈王端節傳〉、〔清〕陳濟生《啓禎兩朝遺詩小傳》中的「王僉事」條。

（3）羅列「西儒創發此中嚮來所未有者」（〈釋疑〉，頁 1b）五十多款，撰成《〈西儒耳目資〉釋疑》一文，據此闡釋該書的內容、價值和意義。

此外，王徵在學術上的另一項重要貢獻是：繪譯鄧玉函口授的《遠西奇器圖說》。此書是中國第一部介紹西洋物理學和機械工程學的專書，在中西文化交流史上具有開創性的地位。

第三節　內容與體例

語言是套精密的符號系統，人類藉著獨有的語言能力來表情達意、傳承經驗。索緒爾（Ferinand de Saussure, 1857～1913）認為：語言符號可分解成"所指（signified）——概念"與"能指（signifier）——音響形象"兩部份，而所指與能指的結合往往是任意的，其間並無必然的因果關係。在實際地語言傳訊過程中，接收者感官所直接觸及的是表層的能指形式，據此進而轉譯成深層的所指概念。若細部分析人類傳訊的所指形式，當可察覺語音是傳遞信息最方便、直捷的物質形式，但耳治的聲音無法傳之久遠，為滿足文化傳承上的需要，便衍生出目治的文字系統來記錄語音，進而達到「前人所以垂後，後人所以識古」（許慎〈說文解字序〉）的目的。

耶穌會士初抵中華，所觸及到的是一套與自身母語截然不同的語言系統，基於語言符號的任意性原則，西儒無法遽將耳目感官所接收到的能指形式——漢語、漢字轉譯成深層的所指概念，如此便如同耳聾、目盲一般，難以與華人直接溝通，因而學習漢語、漢字便成為治療耳聾、目盲的絕佳藥方。金尼閣在〈《列音韻譜》問答〉中陳述說：

> 旅人幸至大國，不能遽聆聰人之言，不能遽覽明文之字，恆以聾瞽雙疾為患，患挽則生巧法。夫巧者雙藥也，一者調聾耳鼓，一者磨瞽目鏡，漸令聾者略聰，瞽者略明而已。（頁 32a）

《西儒耳目資》正是金尼閣精心提煉的良方，以此來協助西儒學習漢字、漢語，深具資助耳目感官，免去視聽障蔽的神奇功效。剖析《西儒耳目資》的內含成份，可知全書實含攝著三大部分，各有其獨具的內容與適用的範疇。各結構成份的具體內容為何？其間又存在何種相互搭配的關係？此在〈《列音韻譜》問答〉所載金尼閣與王徵的對答中，可知其概要：

問曰：先生書分三譜，總表《耳目資》何？

答曰：首譜「圖局」、「問答」，全爲後來二譜張本。其第二《列音韻
　　　譜》，正以資耳。第三《列邊正譜》，正以資目。蓋音韻包言，
　　　邊正包字。言者可聞，字者可覽，是耳目之資，全在言字之
　　　列也。言既列，則分音韻，字既列，則分邊正。故書雖分爲
　　　三譜，總表之爲《耳目資》也。（頁32b，33a／問4）

又張鍾芳〈刻《西儒耳目資》〉對各譜的適用範疇亦有簡明的論述：

書分三譜。首譯引，次音韻，次邊正。蓋未睹字之面貌而先聆厥聲
音者，一稽音韻譜則形象立現，是爲耳資。既睹字之面貌而弗辨其
誰何，一稽邊正譜則名姓昭然，是爲目資。而譯引首譜則以圖例、
問答闡發音韻、邊正之所以然，爲耳目之先資。（頁1a）

《譯引首譜》爲全書的總論，闡釋編撰過程、編撰意圖與音學的基本概念。《列
音韻譜》是以羅馬字母標音的漢語同音字彙，供依字音查檢字形之用。《列邊正
譜》則是以字形偏旁編排的字典，供依字形檢索字音、字義之用。

《西儒耳目資》各譜的詳細內容，分條論述如下：

1.《譯引首譜》——全書張本

金尼閣〈《譯引首譜》小序〉闡釋首譜名目的內在意涵：

譯者資耳，引者資目，俱先傳行，用救不聰不明之癖。旅人聾瞽故
此作首。首譜有二：「圖局」、「問答」。「圖局」照現目鏡，「問答」
擊響耳鼓，故表之曰《譯引首譜》。先目後耳何？學法有序，目必先
明，耳後易聰，故也。（頁3a）〕

《譯引首譜》中統攝著「圖局」和「問答」兩部分，以下分別論述其內容與體
例：

（1）「圖局」的內容與體例

「圖局」，除「活圖」與「字局」〔註12〕之外，又各附有專說，說明各圖、

〔註12〕《西儒耳目資》中並無「字局」一詞。然金尼閣在〈音韻經緯總局説〉中提及「局」
　　　的命名理據：「文學逸者，睹字如棋，故音韻經緯之列，不厭稱"局"。」正因總、
　　　全二局，皆是在在縱橫交錯有如棋局的空格中填入漢字，故筆者據此逕將其稱爲

各局的名義、內容與體例，茲將其內容要項以樹形圖表述於下：

圖局 ── 〈萬國音韻活圖〉、〈萬國音韻活圖說〉
　　　　〈中原音韻活圖〉、〈中原音韻活圖說〉
　　　　〈音韻經緯總局〉、〈音韻經緯總局說〉
　　　　〈音韻經緯全局〉、〈音韻經緯全局說〉

A.〈萬國音韻活圖〉（見〔附圖 2-1〕）

本圖分為五圈，每圈分為三十格，實入二十九個各異的羅馬字母，分別標示不同的音素，另餘一格則為空格以備用。本圖之外圈，別分上下兩行，下行為羅馬字母；上行是則音素相應的漢字，因漢語官話音系中僅含二十五個音素（無 b、d、r、z），空下的四格便填入「○」。此外，於本圖之內，又別加一圈以表五聲、甚、次、中（詳見下章），以應合漢語音節結構。〔註13〕如此，最外卷固定不動，挪動其他各圈，使各音素相互摩切便可拼讀出萬國之音。

B.〈中原音韻活圖〉（見〔附圖 2-2〕）

〈萬國音韻活圖〉可拼出的（305-1）種音素組合，在如此繁多的可能性音讀中，有些過於拗口而無法拼讀，有些則不符合漢語音節結構，或是在漢語中有音而無字。〔註14〕因而若照〈萬國音韻活圖〉來拼切漢語語音，必會產生大量的"羨餘成份"（redundancy），顯得太不經濟，於是金尼閣另創製〈中原音韻活圖〉。

「字局」。

〔註13〕從《西儒耳目資》的記音中，可推知明末官話的音節結構為：

（C）（M）（M）V（E）T。

如"倦"的標音為 kiuen。

〔註14〕〈萬國音韻活圖〉中音素的組合極為自由，但在實際的語言中，音素間的組合往往受到生理條件與共時音韻結構的限制。金尼閣〈萬國音韻活圖說〉便曾指出：「上數有同鳴（輔音）相配，而不協自鳴（元音）之聲，人籟必不能吹之，何也？同鳴一不能鳴，二三尤不能鳴故。中華愛易鳴之字，不用同鳴相連之難。」（頁 6a）由於生理條件的制約，幾個響應低的輔音相連而無響度大的元音相配，難以成音；再者明代漢語官話已無複輔音聲母，若是一音起首二個音素皆為輔音，即與當時不漢語的音節結構不符。此外，儘管併合出符合漢語音節結構的語音，有時卻無相應的漢字，如：mien（ㄇㄧㄢ）即是。

　　本圖分爲三圈，每卷各分上下兩行，下行爲"西號"，上行爲相應的中字（直音或反切）。外圈表五十韻類，中圈爲二十聲類，內圈則是聲調與甚、次。如此，聲，韻、調三者相互摩切拼讀，則漢語語音盡在其中。

　　上述兩圖的主要差異，在於採用不同的分析分法來切分漢語音節結構。〈萬國音韻活圖〉以元音、輔音的分析方式將漢語音節離析成二十五個音素，如此，縱分六圈（另加聲調與甚／次／中），橫列二十五音素，即可從中拼讀出所有漢語語音。元音、輔音的分析方式雖能將漢語音節離析成少量的語音單位──二十五個音素，但在音素的組合方式上卻較爲繁複，無可避免的會有較多的羨餘成份，反而顯得不夠經濟。

　　〈中原音韻活圖〉則是採用聲母、韻母的分析方式，將漢語音節的音段成份離析成五十韻類、二十聲類，雖然所析出的語音單位數目較多，但在拼法上卻較爲直捷、便易。

　　由於語言類型的差異，對於音韻結構的切分，當針對語言類型的特性擇取適切的分析方式。就漢語的音節結構來看，當以聲母、韻母的分析方式來切分較爲恰切，董同龢（1981：351）便曾指出：「漢語的音位在字中出現的地位非常固定，音位的相互配合的條件也很嚴，所以實有的音節現代方言都以百計，分得的聲母最多不過三十左右，韻母也沒有上百的。單位不多，同時能夠把音位的配合很明白的表現出來，這是我們樂於應用這種分析法的積極的理由。」

　　C.〈音韻經緯總局〉（見〔附圖 2-3〕）

　　此局縱分十五聲母（不列送氣聲母），橫列五十韻攝（不分聲調與甚、次、中），在此縱橫交錯有如棋局的表格中填入字音相應的漢字，若無同音的字則以反切替代。

　　D.〈音韻經緯全局〉（見〔附圖 2-4〕）

　　此局實爲一韻圖，縱分二十聲母，橫列五十韻攝（分五聲與甚、次、中），局中所填的漢字皆與《列音韻譜》中的一組同音字相應。若有音而無字則該空格不填。

　　〈總局〉、〈全局〉的性質與音節拼合表相同，從兩個字局中可看出《西儒耳目資》所內含的音韻結構及音系中各語音單位間的對立關係，誠如〈音韻經緯全局說〉所言：「夫總、全二局之《列音韻譜》，指南也。」（頁 30a）

　　然而，兩局的差異主要在於所根據的語言基礎不同。〈總局〉的創製以西儒的母語為基礎，因西儒母語的音位系統中，送氣、聲調與甚、次、中並非"區別性特徵"（distinctive feature），故可略去不列；再者，西儒所遣用的文字屬"字母——音素文字"，有音即有字，因而〈總局〉中所有空格皆可填滿，故〈總局說〉言：「總者，密局之象（棋）。」創製〈全局〉所據的語言基礎為漢語，而在漢語音位系統中，送氣、聲調與甚、次、中皆是具有辨義作用的區別性特徵，當分而不混；又漢字為"語素——音節文字"，在縱橫教錯的字局中，常出現無字可填的現象，故〈總局說〉言：「全者，希局之圍（棋）。」

（2）「問答」的內容與體例

　　「問答」是西儒金尼閣與中士王徵「互相質證，細加評覈」下所撰成的，全文以問答的方式，金尼閣針對中士運用《西儒耳目資》時，可能提出的質疑或可能遭受到的困難，一一加以疏解。茲將「問答」的內容以樹形圖表述於下：

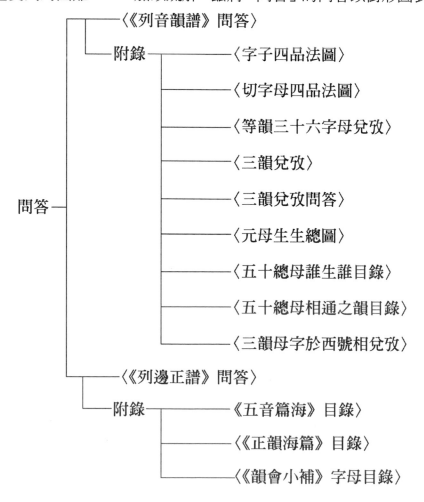

A.〈《列音韻譜》問答〉

王徵針對《列音韻譜》的相關內容提出若干問題,據個人統計共有 144 問。其中所關涉到的內容豐富、多樣,包含:《列音韻譜》的內容、體例與編排方式、中西音學的差異、特殊術語的解析、音節的拼合、音值的描述、四品切法……等。

B.〈《列邊正譜》問答〉

此文則是王徵針對《列邊正譜》的相關內容所提出的質疑,據筆者統計共有 29 問。其中所涉及到的內容包含:《列邊正譜》的內容、體例與編排方式、中國字書編排方式上的得失、由字形查考字音、字義的方法……等。

2. 《列音韻譜》──資耳

此譜實為彙集漢語同音字所成的韻書(見〔附圖 2-5〕)。全書共分五十韻攝,其編排的體例為:

(1)五十韻攝的編排順序

A.依韻母音素多寡排列,單元音居前,複元音次之……等。

例如:a、i……ai、ao……iai、iao……等。

B.若韻母音素多寡相同者,則以起首元音為準,依西號之序,排列。例如:ai、ao……ie、io……oa、oe……等。

C.若韻母音素多寡相同,起首元音又相同,則以次位音素為準,將元音置前,輔音居後,各依西號之序排列。例如:ai、ao、am、an、eu、em、en……等。

(2)各韻攝所收字的編排體例

A.同韻攝所收字,先依清、濁、上、去、入五聲之順序排列

B.在同一聲調下,以零聲母字──"自鳴字母"居前;其餘有輔音聲母的字──"共生字子"二類,再依西號二十輔音先後之序列字,例如:ko、k'o、po、p'o、to……等。

C.每一同音字組下,皆以反切與羅馬字母標注音讀。

3. 《列邊正譜》──資目

此譜主體是依照漢字形體翻查字音、字義的字書(見〔附圖 2-6〕)。由於中西語言類型的差異,記錄語言的文字系統亦隨之不同,就文字符號記錄語言

的方法著眼，漢字歸屬於"從意文字"，〔註15〕在字體的結構上比"從音之字"繁雜；若就文字符號記錄的語言單位來看，漢字則可歸屬於"語素——音節文字"，在總體數目上，語素文字的遠比音素文字眾多。西儒面對結構繁雜、字數眾多的漢字，採取如種翻查方式？關於此譜的翻查方法，在卷首的〈本譜用法〉中有詳細的說明，茲將此譜的體例、查法條述於下：

（1）「先考邊字，復算正字〔註16〕餘畫」（頁 4a）。此譜依據字形偏旁（部首）的筆畫多寡排列，翻查時當先算漢字偏旁的筆畫數，查得偏旁所在的頁數；而後再算該字剩餘的筆畫數，即可查得該字。例如：欲查"譜"字，當先算"言"的筆畫，查得"言"在第 96 頁；再算"普"的筆畫，即可在"言"部下查得"譜"字。

（2）既查得該字，當如何知其音、義？金尼閣〈本譜用法〉：「每字有數，以指其南。中字之下，《洪武正韻》之數也；西字之下，《韻會小補》〔註17〕之數也。二數凡在右者指"卷"，在左者指"張"。」（頁 4b）據本譜各字下所標的卷數、頁數翻查《洪武正韻》和《韻會小補》，即可得知各字的音、義。

（3）然而，本譜各字除標示卷數、頁數的正例外，尚有其他變例，金尼閣〈本譜用法〉指出：「本譜之字，或上或下，有空而無數者，或是《正韻》無其字，或是《韻會》無其字也。其或上或下，代數有曰"見"者，上字獨

〔註15〕就文字符號記錄語言的方法著眼，金尼閣《列邊正譜·小序》將文字系統歸屬為"從意"、"從音"兩大範疇：「今字不同之多，其法所從之路總分兩端而已！從物之意，一也；從口之音，一也。從意者何？萬物之類每有本號，像其意者是。從音者何？人籟之響每有本號，效其聲者是。」（頁 2b）然而，近代漢字系統中，單純"從意"（象形、指事字）的漢字並不多，而是以形符表"義類"、以聲符標"音節"的形聲字居多。金尼閣將漢字歸屬於"從意文字"顯然不夠嚴謹。漢字的性質當是"從意"兼"從音"的語素——音節文字（費錦昌 1990：34）。

〔註16〕金尼閣在〈《列邊正譜》問答〉中闡釋"邊字"、"正字"的涵義：「字體多雙，則有邊、有正。邊者，在字之傍者是。邊字之外，或在左右、上下、四方者，俱曰正。蓋正字者如體，邊者如影……」（頁 98b，99a）。

〔註17〕《韻會小補》，〔明〕方日升撰。〔清〕謝啓昆《小學考》引《四庫全書提要》：「日升，字子謙，永嘉人……《韻會》原收 12652 字，是書一從其舊，無所增減，惟每字考其某音為本音、某義為本義，其餘音義，次第附後。注文多所增益……」（頁 555）。

在某字之下，則係 "本作"、"或作"、"亦作"、"通作" 之類。又其或上或下，代數有曰 "同" 者，上字不在某字註內，獨以某字音意俱同故也。」（頁 5a）

（4）若有本譜所未收的字，則可翻查《五音篇海》、《正韻海篇》。〔註 18〕《譯引首譜》卷末附有二書目錄。

此外，本譜每字之下皆標注西字，同音之字所標之西字必同，以此標音極為便捷。本譜卷有附有〈萬字直音總綱〉（見〔附圖 2-7〕），各音先以其首位音素為準，依自鳴元音、同鳴聲母之順序分組；每組之中，依音節內含音素的多寡排列，縱分五個聲調，即可在相應的空格中填入一個易識的同音漢字。因此，中士便可由漢字字音辨識西字音讀。

第四節　記音性質

嘗試著解析《西儒耳目資》中的音位系統前，不免會產生幾點疑問：《西儒耳目資》反映何種音韻系統？金尼閣是否能精確地記錄該音韻系統？若遇到無法以羅馬字母標記的漢語音位時，金氏又如何處置？金氏的記音是否會受自身母語的影響，因而造成音韻系統的混淆？因此在探討本文主題之前，必先疏通上述的幾點疑惑。

1. 《西儒耳目資》所反映的音韻系統

耶穌會士自覺欲在中國推廣教務，必先學習漢語。《利瑪竇中國札記》對此有所記載：

> 除了不同省份的各種方言，也就是鄉音之外，還有一種整個帝國
> 通用的口語，被稱為官話（Quonhoa），是民用和法庭用的官方語
> 言。這種國語的產生可能是由於這一個事實，即所有的行政長官
> 都不是他們所管轄的那個省份的人，為了使他們不必學會那省份

〔註 18〕《五音篇海》，未見。筆者懷疑此書或即是《四聲篇海》（原名《五音增改并類聚四聲篇海》）。姜聿華（1992：263）：「在中國古代字書中，《四聲篇海》是收字最多的一部字書，收 55116 字，其後的《康熙字典》收字 47035 字，尚較他少八千多字。這部字書對殊體僻字靡不悉載，雖然舛誤不少，但收字多，收羅廣是本書顯著特點。至於《正韻海篇》亦未見，其相關內容暫時闕如。」

的方言，就使用了這種通用了這種通用的語言來處理政府的事
務。官話現在在受過教育的階級當中很流行，並且在外省人和他
們所畏訪問的那個省份的居民之間使用。懂得這種通手的語言，
我們耶穌會的會友就的確沒有必要再去學他們工作所在的那個省
份的方言了。……這種官話的國語用的很普遍，就連婦孺也都聽
得懂。（頁 30）

又利瑪竇寫給羅馬前初學院院長德‧法比神父（P.Fabio de Fabi）的信中，亦曾
論及耶穌會士學習漢語的情形：

中國十五省都用同一的文字，但每省的發音不全一樣，各地都有方
言；這裡較多用的語言，稱作「官話」。即官場用的話之意。我們目
前所學習的，正是這種「官話」。（《利瑪竇書信集‧上》，頁 109）

耶穌會士為傳教之便，自羅明堅、利瑪竇以來便習用此種全國通行的「官話」，
而金尼閣屢次提及與「多省風氣」、「土音」有別的「正音」，亦是指明末的共同
語而言。由此可推知《西儒耳目資》所反映的正是明末官話音系。

2. 金尼閣記音的精確性

這裡所謂的「精確性」包含兩個層面：一是在主觀方面，所記的音能反映
實際口語；一是在客觀方面，記音方式能真切的記錄語音。金氏記音是否能符
合這兩方面的要求？

（1）就主觀的角度而言

耿振生（1992：110）認為：「就作者主觀方面而言，影響用清等韻音系的
音素有二：一是作者的音學觀點和著書目的；一是作者的語音知識、審音能力
和韻學修養。」《西儒耳目資》的編撰目的在於傳教的需要，故其所記的音必為
當時普遍使用的實際口語，方能便於與人溝通。如此，金氏的記音便可免去中
國傳統士人尊古、守古之弊病。〔註19〕漢語在語言類型上，屬於單音節孤立語，
中士對語音的感知是音節性的；金氏的母語屬屈折語，對語音的自然感知是音

〔註19〕晚唐李涪在《刊誤》中已提及「濁上變去」的音變現象。《西儒耳目資》雖仍將濁
上歸於上聲，但卻別加半圈——"）"符號區別，並未將兩者混而不分，不可依
此責其泥古。《列音韻譜‧小序》：「古音為上，今讀為去，音韻之書從古，愚亦不
敢從今，故表以半圈指之，然此類多在上聲。」（頁 2b）

素性的。由於語言類型的差異，金氏對於在音韻結構中離析語音單位的能力，顯然較中士為優，因而金氏自稱：「音韻之學，旅人之土產。」

（2）就客觀的角度而言〔註20〕

西儒記音的精確性主要展現在標音的方法上。就標音符號來看，漢字無法見形知音，且反切用字繁冗複雜，無法一字標一音；就拼音方式來看，漢語標音方式以反切為主，切語上字的韻母和切語下字聲母，必然成為"羨餘成份"，且易形成不必要的糾葛。

近代結構語言學家主張音韻系統是個由許多語音單位相互制約而成的嚴整結構，因而音系的建構首在離析各個語音要素，方能進一步確認各要素在音系中所居處的地位。金氏以羅馬字母標音，明確的標示出明末官話音系所具備的語音要素，其記音形式所展現出的精確性，正如劉復在《西儒耳目資・跋》中所言：「以其求明季音讀，較之諸反切，明捷倍之。」

3. 金尼閣記音的層次

〔美〕布龍菲爾德（Leonard Bloomfield, 1887～1949）在《語言論》中，論述記錄陌生語言的情形：

> 研究者聽到一種陌生的語言會注意到某些總音響特徵，這些特徵代表了它自己語言中的音位，或者他學過的其它語言中的音位，可是他沒有辦法知道這些特徵在他所研究的語言中是否重要。而且也不會注意到在他自己的語言中或是他學過的其它語言中不重要的音響特徵，而在這種新的語言裡卻是很重要的。

（袁家驊等譯，1980：109）

可以想見當西儒初至中華之時，亦面臨到相同的情形。然而在不斷的學習過程中，逐漸能辨析漢語各音位的區別特徵，亦發展出一套符合漢語音位的記音符號。金尼閣的記音不免受到本國母語的影響，如何從中擬構出符合漢語語感的音韻系統？個人認為當先辨析金氏記音的三個層次。

關於明末官話音位與金氏母語的對應關係，筆者以簡明的公式解析如下，並分項說明，具體體現金氏記音的層次性：

〔註20〕有關西儒記音方式的精確性，本文第三章將有詳細的闡述，在此僅簡要提及。

金氏母語　　　金氏記音（明末官話）

（1）/A/— — — —/A/

　　　[a]…………[a*]

（2）O— — — —/B/

　　　（[a]）………[a*]

（3）/A/— —— —/A/

　　　[a] ………（[a*]）

符號說明
－－表替代關係
……表近似關係
A 音位標號
[a]金氏母語的音值
[a*]明末官話的音值
B 西儒自創的標號
（　）次要音徵

（1）漢語實有的音位，在金氏母語中恰有音值相近可相對應者，便逕以羅馬字母標示。例如：以 k 標注"克"字的聲母，以 i 標注"衣"字的韻母。

（2）漢語實有的音位，但在金氏母語中無可與其相對應者，只得採用變通的方式。或於羅馬字母旁附加辨音符號，如在 p 上附加「ᶜ」表送氣成份，以「‧」附加在字母的上面表「次」，附加在字母的下邊則表「中」；或別創一組新的標音符號，如以「－」、「＾」、「＼」、「／」、「∨」分別標示清平、濁平、上、去、入。

（3）漢語所沒有的音位（僅是在語流中音值的細微差別），金氏受自身母語的影響而強加區別。例如：《西儒耳目資》中別有 e、o 二個介音，與近代漢語音韻結構不符。

第三章 《西儒耳目資》的記音方式

　　《西儒耳目資》是明末中西文化相互激盪下所凝聚成的結晶。西儒受到印歐語言結構類型的制約，因此所歸納出的音韻理論、遣用的標音符號與拼音方式均和傳統漢語音韻學有所差異。語音符號具有限定性，[註1] 金尼閣援用根植於印歐語言事實的音韻理論、標音符號與拼音方式來詮解漢語音韻現象、記錄漢語語音，必定會有所不逮，因而必得在印歐語言的音韻基礎上，針對漢語所獨具的音韻特色，進行一番適切的調整、改造。如此，將由西方語言事實所推導出的音韻理論與中國傳統的音韻觀念相結合，方能符合標記漢語的實際需要，亦能切合中國知識階層的認知基礎。

　　本章主旨在探討《西儒耳目資》的記音方式，論述金尼閣如何在印歐語言的框架下兼容漢語音韻特色。筆者擬從音韻術語的詮解、記音符號的擬訂與拼音方式的轉換三方面入手，分節表述如下：

第一節　音韻術語的詮解

　　《西儒耳目資》本只為西儒學習漢語之用，但中華之士見西儒有此種切音捷法，亦想學習，故金尼閣即在原有稿本的基礎上，加以調整、改造，兼容傳

〔註 1〕　郭錦桴（1992：81）：「在語言發展進入成熟階段之後，人們要給一個事物命名時，
　　　　便不能隨心所欲……它既要受到社會習慣的約定，同時又要受到語言習慣、語音
　　　　結構及構詞方式的種種限定。所以，語音的符號性還具有限定性的特點。」

統漢語音韻學的相關概念，務求便爲中士所用。然而《西儒耳目資》既是中西合璧玉的產物，書中不免涉及西方音學的概念，如：拼音原理、語音性質、發音方法……等，凡此或者恰巧與傳統漢語音韻學的概念相應，便可逕自擇取傳統術語來表述；若無恰切的術語可轉譯，金尼閣便自行創造一套術語，以傳答某種相應的音韻內涵。

筆者查考《西儒耳目資》全書，發現幾組主要的音韻術語：同鳴／自鳴、字父／字母／字子、輕／重、清／濁、甚／次／中，嘗試詮解各組音韻術語的內在意涵如下：

1. 同鳴／自鳴

金尼閣〈《列音韻譜》問答〉論述同鳴與自鳴的性質：

> 問曰：……敢請元音稱自鳴、同鳴者，何也？

> 答曰：開口之際，自能烺烺成聲，而不藉他音之助，旦自鳴。

> 喉舌之間，若有他物阨之，不能盡吐，如口吃者期期之狀，曰同鳴。

> 夫同鳴者既不能盡，以自鳴之音配之，或于其先，或于其後，
> 方能成全聲焉。（頁 36b／問 16）

由上列的引文當可推知：同鳴／自鳴當即是輔音／元音。就發音的生理條件來看，發輔音時，從肺部呼出的你流通過聲帶，在聲腔中受到阻礙，形成噪音，便如金尼閣所描述：「若有他物阨之，不能盡吐，如口吃者期期之狀」；發元音時，肺部呼出的氣流促使聲帶振動而產生聲波，聲波經由聲腔的共鳴作用，便轉化成有規律的樂音，如此自能「烺烺成聲」。若就聽覺感受而言，元音響度較大，可自成音節，故稱爲"自鳴"；輔音響度小，無法自成音節，必與其他元音相配方能成音，故稱爲"同鳴"，此即是同鳴／自鳴的命名理據。

2. 字父／字母／字子

查考《西儒耳目資》全書，可知金尼閣採取聲母／韻母的分析方式，將漢語音節切分爲二：字父／字母。以"字父"指稱聲母，以"字母"標誌韻母，將兩者相互拼切即可衍生出"字子"（音節）。此外，又以世代爲喻，據內含音素的多寡將"字母"細分爲四品，依序爲：一字"元母"、二字"子母"、三字"孫母"、四字"曾孫母"。

　　傳統漢語音韻學向來以“字母”指稱聲紐，然金尼閣卻刻意標新立異，以“字母”標誌韻母，而另創“字父”來對應聲紐，如此創置顯然與中國知識階層的認知基礎不符，且容易因“同名異實”而造成混淆。對於字父／字母／字子這組術語的命名，歷來的音韻學家中不乏有提出批評與質疑者：

〔清〕熊士伯《等切元聲・閱〈耳目資〉》卷八：

> 三十六字母之說，創於唐舍利，定於溫首座。華嚴經四十二字母、金剛頂經三十四字、其權輿乎！盡人生而有聲，同韻如同宗，異音者如異派。無生生之義而名母，應取其識，乃并增父名焉，謂字有雙母而無一父，取譬不眞切似己。所云一母二十父，其可耶？

〔清〕周春《松靄遺書・小學餘論》卷下：

> 于字母外，更造字父字孫之說，尤爲不典。（轉引自羅常培，1930a：316）

金尼閣何以將聲母稱爲“字父”，將韻母稱爲“字母”？其命名理據爲何？對此，〈《列音韻譜》問答〉中有巧妙的論述：

> 問曰：自鳴曰母而不曰父，同鳴曰父而不曰母，雖屬影語，愚尚逐影而未能晳。

> 答曰：如嬰兒能笑能啼，導之能言者，必母也。父有事四方，未暇常常抱弄，故同鳴者不導之言而曰父，自鳴者導之言而謂之母焉耳。（頁42b／問36）

聲母／韻母是語音中的“序列——功能”成份。〔註2〕聲母居於音節之首，在漢語音節結構中爲不必然具備的音素；聲母爲輔音（同鳴）通常無法單獨成爲語言信息的載體，〔註3〕必與元音相配方能構成音節。因此，聲母無論就其在音

〔註2〕傳統音韻學將漢語音節結構切分爲聲母／韻母，與現代語音學區分輔音／元音的分析法不同。聲母／韻母是音節的“序列”成份，聲母／韻母在音節中的排序必須受到位置的限制，即聲母必在韻母之前，而韻母必在聲母之後；此外，聲母／韻母又具有語言功能，具體展現爲：區別、構詞、表意三方面。正因聲母／韻母兼具序列特點和語言功能，故聲母／韻母爲語音中的“序列——功能”成份。參閱郭錦桴《綜合語音學》17～18章。

〔註3〕在某些漢語方言中，少數的響輔音（鼻音、邊音）可自成音節，能單獨承載語義。

節中的序列或就其具備的語音性質而言，均與傳統社會中父親的角色類似，故以此爲喻，將聲母稱爲"字父"。韻母與聲母的序列關係呈現互補狀態，韻母必居於聲母之後；又韻母必含攝元音（自鳴），爲漢語音節結構的核心，能獨立成爲語言信息的載體。韻母的諸種特性，恰與傳統社會中母親的角色類似，故可將韻母名爲相配。如此，同理類推，"字母"與"字父"結合所衍生出的音節，自然應當稱爲"字子"。

由上列論述可知：金尼閣雖然針對漢語音節結構的特性，採取聲母／韻母的分析架構，但其中卻仍隱含著輔音／元音的分析理論，其創置字父／字母／字子的內在理據，實是就聲母、韻母在漢語音節中所居處的地位與所擔負的功能著眼，此乃是聲母／韻母與輔音／元音兩種分析理論相互融合的結果。

3. 輕／重、清／濁

傳統漢語音韻學存在著玄虛、含混等弊病，具體顯現在音韻術語的遣用上。
〔註4〕輕／重與清／濁均是韻學古籍中極爲常見的術語，然而歷來音韻家對輕／重與清／濁總是「各憑其意而用之」，缺乏統一的規範，如此，輕／重與清／濁便如同代數 x／y 一般，即在同一能指形式下可能兼負著多種所指內涵。

在宋代以前，輕／重與清／濁經常並舉互用，顯然是屬於同一的概念，潘悟雲（1983：325）分析多種韻學語料後，歸納出六朝唐宋時期輕／重、清／濁所含的主要內容，表述如下：

〔表 3-1〕

輕清	聲母不帶音	陰調類	開口	不送氣	發音部位前	唇齒擦音
重濁	聲母帶音	陽調類	合口	送氣	發音部位後	雙唇塞音

《西儒耳目資》中，輕／重、清／濁的確切意涵爲何？試觀金尼閣〈《列音韻譜》問答〉中的描述：

例如：閩南語的"不"字讀〔m〕。

〔註4〕羅常培（1982：6～7）指出音韻學研究法有四：審音、明變、旁徵、祛妄。羅氏認爲傳統音韻學有四妄當祛：「論平仄則以鐘鼓木石爲喻，論清濁則以天地陰陽爲言，是曰"玄虛"；辨聲則以喉牙互清，析韻則以縱橫爲別，是曰"含混"；以五行五臟牽合五音，依河圖洛書配列字母，是曰"附會"；依據《廣韻》反切以推測史前語言，囿於自身見聞而訾議歐西音學，是曰"武斷"。」

問曰：輕重者何？

答曰：重音者，自喉內強出吹而出氣至口之外也。惟同鳴之父有之，
　　　自鳴之母則無。（頁 49a／問 61）

問曰：先生所謂輕重，同鳴之德也，自鳴無之何？

答曰：自鳴俱輕，故無輕重之別。所以謂俱輕者何？重者，強口之
　　　氣也，本是半聲，自鳴本是全聲。全聲之先有半聲者，字子
　　　也，而不爲母。（頁 49b／問 63）

根據上列的論述，可以推知：輕／重是就發輔音時氣流的節制情形而言，"輕"
爲不送氣、"重"則爲送氣；清'濁則是就"濁音清化"後，因補償作用〔註5〕
促使聲調產生陰／陽分化而言，"清'爲陰聲調、"濁"則爲陽聲調。因此，
輕／重與清／濁乃是分屬於不同範疇的概念，與宋代以前的並舉互用不同。

　　金尼閣何以會擇取輕／重來表述不送氣／送氣的區別呢？除了聲母除阻後
氣流有無的考量外，或許是當時的學術風氣使然，約定俗成的緣故吧！楊秀芳
（1987：336）研究同時代的韻書《交泰韻》（1603），曾提出相關的意見可供佐
證：

根據他（金尼閣）對重音的描述，及所舉例字的讀音來看，相當
於今日不送氣塞音、塞擦音的字，金尼閣用"輕"字描述；相當
於今日送氣塞音、塞擦音的字，則用"重"字來描述。這和呂坤
在 23 年前撰寫《交泰韻》所用"輕重"的方法是一樣的，這很可
能是當時研究音韻的人的習慣，但是和從前對於"輕重"的用法
則不同。在同一個時代裡，不同的人而有相同的用法，除了表示
它已經成了一種習慣用法外，更可看出「輕重之分」是當時語音

〔註 5〕徐通鏘（1990：3）認爲：「語言系統的性質不是僵硬的、靜態的、靠外力組織起
　　　來的，而是有彈性、動態的、自組織的開放系統。」因此，若由語言結構的不平
　　　篌性，從而造成語音物質載體無法擔負社會的交際需要時，語言系統便透過內部
　　　結構的自我調整，衍生出新的語音區別形式作爲補賞的手段，以維持結構的平衡，
　　　應合社會交際的需要。例如："濁音清化"，聲母清／濁界線的泯沒，導致原本
　　　不同音的字變成同音，無法擔負辨義功能，因而語言系統便衍生出聲調陰／陽作
　　　爲補償手段。

　　普遍存在的一種辨異成份。

至於為何以清／濁來對應陰聲調／陽聲調？卻是有其內在理據可追溯。就語音的聲學特徵來看，聲母清／濁的區別主要在於發音時聲帶挃動與否，而區別聲調的主要決定因素則是聲帶的振動頻率；若就發音的生理條件而言，發濁輔音時，聲門降低量很大，增加聲腔的長度和舌根到咽壁之間的寬度，擴大聲腔體積，而發清輔音時，聲門降低量較小，聲腔體積亦小（轉引自郭錦桴，1992：431）。因此，聲母清／濁與聲調陰／陽分化的密切聯繫，實有其語音聲學與發音生理上的客觀依據。

　　漢藏語言中，聲母清／濁與聲調陰／陽的分化有密切的制約關係。〔註6〕試觀現代官話方言，平聲多分為陰／陽兩調，凡讀陽平調音者，中古皆為濁聲母；凡讀陰平調者，中古皆為清聲母。金尼閣揀擇清／濁對應陰聲調／陽聲調，當是體察到漢語中聲母與聲調有密切的制約關係。

4. 甚／次／中

　　金尼閣以甚／次／中〔註7〕三個能指符號標示音位上的某種差別，然而這組術語確切的所指內涵為何？自明末以來，音韻學家對此聚訟紛紜，莫衷一是。學者對於此一問題的探究，大抵僅根據金尼閣抽象模糊的描述，便個別地揣摹音值，未能考察各語音單位在共時平面的系統中，相互之間的關係。甚至由於無法恰切地詮釋這組術語，便認為在漢語歷時演變的過程中，根本未曾有過此種音韻上的區別，以為這純是金氏受到自身母語的影響所妄生的分別。

　　本節擬先由〈《列音韻譜》問答〉的共時描述入手，探求甚／次／中的組合（syntagmatic）、聚合（paradigmatic）關係，以確立其在音位系統中所居處的定位；準此，對歷來各家的異說作客觀的評述，冀能釐清術語模糊所造成的糾葛；最後，運用音系學的區別特徵理論，從生理、聲學上解析甚／次／中的對

〔註6〕陳振寰（1986：30）指出：「考察現代方言，凡有五類以上調類的，其調類的劃分必與聲母清濁密切相關。《漢語方言概要》所列除北方話外七大方言區十八個方言點，平分陰陽者十八，上聲分陰陽者六，去分陰陽者十四，入分陰陽者十四，陰陽調的劃分無一例外地與古音聲母的清濁相對應。」此外，漢藏語族的其他語言，如藏語、苗語、台語、侗水語等，均有清濁聲母陰陽分調的現象。

〔註7〕本節部份內容曾在中正大學中文研究所主辦的"第一屆全國研究生語言學研討會"上宣讀，並收錄於《中國語言學論文集》：15～41。

立所在。

（1）甚／次／中的音系特徵

金尼閣對於甚／次／中的論述，主要載於〈《列音韻譜》問答〉，撮其大要，條列如下：

A. 甚／次／中的組合關係

問曰：……一字元母、二字子母、三字孫母，俱有甚／次否？

答曰：甚／次／中者，一字元母之德也。若二字三字母之有甚／次／中，則不在全母之上，單在其末。自鳴之字。如"藥"、"欲"分甚／次，不生之于衣 i，乃生之于阿 o。（頁 53b／問 84）

問曰：元母有五，俱有之否？

答曰：元母之一丫 a，止知有"甚"，雖亦能半其聲之完，中國弗用，故弗贅。元母之二額 e，則有之。如"折"、"質"。如"熱"、"日"之類是。元母之三衣 i，用不用未詳，蓋風氣不同，有爲"甚"，亦有爲"次"。……元母之四阿 o，明有之，如"葛"、如"谷"、如"奪"、如"篤"，之類是。元母之午 u，更有之，且不比他攝，但入聲之有甚／次耳，午 u 則五聲俱有焉。（頁 53b～54a／問 85）

由以上兩則問答的描述，可知甚／次／中在音韻系統中的分布狀態，茲將其歸納如下：

a. 甚／次／中的音韻徵性多附屬在單元音上，若爲複元音，則僅附屬在末一個元音上。

b. 丫 a 只有"甚"，不分次／中。

c. 衣 i 可爲"甚"，亦可爲"次"，各方言的唸法不同。在《西儒耳目資》中，衣 i 無甚／次之別。

d. 額 e、阿 o 二母有甚／次之分，但僅限於入聲。

e. 午 u 則甚／次／中三者皆備，且不限於入聲。

《西儒耳目資》五十攝中，只有六個攝分甚／次，依序爲：第二攝 e、第四攝 o、第五攝 u、第十四攝 ie、第十五攝 io、第廿四攝 uo。而"中"僅見於 u 和第十五攝 iu。依〈音韻經緯全局〉將甚／次／中在各攝的對立情形，表列如下：

〔表3-2〕

	e	ie	o	io	uo	u	iu
	入　　聲		入　　　聲			清濁上去入	
甚	+	+	+	+	+	+	
次	+	+	+	+	+	+	
中						+	+

B. 甚／次／中的聚合關係

問曰：甚／次何如？

答曰："甚"者，自鳴字之完聲也。"次'者，自鳴字之半聲也。
減"甚"之完，則成"次"之半。如"藥"甚，"欲"次，
同本一音，而有甚／次之殊。……。（頁53a／問82）

問曰：有"甚"有"次"矣，但全局又有"中"何？

答曰："中"者，甚于"次"，次于"甚"之謂也。假如"數"，
甚也。"事"，次也。其中有音不甚不次，如"胥"、"諸"、
"書"是也。蓋"數"sú，午 u 在末，粗也。"事"sú，午
ǔ在末，細也。"書"xū，午 ṳ 在末者比於甚略細，比於次略
粗。故曰"中"耳。（頁53a〜b／問83）

問曰：甚／次之別，綦難矣！辨之有巧法乎？

答曰：開唇而出者爲"甚"，略閉唇而出者爲"次'。是甚／次者
開閉之別名也。（頁55a／問92）

由以上語料歸納得知：甚／次／中的對立，可經由三組音韻特徵加以辨析，借
用音系學的分析原理，表述如下：

〔表3-3〕

	甚	次	中
完聲／半聲	+	−	
粗／細	+	−	±
開唇／閉唇	+	−	

從組合關係和聚合關係上，可大致勾勒出甚／次／中在音韻系統中的對立

關係。然而，雖然金尼閣以三組音韻特徵來解釋甚／次／中的對立，但其所言過於抽象、玄虛，加上語言不斷的隨著時空推移，當日婦孺口吻間所能辨析的音韻特徵，或已泯沒在歷史洪流裡，或投映在某些漢語方言中，不爲後人所知。自明末以迄民國，學者對此組術語的詮解分歧頗多，以下則羅列各家意見並稍加評述。

（2）舊說評述

茲將前人對甚／次／中的論述歸納爲以下幾類：

A. 以甚／次／中爲發／送／收

〔明〕方以智《切韻聲原》（《通雅》卷五十）：

> 愚初因邵入，又於波梵摩得發／送／收三聲，後見金尼有甚／次／中三等，故定發／送／收爲橫三，啌／嘡／上／去／入爲直五，天然妙也。（頁9）

以生理語音學觀點解釋："發"是指不送氣的塞音和塞擦音；"送"是指送氣的塞音、塞擦音和擦音；"收"則是指邊音、鼻音的半元音。可知方以智所的發／送／收是指輔音發音方法上的聚合關係，而金尼閣所說的甚／次／中則是指元音上的聚合關係，兩者毫不相干。

B. 以甚／次爲輕重等子

《四庫提要·經部小學類存目》：

> 大抵所謂"字父"即中國之字母，所謂"字母"即中國之韻部，所謂"清濁"即國之陰平、陽平，所謂"甚／次"，即中國之輕重等子。

"輕重等子"或指等韻圖之四等。然四等間的區別在介音或主要元音，而甚／次／中的對立則僅在主要元音上。

〔清〕熊士伯《等切元聲·閱〈耳目資〉》：

> ……按中華之開閉有二：從同攝言，邵子所謂開／發／收／閉，等韻之別四等也；從同韻言，邵子所謂闢／翕，等韻之分開口呼、合口呼是也。此所謂開／閉似只重呼輕呼意，法獨詳于入聲，如二母"哲"甚"質"次（平聲爲遮），四母"葛"甚"谷"次（平聲爲歌），十四母"柰"甚"一"次（平聲爲嗟），十五母"藥"甚"欲"次（無平上去），廿四母"斡"甚"屋"次（平聲爲戈）。第五母四

聲具備，"租"、"麤"為甚，"貲"、"雌"為次，"諸"、"樞"為中。按西儒主中音，"哲"固"遮"入，"質"卻"知"入。"葛"固"歌"入，"谷"卻"孤"入。"葉"固"爺"入，"一"卻"伊"入。"藥"「阿下」入，"欲"卻"余"入，"幹"固"倭"入，"屋"卻"烏"入。具平原殊入應隨異。今衣攝無入，午攝"租"、"麤"無入，橫附他入以分甚次，"葛"與"谷"尤不倫，是遵何法耶？若"租"、"麤"與"貲"、"雌"既不同，開合尤異，比而之，所不解也。

熊氏對於甚／次的評議，大致可分為兩方面：

a. 甚／次對立的解釋

熊氏的音學觀念受到宋代邵雍《皇極經世書·聲音唱和圖》的影響頗大，故易將金尼閣所言：「甚次者開閉之別名」，比附於《唱和圖》「開」發收「閉」、闢／翕兩組術語。開／發／收／閉所指為何，仍有爭議。〔註8〕闢／翕則是指開口、合口的對立，此乃介音上的區別，與金尼閣所論不符。

b. 甚／次分布的質疑

熊氏認為「平原殊入應隨異」，在入聲中，甚／次既自有別，本當分屬不同的平聲，何以歸併在同攝中？此外，又有開合不同，音質殊別頗大而同為一攝的現象，又當如何解釋？關於熊氏的兩項質疑，可設想：《西儒耳目資》的記音反映著一種語音演變的過渡現象，在漸變的過程中甚／次音近，故可同歸於一攝，但至熊氏時代，語音已完成演變，因而熊氏無法察覺；或者甚／次音質區別明顯，但金氏為標音符號所限，不得已將其歸於同攝。至於實際情形為何？得要從音韻系統中推求。

c. 以甚／次／中之設置在於補救用羅馬字標注漢語的不足

羅常培〈耶穌會士在音韻學上的貢獻〉：

本來中國近代語音裡〔ɿ〕〔ʅ〕兩個舌尖韻母，不單在利瑪竇、金尼閣那時候感覺難標，就是近年來的西洋人也感受一樣的困難。（頁283）

〔註 8〕李榮《切韻音系》：「開發收閉相當於一二三四等」（1973：173）。周祖謨〈宋代汴洛語音考〉：「邵氏於一音之中皆分開發收閉，前人謂此即等韻圖之四等。今細考之，其相合者固多，其不合者，亦屢見不鮮。」（載於《問學集》，1979：581）

他所用的次音符號（·），似乎具有語音學的短音符號‿或下降符號┬兩種作用。（頁285）

前一章中已闡明金尼閣標音的三個層次。甚／次／中之設置實屬第二層次，即金尼閣為記錄某種明末官話中實有而不見於自身母語的音位，便在原有的羅馬字母上附加辨音符號（diacritical marks）。據羅氏分析得知：次音符號（·）實包含舌尖／舌面、長／短、升／降三組區別性特徵。

D. 以甚／次／中的區別是依法語習慣而分

李新魁〈記表現山西方音的《西儒耳目資》〉：

> 金氏之分甚／次／中，實是套用法語的習慣而分的。蓋法語中，a、e、æ、o 四個元音，每一個都可以分成前部（Anterieure）、中部（Centrale）和後部（Posterieure）或合（Fermee）、中（Moyenne）、開（Ouverte）三音，i、y和u三個元音則可分為兩音。這"合"、"中"、"開"就相當於金氏所說的"次"、"中"、"甚"。以法語的語音分析法施之於漢語，恐未盡相合……。（頁127）

金尼閣對漢語官話音系的解析，可能會受到自身母語的影響。李新魁認定金尼閣是法國人，因而主張甚／次／中的區分乃是受法語影響所妄生的。金尼閣的國籍為何？尚有爭議（詳見第二章，註8），而至今並無確切的文獻資料，可證實金尼閣的母語為法語。魯國堯先生亦對金尼閣的母語為何感到懷疑，在給筆者的信中，提及：「……我覺得要深入下去，須對意大利語、法語、Flemish 語〔註9〕有點了解，（金尼閣母語是"法語"？還是"佛蘭芒語"？）。」再者，金尼閣所用的標號是在利瑪竇等人草擬的基礎上修訂而成，依此記音亦不能排除受到意大利語、葡萄牙語影響（詳見第二節）的可能性。李新魁僅依據金尼閣的國籍便主觀臆測甚／次／中是受法語影響而分，不禁令人感到懷疑。

此外，在《西儒耳目資》的音韻系統中，甚／次／中屬音位上的對立，且金尼閣的記音既是在前人基礎上改良而成，並非草創，故其對於漢語音位的辨

〔註9〕李秉皓（1993：38）論述比利時的官方語言，指出：「今日比利時主要由佛拉芒、瓦隆兩族組成。佛拉芒占全國人口59.3%，聚居在和和荷蘭毗鄰的比利時北部，操與荷蘭語相近的佛拉芒語。占全國人口40.1%的瓦隆族則分布在與法國接壤的比利時南部，講法語。」

析必然已是相當精確。在《列音韻譜問答》中，金氏又已明確指出：甚／次之分，「中華具其理，未具其名」。因此，若無強而有力的反證，實當肯定甚／次／中之對立是以漢語實際音位的區別為依據，並非受法語習慣而強加細分。

　　以上各家的評述大抵偏向於音位的整體特徵。除此之外，更多學者從細部的音值差異上解釋甚／次／中的區別，例如：張衛東〈論《西儒耳目資》的記音性質〉：「甚／次／中當理解為：韻母主要元音（1）開口度由大依次變小。（2）發音部位依次由低升高、由後移前……。」（頁240）有關音值擬構的問題，且留待第五章再行討論。

（3）甚／次／中的區別性特徵

　　傳統音韻學家對甚／次／中的區別大多訴諸於主觀的臆測。直至近世，高本漢、馬伯樂……等「新西儒」運用歷史比較法擬測漢語語音值，對於這組術語的詮釋，方有科學性的依據。

　　以下依照〈音韻經緯全局〉所列，考查含攝甚／次／中的各語音單位在音韻系統中所居處的相應地位（見〔表3-2〕）。如此，在共時結構的分析基礎上，即可運用音位對立（contrast）的原則，找出甚／次／中的最小對比值（minimal pair）；再者，將此一共時的音韻系統置於歷時的縱軸上，推溯出語音單位在歷時漸變過程中所居處的音變階段，進而賦予符合漢語語感的音值。

　　關於甚／次／中音值的擬測，經由前賢不斷努力，已無太大的爭議。以下暫依曾曉渝（1989）所擬，將各韻值表列如下：

〔表3-4〕

	e	ie	o	io	uo	u	iu
	入　　聲		入　　聲			清濁上去入	
甚	ɛ	iɛ	ɔ	iɔ	uɔ	u	
次	ɤ	iə	o	io	uo	ɿ	
中						ʅ	iu

　　前文中已將金尼閣對甚／次／中的論述，歸納成三項區別特徵：完聲／半聲、粗／細、開唇／閉唇。以下便運用區別特徵分析法，找出以上所擬各韻主要元音的區別特徵，進而解析金尼閣所提出的三項特徵之具體內涵。

〔表 3-5〕

	ɿ	ʅ	ʮ	ɛ	u	ə	ʊ	o	ɔ
舌尖／舌面	＋	＋	＋	－	－	－	－	－	－
高／低	＋	＋	＋	－	＋	±	＋	±	－
鈍／銳	－	＋	＋	－	＋	±	±	＋	＋
圓／展	－	－	＋	－	＋	－	＋	＋	＋

　　為便於理解，以上分析擇用生理和聲學的特徵來區分各音位。準此便可闡釋金尼閣所提三組特徵的音韻內涵，作為本文的結論，試析如下：

　　A. 完聲／半聲

　　金尼閣提出此組特徵是就元音能否獨立成音而言。在〈《列音韻譜》問答〉中，屢言：「同鳴乃自鳴之半聲」，可知金氏以不能獨立成音者為「半聲」。然而韻母亦有無法獨立成音者，如漢語官話之舌尖元音即是。可知完聲／半聲即是舌面／舌尖之區別。

　　B. 粗／細

　　金尼閣提出此組特徵是就語音的物理性質而言。以第五攝 u 為例，本文將其擬為：甚〔u〕、次〔ɿ〕、中〔ʮ〕。"甚"為後元音，較沉鈍；"次"為前元音，較尖銳。因而粗／細相當於鈍／銳。

　　C. 開唇／閉唇

　　金尼閣提出這組特徵是就發音時開口度大小而言。由擬音中得知："甚"發音時舌位較低、較後，開口度較大；"次"發音時舌位較高、較前，開口度較小。因而開唇／閉唇相當於低／高、後／前兩組區別特徵。

第二節　記音符號的擬訂

　　早期入華開教的耶穌會士如：〔意〕羅明堅、〔意〕利瑪竇、〔意〕郭居靜、〔西〕龐迪我等人，基於學習漢語的迫切需要，只得依憑印歐語言的語感，以羅馬字母來標記漢語字音。由於西儒初至中華，對於漢語音位的辨析尚不夠精確；再者，所遣用的符號缺乏統一的規範，不免有同音異號，異音同號的渾雜現象。

　　《西儒耳目資》中所運用的標音符號並非金尼閣所獨創，而是在早期耶穌會士的草創基礎上，稍加修訂而成，金尼閣在《西儒耳目資·自序》中，論及書中標號的來源：

> 幸至中華，朝夕講求，欲以言、字通相同之理，但初聞新言，耳鼓則不聰，觀新字，目鏡則不明，恐不能觸理動之內意，欲救聾瞽，舍此藥法其道無由，故表之曰《耳目資》也。然亦述而不作，敝會利西泰（瑪竇）、郭仰鳳（居靜）、龐順陽（迪我）實始之，愚竊比於我老朋（彭）而已。（頁 1a）

本節主旨在探索《西儒耳目資》標號的來源，比較金尼閣所遣用的標音系統與早期標號系統間的異同，冀能經由標音符號的沿革，窺探出西儒對漢語音位辨析的進程。

1.《西儒耳目資》之前以羅馬注音的語料

欲比較《西儒耳目資》與早期標音系統的異同，必先搜尋早期耶穌會士以羅馬字母標注"官話"的音韻語料。沈福偉在《中西文化交流史》中，總結出明清之際來華耶穌會士所編撰的音韻字典與羅馬注音文章：

> 郭居靜和利瑪竇曾合編《西文拼音漢語字典》（Vocabularium Ordine alphabetico europeao more Concinnatum, et peraccentus suos digestum），是按照拉丁字母和中文讀音編排的字典。但僅是稿本。利瑪竇又曾和羅明堅合編《葡華辭典》（Dizionario portoghese-chinese），中文題名《平常問答詞意》，編成於 1584～1588 年間，中國紙書寫，計 189 頁，附拉丁拼音。1934 年在羅馬耶穌會檔案室發現，可惜並未完成。第一部刊印的拉丁拼音的語文書，是利瑪竇的《西字奇蹟》一卷，1605 在北京印行……。（頁 425～426）

至今所知，早在《西儒耳目資》之前，耶穌會士已經編撰了三種中西合璧的語文札記——《西文拼音漢語字典》、《葡漢辭典》與《西字奇蹟》。關於各書內含的標音概況，簡述如下：

（1）利瑪竇、羅明堅《葡漢辭典》

《葡漢辭典》筆者未曾親見。但楊福編（1986，1990）曾撰有專文介紹，本文涉及《葡漢辭典》的相關資料，多參考楊氏的研究成果。楊福綿（1990：1

～2）對《葡漢辭典》的發現與內容有詳盡且深入的介紹，今將其引述如下：

> 1934 年天主教耶穌會史學家德禮賢（Pasqule D'Elia,S.J., 1890～
> 1963）在羅馬耶穌會檔案館中發現了一組手稿，共 189 頁，是寫在
> 中國紙上的。手稿第 21～165 頁是一部從未出版的《葡漢辭典》，辭
> 典前面 3～7 頁，有用羅馬字母寫的〈賓主問答詞義〉，〔註10〕這是
> 一篇傳教士和中國文人的對話，是羅明堅和利瑪竇二人留下的語文
> 筆記（〔附圖 3-1〕）。這部辭典是羅、利二氏初到中國廣東肇慶時編
> 寫的，大約是在 1583～1588 年間……。辭典內容共分三欄（〔附圖
> 3-2〕）。第一欄是葡語詞條，依拉丁字母 A、B、C 次序排列，詞條
> 包括單詞、詞組及短句。第二欄是羅馬字注音，是羅明堅的筆跡。
> 第三欄是漢字漢語詞條，是中國人的筆跡，這一欄和第一欄的葡語
> 詞條相對應，包括單詞、詞組及短句，所根據的語言，不是書面的
> 文言文，而是當時通行的官話，〔註11〕是明末官話的珍貴資料。

羅明堅、利瑪竇是最早進入中華開教的耶穌會士，首先以西號標記當時的官話，草創出中西合璧的《葡漢辭典》。羅、利二氏所遣用的記音符號（能指和所指的搭配關係）雖是前無所承，但（能指形式）並非憑空自創，必是在某種既有的語文基礎上，揀擇與漢語語音相應的形式，加以擬訂而成。根據楊福綿（1986：

〔註10〕《葡漢辭典》標題為 "Pin ciu ven ta ssi gni"，德禮賢誤譯為「平常問答詞意」。楊福綿（1986：203）則從文章內容及標題的標音上加以考證，主張應當譯為「賓主問答詞義」。

〔註11〕楊福綿（西元 1986：207）：A Portuguese entry may have more than one corresponding Chinese entry. Usually, the first one represents the colloquial form; it may be one or more synonyms in colloquial and /or literary forms; for example:

Portuguese	Chinese	
Bom parecer	piau ci	嫖致，美貌，嘉
Escarnar	co gio	割肉，切肉，剖肉
Espantadico	chijn pa	驚怕，駭然，驚駭
………	………	

楊氏著眼於《葡漢辭典》所輯綠的漢語詞彙的語體風格，從而認定《辭典》所記錄的語音，為明末通行的實際口語——官話。

211）的考證，《葡漢辭典》的標音符號，乃是根據意大利文、葡萄牙文而擬訂的，舉例說明如下：

A. 以意大利文標示漢語聲母：

c =[tʃ]或[tʃ']，-e 或-i：戰 cen，臭 ceu，丈 ciam，出 cio

　=[k]或[k']，-a，-o 或-u：該 cai，看 can，過 co，寬 cuon，苦 cu

　=[x]，（部份）-u：花 cua，歡 cuon

sc =[ʃ]，-i：是 sci，水 scioi，十 scie'

z =[ts]或[ts']：子 zi，菜 zai，做 zo，從 zum

B. 以葡萄牙文標示漢語聲母：

c =[ts]或[ts']：節 cie'，酒 ciu，草 cau，村 ciuon

g =[ʒ]，-e、-i：入 ge'，日 gi，肉 gio

-m =[-ŋ]：當 tam，光 quam

-v̄ =[-ŋ]（可與-m 替換）：東 tum 或 tu，常 ciam 或 cia

　=[-n]（可與-n 替換）：天 tien 或 tie，先 sien 或 sie

羅、利二氏皆是意大利人，自然精通意大利語文。此外，當時葡萄牙在亞洲地區享有"保教權"，從歐州派到東方的傳教士需徵得葡王批準，且一律要從葡萄牙首都里斯本出發；遠東區屬葡萄牙會省，省長等皆為葡萄牙籍，故葡萄牙文便成為亞洲傳教士通用的文字。因而利瑪竇所遺留的書信，其中多以意大利文、葡萄牙文寫成（參閱羅漁《利瑪竇書信集·譯序》，頁 30）。如此，不難理解早期耶穌會士所遺用的標音形式，實是在意大利文、葡萄牙文的既有基礎上擬訂而成的。

（2）郭居靜、利瑪竇《西文拼音漢語字典》

費賴之《入華耶穌會士傳·郭居靜傳》：「利瑪竇赴北京，召郭居靜偕行，郭居靜在途中助利瑪竇編纂音韻字典。」費賴之所提及郭居靜、利瑪竇合編的音韻字典，應當即是《西文拼音漢語字典》，該書約在 1598～1599 年間編纂完成。由於資料的不足，僅知該書是「以拉丁文編著漢語音韻的字典，按西文字母排列，此後外來傳教士學習漢語，得力於此書者頗多。」（方豪，1988：94）

郭居靜在標記漢音上究竟有何創置？在《利瑪竇中國札記》中有詳實的描述：

中國語言都是由單音節組成，中國人用聲韻和音調來變化字義。……

他們採用五種記號來區別所用的聲韻，使學者可以決定特別的聲韻
而賦予它各種意義，因爲他們各有五聲。郭居靜神父對這個工作做
了很大的貢獻。他是一個優秀的音樂家，善於分辨各種細微的聲韻
變化，能很快辨明聲調的不同。善於聆聽音樂對於學習語言是個很
大的幫助。這種以音韻書寫的方法，是由我們兩個最早的耶穌會傳
教士所創作的，現在仍被步他們後塵的人們〔註12〕所使用。（頁 336）

據現實驗語音學的研究成果，得知聲調的主要聲學特徵在於聲帶振動頻率的
高低，即調值的高低。在趙元任創立“五度制標調法”之前，一般用“樂譜
標調法”（王力 1979：283），可知音律的抑揚與調值的高低，實有其相合之
處。郭居靜精於音律，能體察出漢語節律的細微變化，並從意大利文、葡萄
牙文、拉丁文……等中，擷取五種不同的附加辨音符號，分別標示明末官話
音系中的五個調位（參見本文第六章），此一創製對於西儒掌握漢語聲調有極
大的助益。

（3）利瑪竇《西字奇蹟》（〔附圖 3-3〕）

1605 年，利瑪竇應用他和同會教士所擬訂的標音符號，撰寫成三篇羅馬注
音文章——〈信而步海疑而即沉〉、〈二徒聞實即捨空虛〉、〈媱色穢氣自速天
火〉。1606 年，利瑪竇複印三篇羅馬注音文章和四幅西洋宗教繪畫，另附〈述
文贈幼博程子〉一文，贈予當時製墨名家程大約（君房），而後編錄於《程氏墨

〔註12〕利瑪竇和郭居靜所創製的五種標調符號，爲後世的傳教士所沿用。楊福綿（西元
1986：221）將後來的援用者，依照年代先後次序羅列，茲徵引如下：

1665-Martio Martini, S.J. （匡衛國，1614～1661） in his "Novus Atlas Sinensis"
（Amsterdam: Blaeu）.

1667-Athanasius Kircher, S.J. （1602～1680） in his "China... illustrata"（Amsterdam）.

1669-Antonio de Gouvea, S.J. （何大化，1602～167） in his "Innocentia Victrix"
（Canton）.

1703-Fransico Varo, O.P. （范芳濟，1627～1687） in his "Arte de la lengua mandarina"
（Canton）.

1728-Joseph Henri-Marie de Premare, S.J. （馬若瑟，1666～1736） in his "Notitia linguae
Sinicae"（completed at Canton in 1728, published in Malacca: Cura Academiae Anglo-
Sinensis, 1831, and Hong Kong: Nazareth, 1893）.

苑・緇黃》中（卷六下／頁 36～42）。據羅常培（1930a：269）統計：四篇羅馬注音文章共含 387 個不同字音的字。

尹斌庸撰《中國大百科全書・語言文字》「《西字奇蹟》」條，在該文中指出：「前三篇文章都宣揚天主教教義，由教會單獨合成一卷，取名《西字奇蹟》，複製本現存於羅馬梵蒂岡教皇圖書館（在中國，習慣上把上述四篇文章稱作是《西字奇蹟》）。」（頁 416）

2. 記音符號的沿革

金尼閣自言《西儒耳目資》的編纂工作，乃是承繼著同會教士利瑪竇、龐迪我、郭居靜等人草創的基礎。龐迪我有何音韻著作？今已無從考察；郭居靜雖與利瑪竇合編《西文拼音漢語字典》，但該書已不知散佚在何處？僅能從耶穌會士的傳記資料中，得知郭居靜對漢語標調符號的擬訂有開創之功。現今欲探求西儒記音符號的沿革概況，主要得以《葡漢辭典》（583～1588）、《西字奇蹟》（1605）、《西儒耳目資》（1626）三種羅馬字注音的語料為定點，推求標音符號的漸變過程。

楊福綿（1986，1990）、羅常培（1930a）對於西儒標音符號的沿革概況曾有精闢的論述。楊福綿（1990：3～6）比較利瑪竇早期——《葡漢辭典》與晚期——《西字奇蹟》標音系統的異同，並繪製成簡明的對照表；羅常培（1930a：269～274）則詳細考察《西字奇蹟》所收各字的標號，而與《西儒耳目資》的標音符號相互參照。筆者擷取前人歸納、研究的碩果，以楊氏所繪製的表格為底本，再參酌羅氏歸納所得的資料，而加以增訂，將各時期的標音符號併列齊觀（見〔附表〕p.63～67），相互對照，由此冀能昭顯西儒標音符號的演化進程。

（1）利瑪竇標音系統的演變

利瑪竇初至中華，在學習官話的過程中，與羅明堅合編以葡萄牙文為主體的雙語拼音詞彙集——《葡漢辭典》。在內含的音韻系統上，該書在廣東肇慶編成，或許是受到地域環境的影響，而雜有南方方言的成份，〔註13〕顯然羅、

〔註13〕楊福綿（1986：222～229）指出《葡漢辭典》所反映的音系中，含有某些南方方言（閩、粵、客）的音韻特徵，如：北方官話舌尖後輔音字讀為舌尖前輔音、hu-/f-不分、無舌尖後央元音〔ər〕、-n/-ng 不分（梅縣）、n-/l-不分（廈門）……。

利二人所記載的並非純正的官話，而是官話的地域變體；〔註14〕外在的記音符號上，羅、利二人多憑主觀的語感標記漢語音素，缺乏明確的規範。然而，約20年之後，利瑪竇對漢語官話的音位系統已較能確切掌握，若將晚期的《西字奇蹟》與早期的《葡漢辭典》相對比，即可明確地體察到標音符號變化。

參考楊福綿（1986：211～215）歸納所得，列舉出利瑪竇早期與晚期標音系統主要的異同之處：

A. 區別送氣與聲調殊別的標號

《葡漢辭典》中並無區分送氣／不送氣與聲調殊別的標號，〔註15〕因而形成巴〔pa〕、帕〔p'a〕同音（pa）的混淆現象；《西字奇蹟》中，利瑪竇則在輔音字母上附加一小撇「'」，以此種辨音符號來標示輔音的送氣成份，此外更採用郭居靜所擬訂的五種調號，標示明末官話音系中的五個調位。

B. 以同一字母標示發音部位相同的音位

《葡漢辭典》中出現"同號異音"的現象，即以同一字母払標示某些發音部位相同的音素，例如：以 c 來標示舌根音〔k〕和〔x〕，如此則"瓜"、"花"均可標為 cua；《西字奇蹟》仍存有此種現象，例如："人"標為 gin、"恩"標為 gen，即是以 g 分別標示〔ʒ〕與〔ŋ〕（聲母音值暫依楊氏所擬）。

C. 以發音部位相同的字母標示同一音素（位）

《葡漢辭典》中亦有"異音（素）同號"現象，即以某些發音部位相同的字母標示同一「音素」，例如：c〔k〕和 g〔g〕均可標示〔x〕，則"紅"可標為 cum 或 gum；ch〔k〕和 gh〔g〕（在前元音-e、-i 之前）皆可標示〔k〕，則"緊"可標為 chin 或 ghin。

〔註14〕 方言區的人在學習非母語的共同語的過程中，不自覺得將某些方言母語的成份融入共同語的本有的框架中，形成一種介於方言和共同語的過渡語，此種官話的地域變體，即是俗稱的"藍青官話"，現代學者或稱其為「地方普通話」（陳亞川，1991），或稱為「方言和普通話的過渡語」（李如龍，1991）。

〔註15〕 楊福綿（1986：214，228）指出：「在利瑪竇早期的標音系統中，尚未設立標調符號，但對某些收-e 尾的入聲韻字卻附加類似送氣的辨音符號「'」，如色 se'、裂 lie'……。」楊氏推斷此附加符號當是表徵著短促的喉塞音韻尾〔ʔ〕，若是如此，則可知早期利瑪竇所記錄的官話音系乃是南方官話，而不是以北京音為基礎的北方官話。

　　《西字奇蹟》表面上依然存留著"異音同號"現象，實際上在利瑪竇的晚期標音系統中，不同的標音符號，乃是分別標示著同一音位（phoneme）在不同組合關係下所衍生出各異的條件變體（conditioned variant），因而利氏晚期的標音系統在語音層次上已有著明顯的分化趨勢──"同音（素）同號"，與早期《葡漢辭典》的混雜現象不同。例如：c〔k〕（-a，-o，-u）、k〔k〕（-e，-i）、q〔k〕（-u-）分別標示／k／音位中的不同音素，則"改"標爲 cai，"家"標爲 kia，"怪"標爲 quai，各標號之間呈現互補分配（complementary distribution）的狀態。

　　D. 以重複輔音字母標示單一音素

　　《葡漢辭典》中，有以重複輔音字母標示同一聲母的現象，例如：c 和 cc 均可標示〔ts'〕，則"磁"可標爲｛c i,cci｝；s 和 ss 皆可杯示〔s〕，則"色"可標爲｛s e'，sse'｝。楊福綿（1986：214）認爲標號重複的現象可能是用來表示某些在聽覺感受上較響亮（strong）、清晰（clear）的輔音。然而，在利氏晚期的標音系統中已無此種標音方式。

　　（2）金尼閣對前人標號的修訂

　　金尼閣於 1626 年編成《西儒耳目資》，距離利瑪竇撰寫《西字奇蹟》則又經過了 20 年。隨著耶穌會士入華時間的增長，與中國知識階層接觸的頻繁，直接的促使西儒得以充分掌握漢語，因而對於語音的辨析、音位的歸納更能作合中士的語感。再者，《西儒耳目資》編纂的過程中，得到中士王徵、韓雲、呂維祺的修訂、校梓，更間接的提升了記音的精確性。凡此，無論是直接的促成或者是間接的影響，在客觀的條件上，金尼閣《西儒耳目資》對於漢語音韻的辨析，顯然要比利瑪竇《西字奇蹟》更加精確與適切。此種記音的精確性與析音的適切性則是具體地展現在金尼閣對前人記音符號的修訂上。

　　筆者認爲金尼閣在標音符號上最大的創新在於較嚴格的採用「音位標音法」，[註16] 即每一字母僅標示一個音位；每個音位僅用一個字母標示。在利瑪竇晚期的標音系統中，往往出現同一音位而以不同符號標示的現象。金尼閣則

─────────────

〔註16〕《西儒耳目資》大抵採用音位標音法，但亦不乏少數例外。如字母 29 攝-eao、30 攝-eam 皆僅和字父 1 相拼，-e-介音顯然是受到聲母感染而形成語音的細微差別，不當將其視爲音位。

是以漢語音位爲著眼點，將《西字奇蹟》中標示音位的不同標號進行歸併，金氏對於前人標音符號的修訂，主要有如下幾項：

a. 將 c（-e，-i，-u）、c（-a，-o，-u）歸併爲 ç，標示／ts／。

b. 將 c（-a，-o，-u）、k（-e，-i）、q（-u-）歸併爲 k，標示／k／。

c. 將 j（-a，-o，-u）、g（-e，-i）歸併爲 j，標示／z／。

d. 將 g（-a，-o，-u）、ng（-a，-o）歸併爲 g，標示／ŋ／。

e. 將 n、nh（-i）歸併爲 n，標示／n／。

f. 將韻母中的 i、y 歸併爲 i，標示／i／；將韻母中的 e、e 歸併爲 e，標示／ɛ／。

此外，金尼閣對利瑪竇晚期標音系統的某些音位標號亦作了細部的修訂，例如：將 hl（／ɚ／）改寫爲 ul。

3. 西儒辨析漢語音位的進程

符號的能指形式與所指內容緊密相關，而西儒在記音符號上的沿革，無疑正表徵著西儒對漢語音位系統辨析的進程。

語言是精密的傳訊系統，人類透過各異的語音媒介承載不同的語義信息。儘管人類所能發出的語音紛雜多樣，人類之所以能經由語音相互溝通，乃是因爲在前後相繼的語音中有某種類似性，在人們主觀聽覺感受的主導下，只會淘選出具有別義作用的語音特徵來進行信息解碼，而不自覺得略去其他的語音成份。因此，若就語音所擔負的辨義功能著眼，實可將一簇細微差別的"音素"，歸併成具有別義作用的"音位"，如此才能彰顯語音作爲語言符號所指形式的本質特徵。

音位系統具"單語性"。〔註 17〕西儒初至中華，以羅馬字母描寫漢語官話音系，但受到印歐語言的影響，無論在主觀的語感上或在客觀的記音符號上，均不免有所侷限，恰似圓鑿方枘，常有扞格不入的現象，因而對於某些漢語特有的音位常略而不記，對於某些漢語本無的音位卻又強加析分。利、羅二氏合編的《葡漢辭典》缺乏送氣與聲調殊別的標號，即是受到葡萄牙語、意大利語

〔註17〕郭錦桴《綜合語音學》：「音位總是屬於一種語言（或方言）的音位體系的，它具有單語性。在不同的語言中，常常會出現相同的語音成份。然而它們在各自語言中所具有的區別功能並不相同。」（頁 198）

缺乏此類辨音符號的影響。

西儒初期無法確切掌握漢語音位,記音則多採用音素標音法,正如布龍菲爾德所言:「只記下一些總音響特徵,而不能說明哪些特徵是重要的。」此種情形在《葡漢辭典》中極為明顯,即使是利瑪竇晚期的標音系統,亦存在著此種情形,例如:c〔k〕(-a,-o,-u)、k〔k〕(-e,-i)、q〔k〕(-u-),彼此分布於不同的組合環境中,並不相對立,實可將其歸併為一個音位,以單一字母標記。金尼閣《西儒耳目資》大抵上已能確認漢語音位系統,對於漢語音位辨析的能力普遍提升,具體顯現在音位標音法的廣泛運用上。

郭錦桴(1992:202)指出:「音位的產生是在人們抽象的邏輯思維的基礎上形成的。這種抽象思維,使我們從語音的具體現象中上升到更深刻、更能反映語音功能本質的階段。」早期西儒僅是在自身母語音位系統的既有框架下,遣用羅馬字母記錄耳官所及的具體語音成份(音素),而後在不斷學習漢語的過程中,比較音素別義功能的異同、分析音素各種組合位置和鄰境、體察音素的區別特徵……等,經過這一系列對比、分析,漸能將各種音素歸併為若干功能類,且擇用音值相同(相近)的字母標示。《葡漢辭典》、《西字奇蹟》、《西儒耳目資》不但標誌著西儒標音符號演化的階段,亦體現出西儒辨析漢語音位的進程。

第三節　四品切法 [註18]

傳統漢語音韻學在音韻結構的分析及音理的認知上,曾受到兩次外來文化的劇烈衝擊而產生飛躍性的進展。一是西漢末年佛教的傳入;一是明末耶穌會士的東來。佛教傳入的時間既早,影響的範圍亦廣,在音韻學史上若干重大的創見,如反切的產生、四聲的發現、字母和等韻圖的創製,莫不受到梵文字母的啟發。張世祿(1984:85)更是認為:「從漢代印度文化傳入中國之後,中國音韻學上的改進,沒有一件不受梵文字母的影響。」

儘管明清之際耶穌會士在華的時間不長(1582～1723),〔清〕雍正元年禁教),天主教的勢力亦不像佛教那樣龐大,但印歐語在音韻學理上對傳統漢語音

〔註18〕本節部份內容曾在東海大學主辦的「中部地區中文研究所學生論文發表會」上宣讀。會中承蒙周法高教授提供意見,謹此誌謝。

韻學的衝擊並不亞於梵文字母。羅常培（1930a：268）對於耶穌會士在漢語音韻學上的貢獻曾有精要詳實的論述：

> 利瑪竇的羅馬字注音和金尼閣的《西儒耳目資》在中國音韻學史上跟以前守溫參照梵文所造的三十六字，以後的李光地《音韻闡微》參照滿文所造的合聲反切，應當具有同等的地位。因爲他們：
>
> 1. 用羅馬字母分析漢字的音素，使向來被人看成繁雜的反切，變成簡易的東西。
>
> 2. 用羅馬字母標註明代的字音，使現在對於當時的普通音，可推知大概。
>
> 3. 給中國音韻學研究開出一條新路，使當時的音韻學者，如方以智、楊選杞、劉獻廷等受了很大的影響。〔註19〕

　　然而不僅當世的音韻學者受到影響，甚至清末切音字運動的前期，如盧贛章《一目了然初階》（1892）……等，以拉丁字母及其變體拼注漢語，亦是取法傳教士記錄漢語語音的方式，可算是蒙受明末耶穌會士的遺蔭。〔註20〕西儒的音韻學理未能造成廣泛的影響，主要是政治環境、社會心理所圍，誠如劉復在《西儒耳目資·跋》（1933）中所言：「吾國學人，早能虛心求納，恐三百年來，

〔註19〕方以智意識到西方拼音文字的便捷，《通雅·卷首一》：「字之紛也，緣通與借耳。若事屬一字，字各一義，如遠西因事乃合音，因音而成字，不重不共，不尤愈乎？」（頁18）；此外，在〈切韻聲原〉中，曾述及金尼閣及《西儒耳目資》四次。楊選杞《聲韻同然集》模仿《西儒耳目資》，創宏聲字父15、宏聲字母13、中聲字父21、中聲字母20、細聲字父31、細聲字母24，合成字祖31、大韻25；又依金尼閣的音韻活圖作〈同然圖〉、〈宏聲圖〉、〈中聲圖〉、〈細聲圖〉（參閱羅常培，1930年b：308～315）。劉獻廷《新韻譜》（1692）受到西方拼音文字的啓發，提出漢語拼音化的具體方案〔按：原書已散佚，僅殘部份存於《廣陽雜記·卷三》頁51b～52b〕（參閱周有光，1985）。

〔註20〕陳望道（1939：159）將中國拼音文字的演進分成三個階段：「第一段爲西人自己計劃便於學習漢字（語）的時期；第二段爲隨地拼音、專備教會中人傳道給不識字人之用的時期；第三段爲用作普及教育工具的時期。《西儒耳目資》可以算是第一時期的代表。」第一時期與第二時期（十九世紀末）在時間上並不接續，且傳教者亦由耶穌會士轉換爲基督教徒，因而《西儒耳目資》與清末拼音字運動無直接相承的關係，故僅是間接蒙受西儒拼音法的遺蔭。

清儒論韻，造詣之深，非今日所能意象。」

　　中國傳統的標音法或單以音節標音（直音法），或合聲、韻拼切成音（反切），金尼閣卻「舊瓶裝新酒」，表面上雖援用傳統反切的標音形式，實際上則新創四品切法，通過某些摘頭去尾的變通方式，以暗合音素拼音的原理。四品切法反映西儒切音之原理，對後世拼音字母的產生具有深遠的影響。但自明末以來，除羅常培等少數學者外，鮮有論及者。本節擬在前人研究的基礎上，重新探究四品切法所依據的原則，客觀地評定其優劣得失，進而從漢字標音史上著眼，比較其和傳統標音法之殊別，以確定其在音韻學史上應有的地位。

1. 反映音素拼切原理

王徵〈西儒耳目資敘〉論述西儒記音方式的優越性：

> 先生（金尼閣）一旦貫通，以西學二十五字母，辨某某為同鳴父，某某為自鳴母，某某為相生之母，分韻以五仄，如華音平則微分清濁焉，不期反而反，不期切而切，不體外增減一點畫，不法外借取一詮釋；第舉二十五字母，繞一因重摩盪，而中國文字之源，西學記載之派，畢盡於此。（頁 4a-5a）

王徵所盛贊的記音方式，一言以蔽之曰：「音素拼音法。」西儒僅以 25 個羅馬字母相互拼組，即可拼切出所有漢語語音，以此法切音，較諸傳統反切法所遺用冗雜繁複的上下字，自然明捷倍之。然而何以傳統漢語音韻學無法產生此種明捷的拼音法？又音素拼音法何以較漢語傳統的標音方式便捷？以下先嘗試疏通這幾點疑惑，藉以顯現四品切法所內含的音學特質。

　　標音，即是以某種符號形式來標記語音。探討標音問題時，不免要涉及符號的兩個層面：一是所指方面，指標音符號所記錄的音韻成份；一是能指方面，指標音符號的組成形式。以下便從這兩方面著眼，探究音素拼音法與傳統漢語音韻學標音方法之殊異及造成殊異的原因：

　　（1）對音韻的自然感知不同──所指方面：

　　由於語言類型的殊異，中士對於音韻自然的感知是音節性的，西儒對音韻的感知則是音素性的。李葆嘉（1992：69）

> 自源文字演進到表詞階段孕育出何種表音方式，取決於該語言易於

析出何種語音要素，這種通過文字反映出來的語音要素就是使用這種語言的人對語音的最自然不過的樸素感知。華夏文字中由假借原則支配的借字音符與古埃及文字中由離素原則支配的輔音音符不同，前者具有音節性，後者具有音素性。

知此，便不難理解何以傳統漢語音韻學必得梵文字母的衝擊方能析分聲、韻，辨別四聲；傳統韻學研究何以遲至〔清〕賈存仁《等韻精要》（1775）提出音節當分頭、項、腹、尾，才能將漢語的語音單位由音節析分至音素。

王徵在〈《列音韻譜》問答〉中，屢次問及西儒所習用的切法，何以中士難以知曉的原因：

> 問曰：先生所謂切法，中華以爲難，又以爲妙……。（頁 56b／問 96）

> 問曰：實見其難，未見其妙，先生易之，想別有妙之者，但吾儕之見其難者何也？

> 答曰：……筆畫易分多寡，音韻則一字而包多音。音不屬目屬耳，故難分多寡。譬之「倦」字，一字也，而中具夫格 k、衣 i、午 u、額 e、搦 n 之五音，至成倦 kiuen 一音……中華之字，因定意而未習分音，故以爲難。（頁 56b-57a／問 97）

所謂「未習分音」即是指未能從音節中離析出音素，中士囿於漢語獨特的音韻語感，故未解四品切法之精妙。

（2）文字類型的制約 ── 能指方面：

文字是記錄語言的符號，必然要受到語言類型的制約。就語言形態的分類而言，漢語屬單音節孤立語，[註21] 無法如屈折語可運用繁複的音素組合、變化來區別字義，只得從字形結構上辨析字義，於是便衍生出"表意"的文字系統，而不循著拼音的路徑發展。漢字大都無法從字形上得到確切的音值，雖然形聲字在造字之初含有若干表音的成份，但隨著字形的固定，形聲字的表音成份已不足以反映語音的輾變，因而爲通讀古書，爲解釋文字字義和音韻的關係，

〔註21〕施萊赫爾（A. Schleicher, 1821～1868）將語言類型學說稱爲形態學。認爲語言的形態類型（種類）是由表示意義（詞根）和表示關係（詞級）的詞的結構來確定。依意義和關係的結合類型將語言分成三類：孤立語、黏著語、屈折語。

必須有一套標音方法。西儒母語屬屈折語，基於對語音單位的獨特感知，自然
衍生出音素文字，能藉字形來展現音讀。在〈《列音韻譜》問答〉中，金尼閣和
王徵亦曾論及中西標音之異：

> 問曰：……必用同鳴字父與自鳴字母相合而共生字子何也？

> 答曰：此切法也，宜詳論焉。蓋中華之字，甫具筆畫，即定其意，
> 既定其意，即定其音，三者備則字字成矣。但先聖既定字者，
> 既定音者，欲傳之于後世當用何法。……中古聖哲，欲傳音
> 韻于後世，另立巧法。……此法有二：一曰直音，二曰切法，
> 或曰反法。（頁 55b～56a／問 93）

> 問曰：西學用之否？

> 答曰：西字既定其音，展卷無不知之。蓋自鳴與同鳴之配，自爾生
> 子，借之奚為？……（頁 56a／問 94）

傳統漢語音韻學以漢字標音。就文字符號記錄語言的方法來分類，屬"表意"
文字，無法據形知音；若就就文字符號記錄的語言單位而言，漢字則歸屬於"語
素——音節"，文字，即每個漢字大都為一個音節，如反切以二字拼成一音，
則切語上字的韻母和切語下字的聲母，必為不承載信息的羨餘成份，造成拼讀
時不必畏的糾葛。

羅馬字母為"字母——音素"文字，字母本身具有一定的音值，可見形
知音，且以字母記錄音素，可將音節結構進一步離析。文字是用來記錄語言、
切分語言的，若能將語流切分的越細，則組合的能力越強，拼音時自然較為
便捷、經濟。

2. 四品切法的原則

西儒以羅馬字標音簡省易了，但為便於未習西號的中士所用，不得已另加
中字，且援用中士所熟悉的拼音法——反切。然而將音素拼音原理裝入反切的
框架中，不免扞格不入。例如：在拼法上，音素拼音法拼切極為自由，可單獨
標音，可雙拼、三拼……；反切則僅能雙拼。在標號上，羅馬字母為音素符號，
音值易知；漢字為音節符號，二字拼合一音，不免雜有"羨餘成份"……。金
尼閣有見於此，便創立許多摘頭去尾的變通方式，以期能暗合音素拼音的原理，

此種特異的切音方式稱爲四品切法。

有關四品切法的記述都見於〈《列音韻譜》問答〉中，將金尼閣和王徵的問難，徵引如下：

> 問曰：……敢請先生切法之易。

> 答曰：字類有三：父一，母二，子三，切法俱異。若字父俱不能受切，字子無不能受切，字母則有所能有所不能。知此則切法之理無不盡矣。（頁 57a-b／問 99）

金尼閣依漢字所表徵的音韻成份，將其分成：字父（二十聲母），字母（五十韻攝），及由兩者拼合而成的字子。此三類字與漢語音素的對應關係，如下表所列：

〔表 3-6〕

	聲		調	
字母			主要元音	韻尾
		介音	韻	
字子	聲母（字父）	韻母（字母）		

以下就金尼閣所指稱的三類字著手，探究四品切法的拼切原則：

（1）字父不能受切

> 問曰：字父俱不容切者何？

> 答曰：切法必借兩字。以上取首，以下取末。其首字，不能免一同鳴之半聲。其末字，極少不能免一自鳴之全聲。今字父乃同鳴，同鳴乃半聲，夫半聲之同鳴而以一半一全者切之，多一全矣，烏能受切。或曰：不用全聲，但半其半，以成其末可乎？不知同鳴父之半，萬不能自分，蓋其半聲未分已不能出口，而自鳴若半其半，豈能之乎！（頁 57b／問 100）

由金尼閣的論述，可將字父不能受切的原因歸納爲以下兩點：

A. 就音素拼合而言

字父（聲母）爲同鳴（輔音）因其響度小無法獨立成音，故爲半聲。字父僅是代表一個輔音音素。若其依反切原則——上字取其聲，下字取其韻，不免多出一個元音音素，此與音素拼音的原則不符。

B. 就發音原理而言

字父為輔音無法獨立成音，必與響度大的元音相配方可成音。但若反切下字不取其韻而取其聲，則兩個輔音相拼更無法成音。

基於上述兩點，可知字父實在無法以傳統的反切標示，即使是現代的「國語注意符號第一式」（注音符號）亦無法完全離析出輔音音素。

（2）字子四品切法：

問曰：字子之切法何？

答曰：……余今定立切法，或子，或母，每有四品。其切子者，一曰本父本母切。二曰本父同母切。三曰同父本母切。四曰同父同母切。其四之外，凡取切皆非也……。（頁 58b／問 103）

A. 本父本母切

答曰：……「黑」「藥」切「學」，不必減首減末，自成「學」字。見西號易明：「黑」（h）「藥」（io）生「學」（hio）矣。（頁 59a／問 103）

問曰：……于〈全局〉當以何法用之？

答曰：……蓋用西號，常用本父本母，可也。惟因中原母音，多半無字，則不得已而再用三品切法，倘幸母俱有字，一品足矣。
（頁 59b／問 104）

本父本母切最符合音素拼音原理。但因漢語字母（零聲母）多半無字，因而兩字拼合時，便需運用其他三品切法，經過一番摘頭去尾的工夫，方能契合音素拼音原理。嚴格的說，真正的「本父本母切」在漢語中是不存在的，金氏以「黑」表輔音 h，實已經過去尾的工夫。[註22]

B. 本父同母切

問曰：第二本母之切維何？

答曰：……「黑」（h）「略」（lio）亦可切「學」（hio）。但同母兄弟，

［註22］「黑」若以羅馬字標音當為 he，金氏以「黑」代表 h 實以去除韻母 e。

必減其首，所剩乃本母也。如「略」（lio）去「勒」（l），乃同鳴之十五，所剩維「藥」（io）也。「黑」（h）「藥」（io）切「學」（hio）矣。（頁 60a／問 107）

C. 同父本母切

問曰：第三同父本母切維何？

答曰：……「下」「藥」相合生「學」。西號「下」（hia）「藥」（io）減「亞」（ia）生「學」（hio）矣。（頁 60b／問 111）

D. 同父同母切

問曰：……今欲切第四，而推先生之理，同父減末，同母減首，彼此所剩，亦本父本母而已。如「下」（hia）「略」（lio），「下」減（ia），「略」減（l），生「學」（hio）。（頁 61a／問 115）

以反切標音，上字的韻母和下字的聲母必成“羨餘成份”，基於音素拼音法的拼音原則，必將其去除，於是衍生出上述三種變通的方式。

（3）字母四品切法

問曰：代父代母之切維何？

答曰：字母受切極少不免有二字自鳴，以首字爲父，以末字爲母。字母有三字者，有四字者，以首字爲父，以餘末字爲母。但代父因係自鳴，實不是父，故曰“代父”。後字雖本是母，但因不是本字之母，故曰“代母”。（頁 62a／問 117）

問曰：同代父同代母切維何？

答曰：以“藥”字表之則明。“藥”字首音字曰「衣」i，“代父”也。「衣」i 字所生，如「鴉」iā、「葉」iě、「魚」iû 之類，曰“同代父”。「惡」ǒ 字“代母”也。「惡」字所生，如「褐」hǒ、如「渴」kǒ，“同代母”也。（頁 62a-b／問 118）

若依反切原理，上字取聲，下字取韻，將音節離析爲二。但字母爲零聲母，若欲將其一分爲二，只好上字表介音，下字表韻。然而介音雖居於字父的位置，但就音質而言爲元音，與字父（輔音）的音質不符，故將其稱爲「代父」。韻雖爲字母，但在此切法中，因其不含介音（介音歸於代父），故非本母（韻母），而爲代母（韻）。如："藥"（iǒ）以「衣」（i）爲代父，以「惡」（ǒ）爲代母；「埃」（iai）以「衣」（i）爲代父，以「哀」（ai）爲代母。

A. 代父代母切

答曰：代父之「衣」i，代母之「惡」o，「衣」「惡」相切 iǒ不必斬首，不必減末，自然得"藥"iǒ，其品一。（頁 62b／問 120）

B. 代父同代母切

答曰：代父與同代母，如上所云「衣」（i）「褐」（hǒ）切"藥"（iǒ）。「衣」（i）上字無減，「褐」（hǒ）下字減首，自然得"藥"（iǒ），其品二。（頁 62b-63a／問 120）

C. 同代父代母切

答曰：切"藥"（iô）字，同代父堯（iaô）陽（iam̂）之類，與代母之「惡」（ǒ）相合。同代父減末，代母無減，自然得"藥"（iǒ），其品三。（頁 63a／問 120）

D. 同代父同代母切

答曰：以「堯」（iaô）「褐」（hǒ）切"藥"（iô）字，上字減其末，下字減其首，自然得"藥"（iô），其品四。（頁 63a／問 120）

字子四品切法和字母四品切法原理相同。一方面要求在拼法上符合反切之雙拼形式，一方面又要求所傳達的音韻內涵，符合音素拼音的原則。因此必需摘頭去尾，剔除由反切標音所造成的"羨餘成份"，故衍生出名目繁多的切法，由此亦可見西儒審音之精細。

（4）字母不能受切之例外現象

問曰：……先生所云，母有不能受切者，尚未詳。

答曰：……父母無音，或有音無字，萬不能受切也。蓋父母無音無字，無所借首，無所借末故。（頁 63a-b／問 122）

此種不適用於四品切法的例外現象，是由於字父、字母無音無字所造成的，可細分成以下幾種情形：

A. 一字元母

問曰：同鳴一半之聲，不能受切；同鳴兩半之聲，愈不能受切，如

右（上）。今全聲之一，亦不能受切，全聲有二，何能獨受切
乎？

答曰：……今一全不能受切者，單字故也。蓋切法常用兩字耳。（頁
64A／問 124）

字父爲半聲，因其響度小無法受切；字母爲全聲，可獨立成音，其無法受切，
純是爲反切雙拼的形式所限。

B. 全聲在前，半聲在後

問曰：一半一全。一半在先，一全在後，足能受切；一全在先，一
半在後亦能之乎？

答曰：否。蓋此母，有代父而無代母。如二字子母之 am、an、em、
en、im、in、ul、um、un，其後有同鳴者是。……首字自鳴
也，自鳴全聲也。全可以代半，故母能代父。末字同鳴也，
同鳴半聲也，半不能代全，故父不能代母。（頁 64a-b／問
125）

反切之法，下字取其韻，所取的必爲元音。但若依音素拼音法，將上述含二個
音素的字母離析爲二，則下字所表的音素爲輔音，兩者不相契合，故無法受切。

C. a、e 所生之複合、三合元音

問曰：先生嘗云無音無字，何也？

答曰：中華之字于元母第一（a）、第二（e），無正音之字，不但不
能受切，即他母每所生之音如：a 生 ai、ao、am、an，e 生
eu、em、en、eao、eam，俱無字，中華之字亦不能切之。……
如大（tá）不足代父，蓋父存其首而減其末，如右（上）所
存之首同鳴也，同鳴不足爲用。（頁 66a／問 133）

依音素拼音原則，在上述字母中，上字當表元音 a 或 e，但 a、e 元音，在明末
官話中，有音而無字，故不能受切。雖然有字子如「大」（ta），但仍無法爲代
父，因爲依照反切拼音的原則，上字當取其聲，而不取其韻。

總結前文關於四品切法的論述，筆者將各種拼切法則以簡明的樹形圖表示
如下，由此更能體察到四品切法的原則，及各種切法相互間的對應關係：

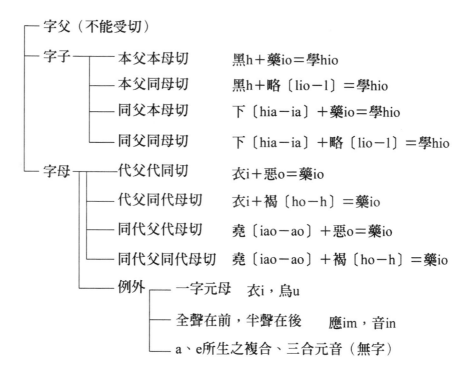

然而對於無法用四品切法標音的語音，金尼閣如何處置？在〈音韻經緯總局說〉曾指出：

> ……其有音而無字者，用切法、用土音以補西號之難。更有母之幾
> 音無字、無切、無土音者，不得已獨用西號以補之焉。（頁15）

由此可推知：若無法用四品切法標示的語音，金氏便擇用土音（方音）替代，如 a、e 兩音在正音（官話）中無字，金氏以「丫」標 a，以「額」標 e，但皆註明此為土音。然而又有無土音可用的現象，只得註明「無切」而直接標示西號，如 eao、eam、un。

在《列音韻譜》五十攝中，有多少個字母無法用四品切法標示？據筆者考查，計有二十二個，如下所列：a、e、i、o、u、ai、ao、am、an、eu、em、en、im、in、ul、um、un、eao、eam、oei、uei、uon。

3. 四品切法在漢語標音史上的地位

傳統反切標音法改良至《音韻闡微》"合聲切法"幾以臻於極限，〔註23〕

〔註23〕白滌洲（1934：532～533）指出反切形式、原則上存在著四項缺失：（1）聲韻夾雜；（2）用字分歧；（3）削足適履；（4）形式繁重。因而如何改良舊有的反切，俾使其既能反映實際的音讀，且在形式、原則上更加精確、便捷，便是數百年間音韻學家致力達成的目標。李光第《音韻闡微》（1726），受滿文十二字頭的啓發

其仍有缺陷，非因切法不善所致，實是因爲以漢字爲標音符號所不可免的侷限。必待先進理論的指導先進方法的借鑑，才能使傳統的標音方式再次產生飛躍性的進展，進而使漢語音韻學的研究，由「傳統」過渡到「現代」。

四品切法將西儒音素拼音的原理，裝入反切的框架中，表面上襲用傳統的反切法，但若細部分析其內含的音韻概念，可知純爲外來的成份，此種「中表西裡」的混合形式，在漢字標音史上居處於何種地位？實在值得探究。

四品切法對傳統的漢語音韻學而言無疑是一種先進的理論，是一套先進的方法。其先進之處主畏展現在以下兩方面：

（1）析音精細

譬況、讀若、直音皆以音節標音，純賴於對音韻的自然感知，視音節爲混沌的整體，未能自覺地加以分割。東漢時，由於梵文字母的啓發方能自覺地將音節一分爲二，依此創製反切；由佛經的轉讀而發現四聲。宋元以來，受等韻圖的影響，始析開合四等（潘耒將其合爲四呼）；明清詞曲家已將韻尾細分爲六類。此種自發的感知，直到賈存仁《等韻精要》（1775）方才自覺地將音節離析至音素。《西儒耳目資》（1626）以羅馬字標示漢語音素，已能精細的標示音節中的語音成份，在當時是一種超時代的進步，《四庫提要》評述該書說：「歐遲巴地接西荒，故亦講於聲音之學，其國俗好語精微，凡事刻意研求，故體例頗涉繁碎，然亦自成一家之學。」所謂"好語精微"、"體例繁碎"亦即是西儒析音精細的具體顯現。

（2）切法明捷

創立「合聲切法」，爲改良反切之集大成者（參見林慶勳，1987）。王力（1991：36）則明確地指出《音韻闡微》的反切原則主要表現在以下五點：

1. 雖然儘可能做到元音開頭的字作爲反切下字，但是不要絕對化，不要勉強用生僻的字。在個別地方可以靈活些，借用舌根擦音的字或鄰韻的字作爲反切下字。

2. 儘可能用沒有韻尾的作爲反切上字，但也不要絕對化。

3. 儘可能做到反切上下字都有固定的字。一般地說，同韻母並同聲調的字所用的反切上字一定相同；同韻母並同聲調的字所用的反切下字一定相同。唯一例外是反切上下字自身及同音字被切的時候，不能不變通一下。

4. 反切上字和被切字同呼。

5. 反切下字要分陰陽（指平聲）。

　　改良反切在切語的擇用上力求統一，冀能以同一的能指符號表徵同一的所指內涵。四品切法的切語為何？據筆者觀察，將四品切法用字的原則歸納如下：

　　a. 每一聲類用同一切語上字，且上字的韻母必是第二攝元母 e（第二攝除外），如格 k、德 t、百 p……。何以必用第二攝元母 e？據筆者的擬音，e 的音值當為前半低元音 ε，羅常培（1930 a）將其擬為 ε 或 ə（兩者不產生對立，可識為同音位之變體）。可知其音值較接近央元音（易弱化消失），在拼切時可免去“羨餘成份”干擾。此種設置原理與國語注音符號相同，如ㄅ實際音值為〔pə〕，亦是輔音加上接近央元音的展唇後中元音。

　　b. 同一韻母必用同一反切下字（與所切字同音時除外）。且多用零聲母字，然不免有例外的現象。

　　c. 四品切法以摘頭去尾的方式免去「羨餘成份」的干擾，與改良切法以同發音方式之延長有別。此正顯現西儒能自覺地體察出切音中多餘的音素，而中士則僅依憑自發地感知。

　　由此不難察覺在切語用字的統一上，四品切法實較改良反切更進一步，且其聲母的設置原理已和國語注音符號相當，只因仍拘泥於反切雙拼的形式，且沿用漢字標音，未能突破反切法的侷限。

　　從上述四品切法所展現的特色來看，四品切法可算是傳統反切法和現代國語注音符號間具過渡性質的產物。若能擺脫反切雙拼和用漢字標音的限制，即可再次使傳統漢語音韻學產生飛躍性的進展，但因為時代風氣的限制，〔註24〕這種進展必須到十九世紀末才如火如荼的展開（參閱吳悅，1987）。

〔註24〕何以四品切法所蘊含的拼音原理「其知所取法者，前後只有楊選杞、劉獻廷二家」（劉復《西儒耳目資‧跋》）？筆者認為除中士對羅馬字母缺乏普遍的認知外，主要原因在於「政治環境和社會心理的排斥」。雍正元年（1723）同意閩浙總督的奏請，詔令在全國驅逐西方傳教士，拆毀天主堂，不許百姓入教。由於嚴屬禁教，自明末以來的中西文化交流就此終結，在社會上的影響遂告灰滅。此外，中國傳統文人不免有排外的心理，不肯虛心受納，更不乏有詆毀者，熊士伯《等切元聲‧閱西儒耳目資》（1703）：「切韻一道，經中華歷代賢哲之釐定，固有至理寓乎其中，知者絕少。因其不知，遂出私智以相訾謷，過已！」

〔本章附表〕西儒標音符號兒考表

Table I. Initials

IPA	《葡漢辭典》	《西字奇蹟》	《西儒耳目資》	例字〔註1〕
/p/	p	p	p	郭 pam（păm），不 po（pŏ），貝 poi（poéi）
/pʻ/	p	p'	p'	怕 pa（p'á），破 po（p'o），僻 pie'（p'iĕ）
/m/	m	m	m	瑪 ma（mà），門 men（mén），明 min（mim）
/f/	f	f	f	方 fam（făm），非 fi（fĩ），法 fa（fã）
/v/	v,u	v	v	萬 van（ván），無 uu（vü），問（vuén）
/t/	t	t	t	大 ta（tá），道（táo），束 tum（tūm）
/tʻ/	t	t'	t'	他 ta（t'ā），桃 tau（t'áo），通 tum（t'ūm）
/n/	n	n	n	難 nan（nàn），能 nen（ném），內 nui（núi）
/l/	l	l	l	賴 lai（lái），流 leu（liêu），雷 lui（lûi），鑑 lan（kién）
/ts/	c,ç,cç	ç（e,i）〔註2〕	ç	則 çe（çĕ），姊 çci（çú），即 çie'（çiĕ）
	z	ç（s,o,u）	ç	子 zi（çú），早 zзu（çào），哉 zai（çăi），助 zu（çú）
/tsʻ/	c,ç,çc	ç'（e,i）	ç'	竊 ce（'cié），慈 çci（'çû），前 çien（ç'ièn）
	z	ç（s,o,u）	ç	草 zau（ç'áo），茱 zai（ç'ái），粗 zu（ç'ū）
/s/	s,ss	s	s	死 si（sŭ），事 ssi（sŭ），三 san（sān），山 san（xān）
/tʃ/	c,cc（e,i）	ch	ch	職 cen（cbén），知 ci, ccy（cī），正 cin（chfm）
/tʃʻ/	c,cc（e,i）	ch'	ch'	臭 ceu（ch'éu），齒 ci, ccy（'chl），城 cin（ch'lm）
/ʃ/	sc（i）	x	x	是 sci（xi），手 scieu（xéu），辰 scin（xin）
/ʒ/	g（e,i）	g（e,i）	g	入 ge'（jŏ），日 ge'（jĕ），人 gin（gin），二 gi（lĥ）
		j（o,u）	j	肉 gio（jŏ），如 giu（jû），冗 gium（jùm）
/k/	c（a,o,u）	c（a,o,u）	c	改 cai（cài），過 co（cúo），故 cu（cú）
	ch（e,i）	k（i）	k	狗 cheu（kéu），家 chia（kiā），鋸 chiu（kiú）
	q（u）	q（u）	q	怪 quai（quái），鬼 quei（quéi），廣 quam（quàm）

/kʻ/	c（a,o,u）	c（a,o,u）	c'	開 căi（c'ăi），可 co（c'ò），堪 can（c'ăn）
	ch（e,i）	k'（i）	k'	口 cheu（'kéu），巧 chiau（k'iào），去 chiu（'kiù）
	q（u）	q'（u）	q'	快 quai（'kuài），癸 quei（q'uéi），曠 quam（q'uám）
/ŋ/	ng（a,o,u）	ng	ng	愛 ngai（ngái），傲 ngau（gáo），我 ngo（ngò）
	ngh（e）			額 nghe（gě），恩 nghen（gěn），硬 nghen（gém）
/ɲ/	gn	nh（i）	n	義 gni（ni），業 gnie'（nhiě），濃 gnium（nûm）
/x/	h（a,e,o）	h	h	好 hau（hào），後 heu（héu），何 ho（hô）
	c（u）			花 cua（hōa），火 cuo（hùo），玩 cuon（uôn）
	g（u）			湖 gu（hû），滑 gua（hoǎ），灰 guei（hōei）
	sch			喜 schi（hi），下 schia（hià），學 schio（hiǒ）
/ʔ/	g（u）	g,φ	φ	瓦 gua（uà），臥 guo（guò），爲 guei（guéi）
				艾 gai（gái），吾 gu（gû），王 guam（uâm），外 guai（vá）

〔註 1〕上表所列的例字中，未加括號者爲《葡漢辭典》所用的標號，括號內之"正體"爲《西字奇蹟》的標號，"斜體"則是《西儒耳目資》的標號。

〔註 2〕楊福綿（1986）所標的 ç（e，i），據筆者考察當改爲"c（e，i）。

Table II. Finals

IPA	《葡漢辭典》	《西字奇蹟》	《西儒耳目資》	例　字
/ɣ/	i,y	ù	ù	思 ssi（sū），死 si（sǔ），四 si（sú）
/ʃ/	i,y	i,y	i,	之 ci（chȳ），時 sci（xi），是 sci（xi）
/i/	i,ij,y	i,y	i,	欺 chij（k'i），其 chi（k'i），肥 fi（fi），利 li（ly）
/u/	u	u	u	都 tu（tū），徒 tu（t'û），主 ciu（chù），樹 sciu（xú）
/y/	u	i,u	iu	女 nu, gnu（niù），驢 lu（liû），序 sciu（siú）
	iu	iu	iu	居 chiu（kiū），去 chiú（k'iú），許 schiu（hiú），於 iu（yû）
/a/	a	a	a	他 ta（t'â），傘 na（nâ），馬 ma（mâ），怕 pa（p'à）

/aʔ/	a	a	a	法 fa（fǎ），拉 la（lǎ），殺 sa（xǎ）
/ia/	ia	ia,ya	ia	家 chia（kiǎ），牙 ia（yâ），雅 ia（yá），下 schia（hiá）
/iaʔ/	ia	iǎ	iǎ	甲 chia（kiǎ），瞎 schia（hiǎ），壓 ia（iǎ）
/ua/	ua	oa	oa,ua	花 cua（hoâ），化 cua（hóa），瓜 cua（koā）
/uaʔ/	ua	oǎ,uǎ	oǎ,uǎ	滑 gua（hoā），別 sciua（xoā），刮 cua（kuā）
/ɛ/	e	e,æ	e	車 cie（ch'ē），者 cie（chè），這 cie（chè）
/iɛ/	ie	ie,ye	ie	些 sie（siē），也 ie（yè），夜 ie（yé）
/ieʔ/	ie'	iě,yě	iě	別 pie'（piě），裂 lie'（liě），節 cie'（çiě）
/əʔ/	e'	ě	ě	墨 me'（mě），得 te'（tě），肋 le'（lě），色 se'（sě）
/iəʔ/	ie'	iě,yě	iě	能 pie'（piě），力 lie'（lyě），釋 scie'（xiě）
/ɔ/	o	o	o	破 po（p'ó），多 to（tō），我 ngo（ngó），何 ho（hó）
/ɔʔ/	o	ö	ǒ	博 po（pǒ），落 lo（lǒ），索 so（sǒ）
/io/	io	iue（?）	iue	痂 chi（u）o（'kiue），靴 schio（hiuě）
/iɔʔ/	io	iǒ	iǒ	略 lio（liǒ），學 schio（hiǒ），貨 çio（çiǒ）
/oʔ/	o	ǒ	ǒ	不 po（pǒ），逐 cio（chǒ），肉 ɛio（jǒ）
/ioʔ/	io	iǒ,yǒ	iǒ	欲 io（yǒ），曲 chio（'kiǒ），蓄 hio（hiǒ）
/uɔ/	uo	uo,oo	uo	火 cuo（huǒ），臥 guo（guó），座 zuo（çóo）
/uoʔ/	uo	oě	oě	說 sciuo（xoě），國 cuo（quoě）
/yoʔ/	liu	iuě	iuě	月 iuo（iuě），厥 chiuo（xiuě），絕 z（i）uo（çiuě）
/uʔ/	u	ǔ	ǔ	沒 mu（mǔ），祝 ciu（chǔ）
/ai/	ai,ay	ai	ai	開 cai（k'ái），來 lai（lái），海 hai（hái）
				代 tai（tái），菜 zai（'çái），敗 pay（pái）
/iai/	iai,yai	iai	iai	鞋 schiai（hiâi），解 chiai（kiái），街 chiai（klai）
/uai/	uai	oai,uai	oai,uai	乖 quai（kuai），溢 guai（hoâi），快 quai（'kuéi），窺 quey（'kuéi）
	oi	oei	oei	陪 poi（'poéi），貝 poi（poéi），妹 moi（moéi,mùi）
		ui	ui	衰 soi（sai），碎 soi（sùi），水 scioi（xùi）

/ui/	ui,uj	ui	ui	對 tui（tùi），內 núi（núi），淚 lui（lúi），錐 ciui（chai），吹 ciui（ch'al），隱 sciui（xúl）
		（ụ）	（ụ）	乳 giui（ʃù）
/au/	au	ao	ao	包 pau（páo），好 hau（háo），少 sciau（xáo）
/iau/	iau	eao,iao	eao,iao	燎 liau（leâo），了 liau（leáo），小 siau（siáo）
/əu/	eu	eu	eu	州 ceu（chěu），臭 ceu（ch'ěu），手 scieu（xéu）
		ieu	ieu	流 leu（liěu），硫 leu（liěu），劉 leu（liěu）
/iəu/	ieu	ieu	ieu	求 chieu（'kiéu），九 chieu（kiéu），救 chieu（kiéu）
/an/	an	an	an	山 san（xǎn），談 tan（t'ǎn），盛 can（cǎn）
/iɛn/	ian	ien	ien	問 chian（kiěn），閒 schian（hiěn），眠 yan（ién）
	ien	ien	ien	天 tien（t'iěn），焉 ien（iěn），點 tien（tiěn）
/uan/	uan,oan	uan,uon	uan,uon, oan	盥 guan（uàn），關 cuan（kuǎn），寬 quoan（k'uon）
/ən/	on	an,uon	an,uon	半 pon（puón），圖 ton（'tuón），短 ton（tuón）
/uɔn/	uon	uon	uon	孔 luon（luón），冠 cuon（quón），歡 cuon（huón）
	uon	un	ụn	飩 tuon（tún），吞 tuon（'tan），順 sciuon（xún）
		uen	uen	滾 cuon（kuén），困 cuon（'kuen）
/yɔn/	iuon	iuen	iuen	捲 chiuon（kiuén），全 çiuon（ç'iuén），宛 yuon（iuén）
		un		尊 çiuon（çan），村 çiuon（'çan）
/ɛn/	en	en	en	根 chen（ken），恩 nghen（gen）
				珍 cen（chen），善 scien（xén），然 gen（gen）
/əŋ/		em	em	燈 ten（těm），曾 çen（'çém），生 ṣen（ṣém）
/uɛn/	uen	uen	uen,oen	分 fuen（ʃuén），問 vuen（vuén），溢 guen（uén）
/in/	in	in	in	林 lin（lin），謹 chin（kin），沉 cin（ch'in），身 scin（xin），人 gin（gin），盡 çin（çin），心 sin（sin）
/iŋ/	in	im,ym	in	命 min（min），鼎 tin（tim），經 chin（kim），形 schin（him），整 cin（chim），證 cin（chym），域 cin（ch'lm），淨 çin（çim），諮 çin（çim）

/un/	un	un,uen	uen	糞 fun（fuén），頓 tun（tún）
/yn/	iun	iun	iun	君 chiun（kiūn），裙 chiun（'kiûn），雲 iun（iûn）
/aŋ/	am	am	am	方 fam（fãm），說 zam（ç'âm），俏 tam（t'âm），浪 lam（lám），上 sciam（xám），常 ciam（'châm）
/iaŋ/	iam	iam,eam	iam,eam	將 çiam（çiām），量 liam（leâm），想 siam（siâm），像 siam（siám），降 chiam（kiám），講 chiam（kiám）
/uaŋ/	uam	uam,oam	uam,oam	荒 guam（bǒam），黃 guam（hôam），嚴 quam（quám），曠 quam（'kuám），往 uam（vám）
/uŋ/	um	um,om	um,uem	中 cium（chūm），蟲 cium（ch'ûm），眾 cium（chúm），工 cum（cūm,cǒm），風 fum（fūm）
/yŋ/	ium	ium	ium	兄 schium（hiūm），容 yum（yûm），勇 yum（yúm），用 yum（yúm），窮 chium（'kiûm），熊 schium（hiûm）
/ər/	i	lh	ul	而 gi（lii），耳 gi（lii），二 gi（lii）

第四章 《西儒耳目資》的聲母系統

本章旨在探究《西儒耳目資》的聲母系統。先就語音的歷時演變著眼，運用歷史比較法，以《切韻》系韻書、韻圖爲音變解釋的參照點，翻查〈音韻經緯全局〉所收字，以展現各聲類的中古來源，經由觀察中古至明末聲類分化、歸併、失落的情形，從而尋繹出語音歷時演變的規律，擬構出每個聲類具代表性的音值。

其次，再就共時平面著眼，配合《列音韻譜》、〈列音韻譜問答〉等材料，觀察各聲類在音韻系統中的分布狀態、相互對立的情形，描寫出各聲類在音韻系統中所呈現的分布規律，確立各聲類在音韻結構所居處的定位。

第一節 擬構歷史音系的基礎

何大安（1988）指出：「"語言是一個不斷變動的結構"。語言結構具有整體性，可以分析出基本成分，且必須有一套法則，或一套規則系統來支配這些成分之間的各種關係。」因此，聲母系統的描寫必當離析音位、擬測音值，爬梳聯繫各成分的語音規律。在實際描寫《西儒耳目資》的聲母系統之前，必須先預設基礎方音，以此爲音值擬構的依據；闡述尋繹音變規律的理論基礎、方法、步驟，作爲探究音韻結構歷時變動的基點。

1. 基礎方音的預設

聲調是現代漢語音韻結構中不可缺少的超音段成分，正因聲調統轄的字數多，聲調的差異往往成爲劃分方言區的重要標準。李榮（1985 a：3）便是以「古入聲字的今調類」作爲官話方言（不含晉語）分區的標準。近來學者主張《西儒耳目資》以南京話爲基礎方音，大都著眼於《西儒耳目資》有入聲，而現代官話方言分區中，江淮官話尚普遍存有入聲，因而認爲兩者有同源相承的關係。然而必須指出的是：方言系屬關係的確立只能是共時的，而非歷時的。因此，不能將《西儒耳目資》的音韻特徵，直接與現代官話方言相比附，必得回溯明末時漢語方音的實況，方能與《西儒耳目資》的音韻特徵作共時平面的比照，從而確立同源關係。

〔明〕張位（約 1540～1600）《問奇集》載有「各地鄉音」（頁 81～82），是古代文獻中少見的方言語料，大致上反映出十六世紀末明代各地的方音實況。丁邦新（1978：592）曾明確的指出：

> 張位描寫入聲演變爲舒聲時，提到燕趙、秦晉、梁宋、齊魯、西蜀
> 等五個方言，正好就是現在的北方官話跟西南官話兩個方言區，可
> 見當時入聲的消失不僅非常普遍，地區也很大。這跟《中原音韻》
> 的聲調系統是相合的，而跟《韻略易通》（1442）《西儒耳目資》（1626）
> 等書的聲調系統不大相同。

由此即可得知早在明末之時，官話方言區中入聲多已消失。江淮官話或因接臨吳語區而仍存入聲，因而「入聲的有無」便成爲江淮官話與其他官話方言的主要差異所在，同是反映明末官話的《西儒耳目資》亦有入聲，可證知《西儒耳目資》當是以江淮官話爲基礎方音。

然而，現代江淮官話入聲調仍存有入聲韻尾，但《西儒耳目資》入聲的標音方式與舒聲無別，顯然此時入聲已失落但仍自成一個調類，即聲調上由原本爲音段的對立（舒／促）轉成超音段的對立。如何理解此種不相合的現象？薛鳳生（1992：274）從方言擴散的角度加以解釋，認爲：「南方官話移植到北京的土地上以後，不可避免的要按照這裡的發音方式進行調整，並且失落了作爲入聲標誌的韻尾／q／（喉塞音）。」因此，《西儒耳目資》無入聲韻尾，表面上與多數江淮官話入聲調有異，但卻不會影響到前文推論的結果。

2. 音變規律的尋繹

語音在同一時間、空間且具有相同的語音條件下，具有相同的演變。以宏

觀的角度來看，語音的歷時演變具有規律性。早在十九世紀時，新語法學派已提出「語音規律無例外」的著名論斷；然而，若以微觀的角度細部地分析共時平面的語音，總會發覺許多逸出語音規律的剩餘形式，近代美國結構語言學家布龍菲爾德認爲剩餘形式提供兩種可能的解釋：一是把語音對應的關係規定的太寬或太窄；一是有些近似形式也許並不是同一的早期形式的發音分歧（袁家驊，1980：437）。此種剩餘形式表面上不符語音演變的規律，實際上卻潛藏著某種深層的語音條件。

此外，布氏又指出：從音變剛一開始，通過全部的音變過程，以及音變作用結束以後，語言中的形式不斷地受到其他演變因素的支配，特別是借用和新複合形式的類推組合（袁家驊，1980：452～453）。「語音規律無例外」是純就語音的層面而言，但在實際的音變過程中，語音會受到非語音因素的干擾，以漢語而言，諸如：受字形影響所造成的類化、回避忌諱字音、古音殘留、誤讀反切……等。

基於上述的推衍步驟，可逐項考察出《西儒耳目資》聲母演變的“常例”；揭櫫深層語音條件作用下所產生的“變例”；闡明非語音因素所造成的“特例”。〔註1〕如此窮盡《西儒耳目資》音系所蘊含的語音規律，方能洞悉音韻結構的歷時演變，作爲判定基礎方音的依據。

第二節　聲母系統的描寫

《西儒耳目資》稱聲母爲“同鳴字父”，以二十個羅馬字母標示，每一聲母又各擇取一個同聲母 e 韻〔ɛ〕的漢字爲代表字。在〈列音韻譜問答〉中，金尼閣論述二十字父與等韻三十六字母的對應關係：

> 等韻三十六所稱母者，余稱爲父。如精、清、從三者，俱同鳴之一
> 曰“則”ç。知、徹、澄、照、穿、床六者，俱同鳴之二曰“者”ch。
> 見、溪、羣三者俱同鳴之三曰“格”k。幫、滂、並三者俱同鳴之四
> 曰“百”p。端、透、定三者，俱同鳴之五曰“德”t。日之一，乃
> 同鳴之六曰“日”j。微之一，乃同鳴之七曰“物”v，然亦有他音，

〔註1〕 “常例”是指古今音變的主流或稱基本對應。“變例”是指古今音變的支流或稱條件對應。“特例”則指古今音變的例外。

略輕之亦屬自鳴之五曰"午"u。非、敷、奉三者俱同鳴之八曰"弗" f。至同鳴之九曰"額"g則無之，致其所屬之字，如"安"、"恩"、 "偶"之類，亂排他行而爲螟蛉焉。來之一，乃同鳴之十曰"勒"l。 明之一，乃同鳴之十一曰"麥"m。疑、孃、泥三者，俱同鳴之十 二曰"搦"n，然疑亦有他音，略輕之則屬自鳴之三曰"衣"i。心、 邪二者，俱同鳴之十三曰"色"s。審、禪二者，俱同鳴之十四曰 "石"x。曉、匣二者，俱同鳴之十五曰"黑"h。若影若喻，不似 同鳴，屬自鳴之三曰"衣"i。此不分輕重平仄之全，總父總母是也。

（45頁）

上文所列僅十五字父，因其未分輕重平仄（"輕"爲不送氣，"重"爲送氣）。 漢語聲母音位有送氣／不送氣的對立，因此，上述十五字父中，不送氣的塞音、 塞擦音——則ç、者ch、格k、百p、德t，又可分別衍生出送氣的五個字父— —測ç、撦'ch、克'k、魄'p、忒't。如此可知：《西儒耳目資》的聲母系統共含 攝二十個聲類（不計零聲母）。

　　金尼閣又將《西儒耳目資》二十字父與等韻三十六母的對應關係繪製成〈等 韻三十六字母兌攷〉，引錄如下：

自鳴字母〇同鳴字父

一ㄚ	二額	三衣	四阿	五午	一則	二者	三格	四百	五德	六日	七物	八弗	九額	十勒	十一麥	十二搦	十三色	十四石	十五〇
					c	ch	k	p	t										
a	e	i	o	u						j	v	f	g	l	m	n	s	x	h
					'c	'ch	'k	'p	't										
〇	〇	〇	〇		測	撦	克	魄	忒	〇	〇	〇	〇	〇	〇	〇	〇	〇	黑

等韻三十六母

					精	知	見	幫	端	日	微	非		來	明	疑	心	審	曉
疑		微	清	徹	溪	並	定			敷				泥	邪	禪	匣		
影			從	照	群	滂	透		奉				孃						
喻				澄															
				穿															
				床															

金尼閣〈等韻三十六字母兌攷〉，僅能概略地體現近代官話聲母系統的演化大勢，卻無法顯現細部的音變規律。羅常培（1930a：290～291）曾分析利瑪竇記音與〈音韻經緯全局〉所收字，考查出幾項〈兌攷〉所無法展現的音韻特徵，徵引如下：

1. 影、喻、疑並不專屬於 i 攝……。

2. u 類字，除去 ui 攝複見“微”、“尾”、“未”三字外，其餘並沒有屬於微紐。

3. ç，'ç 兩行，除去精、清、從三紐外，還有照、穿、床、三紐的二等字；s 行除去心、邪兩紐外，還有審紐的二等字。

4. 'ch 行有從審紐變來的“產”、“舂”兩字；從禪紐變來的“酬”、“成”、“常”、“禪”、“蟬”五字。

5. k 行有從匣紐變來的“棍”字；'k 行有從匣紐變來的“鞹”字；h 行有從見紐變來的有“痀”、“恍”、“係”等字。

6. j 行除去疑紐的“阮”字，喻紐的“銳”字以外，還有從泥紐變來的“耎”字，並不專屬於日紐。

7. n 行有從日紐變來的“饒”、“撓”兩字；從端紐變來的“鳥”字。

因此，對於《西儒耳目資》聲母系統的擬構，〈兌攷〉僅能提供次要的參考，欲確立《西儒耳目資》音系所含攝的聲母，探究語音演變的深層規律，仍當以分析《列音韻譜》、〈音韻經緯全局〉的記音作爲主要的依據。

第三節　聲母音值的擬構

從金尼閣的〈兌攷〉中，能察覺近代漢語語音歷時演變的常例，卻無法體現出不合常例的剩餘形式，如此，自然不能再尋繹出受深層的語音條件所造成的變例、揭櫫細微的語音規律。〈兌攷〉中所顯現語音演變的常例，正反映著官話方言內部的一致性，因此，若欲論證出《西儒耳目資》的基礎方音，必得再推求能展現官話方言差異性的語音規律。

以下各表即是筆者查考〈音韻經緯全局〉所收的 1513 字與三十六字母的對應關係，將所得數據表列如下，作爲探尋語音規律、擬測音值之客觀依據。

1. 則 ç、測'ç、色 s、者 ch、撦'ch、石 x、日 j

〔表 4-1〕

		則 ç	測'ç	色 s	者 ch	撦'ch	日 j	石 x
精		53	3					
清			64					1
從	平		17		2			
	仄	20	1		9			
莊		3	1					
初			4			15		
崇	平		4		1	6		
	仄	1			3			
知					15	1		
澈			1		1	20		
澄	平					8		
	仄	1			5			
幸					30			
昌						27		
船	平					2		6
	仄							
心				68				
邪	平		2					
	仄			16				
生				9		1		22
書						1		32
禪	平					6		19
	仄				1			
日							35	
疑							1	
以							1	
總計		78	97	93	67	87	37	80

（1）音變規律

A. 濁音清化

〔宋〕邵雍《皇極經世・聲音唱和圖》所反映的汴洛方音，濁塞音、濁塞擦音已因聲調平仄而分化，此為濁音清化之先兆。而後，濁音清化的演變趨勢在官話方區擴散開來。現代官話方言中，濁音清化已是普遍的音韻特徵，其分化的條件：中古濁塞音、濁塞擦音，若爲平聲則今讀送氣清音；若爲仄聲則今讀不送氣清音。中古濁擦音亦皆讀爲清擦音，無送氣／不送氣的對立。其規律如下：

$$R1 \quad \begin{bmatrix} +輔音 \\ +全濁 \end{bmatrix} > \begin{bmatrix} +輔音 \\ -全濁 \\ (\alpha送氣) \end{bmatrix} \quad / \quad \# \quad \_\_ \quad [(\alpha平聲)]$$

B. 知、莊、章合流

〔元〕周德清《中原音韻》（1324）多是知二系和莊系并爲一類，知三系與章系并爲一類，但在東鐘韻中已有知、莊、章相混的現象。從〈音韻經緯全局〉所收字的統計數據中，亦可明顯的觀察到此一音變趨勢。但在此種常例下，有若干剩餘形式，當可再進一步探尋音變的條件。由〔表 4-1〕所示：知、莊、章三系多讀爲者 ch、撦'ch、石 x，但莊、知系字有部份字讀爲則 ç、測'ç、色 s；船、禪二母之仄聲字讀爲石 x（擦音），但平聲字卻有讀爲石 x 或撦'ch（送氣塞擦音）。

a. 莊系字的分化條件

筆者據〈音韻經緯全局〉所收字，觀察得知：中古莊系字在梗攝二等和流、臻、深、遇攝三等讀爲則 ç、則'ç、色 s。例字如：鄒（流攝三等）聲母讀爲則 ç；柵、峥（梗攝二等）、齔、襯（臻攝三等）聲母爲測'ç；數（遇攝三等合口），搜、溲（流攝三等），生、省、眚（梗攝二等），森、滲（深攝三等）聲母讀爲色 s。

中古莊系在假、山、蟹、效、江、梗、咸攝二等和遇（開口）、宕、止攝三等讀爲者 ch、撦'ch、石 x。例字如：鮓、詐（假攝二等），齋、債（蟹攝二等），莊、壯（宕攝三等），棧、譔（山攝二等），葅（遇攝三等開口）聲母讀爲者 ch；炒、鈔（效攝二等），搶、創（宕攝三等），楚、濋、鋤（遇攝三等開口）聲母讀爲撦'ch；稍、梢（效攝二等），雙、淙（江攝二等），衰（止攝三等合口）聲母爲石 x。其規律如下：

R2 莊系→則 ç、測'ç、色 s／＿梗二等，流臻深三等

　　　　　　　　　　　，遇開口三等

　　＼者 ch、撦'ch、石 x／＿假山蟹效江梗咸二等

　　　　　　　　　　　宕三等，止、遇合口三等

b. 知系字的分化條件：

〈音韻經緯全局〉中，知系字多讀爲者 ch、撦'ch、石 x，僅有琛（深攝三等）和宅（梗攝二等）讀爲者 ch、撦'ch、石 x。若觀察《列音韻譜》即可知此二字並非個別的例外，必當將其視爲條件音變。因此，知系字的演化規律爲：

R3 知系→則 ç、測'ç、色 s／__梗攝二等，深攝三等

　　　　＼者 ch、撦'ch、石 x／__

c. 船、禪的分化條件：

上古船、禪同源（李方桂，1980：16）。中古語料中船、禪亦多不分，《顏氏家訓・音辭篇》：「南人以石（禪母）射（船母）」即是。現代北方方言中，船、禪平聲多讀爲送氣的清塞擦音〔ts'〕或〔tʂ'〕，仄聲則讀爲清擦音〔s〕或〔ʂ〕；南方方言中，船、禪多亦多合爲一類，且不分平仄一律讀爲清擦音〔s〕，只有少數例外（李新魁，1979a）。考察語音歷時發展概況，得知船、禪關係極爲密切，其語音演化所循之途徑亦多相近，故可合而言之。

〈音韻經緯全局〉中，船、禪二母之仄聲皆讀爲石 x；平聲則有撦'ch、石 x 二讀，其分化條件爲何？陳保亞（1993：195）察覺到當中古禪母平聲字有韻尾，且韻尾是-u、-i、-n、-ng 時，今讀爲塞擦音〔ts'〕，否則讀擦音〔s〕，其音變的語音條件是：韻尾-u、-i、-n、-ng 具有發音部位"高"的區別特徵。試觀〈音韻經緯全局〉，船、禪母平聲讀爲撦'ch 的字，計有八個：常（'cham）、酬（'cheu）、禪（'chen）、成（'chim）、垂（'chui）、脣（'chun）、禪（'chien）、船（'chuen），八字的韻尾音值亦是-u、-i、-n、-ng，[註2]可知〈音韻經緯全局〉船、禪二母讀爲撦'ch 的分化條件亦是具有〔＋高〕的聚合關係。至於船、禪平聲讀爲石 x 的情形顯得雜亂無規律，且呈現音系疊置的重讀現象（詳見第七章），如：常（'cham、xam），脣（'chun、xun）。其音變規律暫擬如下：

　　　　　／石 x／__仄聲

R4　船禪→石 x／__平聲

　　　　　＼撦'ch／__平聲、〔＋高〕

〔註 2〕 丁邦新（1986：125，註 13），從消極面著眼，指出：「金尼閣《西儒耳目資》裡有-m尾，其實是代替-ng，因爲法文和義大利文裡沒有-ng尾。」筆者認爲若從積極面考量，則西儒以-m字母標記漢語-ŋ，可能是借用葡萄牙語的記音符號所致（詳見第五章）。

C. 邪母讀為測'c 的音變現象

〈音韻經緯全局〉邪母大都清化而讀為色 s，但有徐（'çiu）、詳（'çiam）二字讀為測'ç。從此二字音素的組合關係著眼，可歸納出二字的介音或主要元音為三等細音，聲調為平聲。其音變條件當是：

R5　邪→測'ç／＿三等細音、平聲

（2）音值擬測

由表 4-1 所列的數據和其中所隱含的音變規律，可將各聲類的音值擬測為：

則 c〔ts〕測'c〔ts'〕色 s〔s〕

者 ch〔tʂ〕撦'ch〔tʂ'〕石 x〔ʂ〕日 j〔ʐ〕

對於則 c、測'c、色 s 的音值擬測，各家一致。但對於者 ch、撦'ch、石 x、日 j 的音值則有不同的看法，羅列各家所擬音值（羅常培西元 1930 年 a、陸志韋西元 1947 年 b、李新魁西元 1982）如下：

	者 ch	撦'ch	石 x	日 j
羅常培	tʃ	tʃ'	ʃ	ʒ
陸志韋	tʂ,tɕ/-i	tʂ',tɕ,/-i	ʂ,ɕ/-i	'ʐ'
李新魁	tʂ	tʂ'	ʂ	ʐ

各家音值擬測的分歧點在於：捲舌聲母可否配細音？此一爭論在為《中原音韻》擬音時已發生。就〈音韻經緯全局〉而言，者 ch、撦'ch、石 x、日 j 可兼配洪細，甚至有一字洪細二讀的現象，例如：收（xeu、xieu），首（xeu、xieu）。羅氏（1930a）、陸氏（1947b）均認為捲舌音聲母後接之細音，發音不易，且容易失落，因而將細音前的知、照系字擬為舌尖面音〔tʃ〕或舌面前音〔tʃ〕；李氏（1979b）則認為音素的失落，並非一接觸即失落，且現代方言——廣東大埔、興寧客方言和京劇上口字皆有齫舌音配細音的現象。筆者亦主張者 ch、撦'ch、石 x、日 j 為捲舌音，可後接細音。其中最直捷的證據當是京劇中的上口字。楊振淇（1991：55）論述上口音的性質：

上口字就是至今仍保留在京劇唱念中的那些讀古音、方音的字。古
音來自《中原音韻》（或"中州韻"）；方音來自鄂、皖、蘇等方音。

就社會語言學的觀點來看，上口字實是一種"行業語"（jargon，〔註3〕）。京劇

〔註3〕《語言與語言學詞典》詮釋"行業語"的定義：「某一社會團體或職業團體所使用

念唱的語音講究"字正腔圓",歷來由師徒口授心傳,成爲一種特殊社會族群的用語,具有極強的穩固性、保守性,不隨著自然語音變化;再者,京劇源起於鄂、皖、蘇之間,屬江淮官話區,〔註4〕與《西儒耳目資》的基礎方音或有同源相承關係。因此,本文據此將者 ch、搊'ch、石 x、日 j 皆擬爲捲舌音。至於"收"、"首"一字而有洪細二讀的現象,顯現 tsi→ts-的音變規律,正通過詞彙而漸次擴散,此種一字二音、自由變讀的共時差異,正反映著語音演變的過渡狀態。

2. 額 g、物 v、自鳴 φ

〔表 4-2〕

		以	影	子	以	徵	日	溪	總計	
額 g	開	11	15						26	
	齊									
	合	5	1	2					8	
	撮									34
物 v	開								3	
	齊									
	合	1	1						16	
	撮									19
自鳴 φ	開		3				3		6	
	齊	7	21	9	12				49	
	合	7	23	4				1	38	
	撮	6	5	2	2				15	108

（1）音變規律──零聲母的擴大

孫建元（1990）考察《四聲通解》、《翻譯老乞大‧朴通事》、《四聲通解》中譯寫漢語字音的諺文資料,指出中古影、喻、疑、微諸紐在北京音系中合流的年代最遲不晚於明末中葉。由〔表 4-2〕的數據可知:明末官話中,零聲母含攝中古于、以、影、疑、微、日諸紐。其中以母皆讀爲零聲母,于母雖有"爲"、

的一套術語和語詞,但該社會的全體成員並不使用,並且經常是並不理解這套術語和語詞。」（頁 184）

〔註 4〕 據《中國語言地圖集》所示,可知現代江淮官話主要分布在蘇、皖、鄂三省。其中對於鄂東方音的歸屬,學者見解不一,如丁邦新（1987:812）認爲此區當獨立爲"楚語",本文則依李榮先生的意見仍將其歸於江淮官話。

"偉" 二字讀為額 g，但此二字實亦兼讀為零聲母，即 "為"（goei、uei）、"偉"（goei、uei），此種二讀并收的情形或許是語流音變所造成音值上的細微差異。因為在發元音時，前面常帶有伴隨音，西儒辨音極細，將此種伴隨成分記錄下來，即形成零聲母二讀的現象。至於疑、影、微、日分化為二母，以下分別論述其分化條件。

A. 疑、影的分化條件

由〔表 4-2〕不難察覺出中古疑母字分化為額母 g 與零聲母。其中疑母開口洪音讀為額 g，開口細音、合口細音讀為零聲母，合口洪音則分別讀為額 g 和零聲母。疑母合口洪音表面上分化為對立的兩類——額 g、零聲母，然而仔細查考便可得知：疑母合口洪音讀為額 g 合口呼的字多兼有零聲母合口呼一讀。如：吾（gu、u）、伍（gu、u）、誤（gu、u）、偽（goei、uei）僅兀（guo）例外。此正顯示疑母合口洪音多已失落，僅在少數字彙上殘留一字二讀的過渡現象，此當為詞彙擴散的痕跡。因此，中古疑母分化的條件在於介音，若後接開口洪音（零介音）讀為額 g，其餘則已失落為零聲母。其規律為：

R6　疑→額 g／＿開口呼

　　　　＼自鳴 φ／＿齊齒、合口、撮口呼 [註5]

中古影母的開口洪音分化為額 g 或零聲母，其餘則皆讀為零聲母。影母開口洪音分化的條件為何？在於主要元音的高低、開合。試觀中古影母開口洪音讀為額 g 的字，如：安（gan）、熬（gao）、哀（gai），主要元音為低元音；中古影母開口洪音讀為零聲母，如：阿（o）、惡（o），其主要元音為中元音。可知影母的演變規律：

R7　影→φ→額 g／＿開口呼低元音

　　　　＼φ／＿齊齒、合口、撮口及開口中、高元音

B. 微母的分化

金尼閣〈兌考〉中已將微母歸為物 v、自鳴 φ 兩類。從〔表 4-2〕可察知微母雖有少數失落而歸為零聲母合口，但大抵上微母仍自成一類。微母分布的語音

〔註 5〕　《西儒耳目資》已具備近代漢語 "四呼二等" 的規模，但撮口呼以羅馬字母 iu 標記，可知其發音時仍為兩個動程。待其圓唇成份前移，與前一音素併為一個發音動程時，即完成現代漢語〔y〕的歷時演變。

條件除陽韻爲三等開口外，其餘皆只見於三等合口，何以獨陽韻字見於開口？杜其容（1981：220）指出：「a元音從現代方言來看，它可以使韻圖列於開口轉的陽韻字變爲合脣度更高的其它元音，甚至使其韻母變爲合口的讀法。」具三等合口性質的韻部使中古重脣明母演化爲輕脣微母，其音變規律：

R8　明→微／__三等合口→物 v

C. 日母的失落

〔表 4-2〕中，日母讀爲零聲母有三字：而、爾、二。此三字中古皆屬止攝開口，在《列音韻譜》中則皆歸於第二十五攝 ul〔ər〕。〔明〕徐考《重訂司馬溫公等韻圖經》（1602）所反映的北方官話中，已將此三字列於〈止攝第三開口篇〉的影母下，而十七世紀以後的朝鮮文獻也有止攝日母失落的記載（姜信沆 1980：527）。可知十七世紀時的官話方言止攝開口日母字失落爲零聲母已是普遍的現象。

R9　日→φ／__止攝開口

（2）音值的擬測

依〔表 4-2〕的數據和上述的音變規律，茲將音值擬測如下：

額 g〔ŋ〕　物 v〔v〕

試觀金尼閣〈兑攷〉，額 g 無與三十六字母相應，其音值爲何？不免令人懷疑。〔清〕熊士伯《等切元聲・閱西儒耳目資》（1703）：

> 自鳴元母已爲影喻，則疑母自當入額，與古圖三十一數正合，不當空額而以疑入搦，又以疑影喻入衣。微爲脣音入物，是已，不當又入午。皆緣不明五音，并不明喉舌脣牙齒，是以亂雜而無章也。

熊氏以爲額 g 當與疑母相應，但由〔表 4-2〕可知額 g 的來源非僅有疑母字，還包含影母字。因其中古來源有二，各家對額 g 音值的擬測頗不一致：

	羅常培	陸志韋	李新魁
額 g	g	ŋ	φ

本文將額母擬爲舌根鼻音〔ŋ〕，主要依據今江淮官話中尚有疑、影二母讀舌根鼻音的現象。〔註6〕李氏（1982：126）認爲額 g 與零聲母不產生對立而將

〔註 6〕以合肥方言爲例，陳薰（1979：39）：「牙音疑母開口洪音多讀 ŋ-，如"藕、昂、

其歸併於零聲母，然而曾曉渝（1989：31）已指出在 o、uo 兩韻中額 g 與零聲母有嚴格的對立，可見李氏之說有所闕漏。至於羅氏將額 g 擬爲舌根濁塞音，則不妨將其視爲／ŋ／的變體。如此，可將額 g 的來源表述如下：

何大安（1988 年：37）將某些方言中疑母字失落而後又在開口洪音前復生的音變規律稱爲“回頭演變”（retrograde change）。依〔表 4-2〕的數據，筆者認爲〈音韻經緯全局〉所收中古疑母字在開口洪音前並未失落爲零聲母（見 R6）；受低元音影響而衍生出舌根鼻音的現象則僅見於影母（見 R7）。由上列兩項規律可知——中古疑母未曾經歷“回頭演變”，何大安先生之說實可再商榷。

3. 格 k、克'k、黑 h

〔表 4-3〕

全氏記音 ＼ 全局字數 ＼ 中古平仄 ＼ 廣韻聲類	見	溪	群 平	群 仄	曉	匣	莊	總計
格 k	99			5		1	1	106
克'k	1	87	18	2			1	109
黑 h	2				59	64		125

除群、匣二母產生濁音清化外，見、溪、曉皆未分化，故依〔表 4-3〕可逕將各母音值擬爲：

格 k〔k〕、克'k〔'k〕、黑 h〔x〕

在此必須提及近代漢語音韻一項重要的音變規律——顎化。“言有易，言無難”正好適以說明探究近代漢語顎化源流時所遭遇到的困難，鄭錦全（1980：79）探究明清韻書顎化音變的源流，曾明確指出：「明清兩代的韻書，爲了切音的方便，也常因韻母的開合洪細而用不同的字代表同一聲母。對見、曉、精系字來說，字母細分常使人弄不清到底是聲母本身的不同還是介音的不同。」此種模糊難辨的

硬”。」

情形，是漢字標音無可避免的缺失。西儒以羅馬字母標記漢音、離析音素，免去漢字標音的模糊性，有助於探究音變現象。試觀金尼閣以ç、k、h標示精、見、曉系字，且皆可兼配洪細，便可論斷明末官話音系尚未產生顎化音變。

4. 百 p、魄'p、麥 m、弗 f

〔表 4-4〕

	廣韻聲類	幫	滂	並		非	敷	奉	明	總計
	中古平仄			平	仄					
全氏記音	全局字數									
百 p		47			7	1				55
魄'p		1	43	19	2					65
麥 m									63	63
弗 f						12	6	14		32

（1）音變規律：非、敷、奉合流

〔宋〕邵雍《皇極經世・聲音唱和圖》所反映的汴洛方音中，奉母尚未併入非、敷。元世祖至元六年（1269）頒布的八思巴字中，已可察知非、敷、奉合流（羅常培，1959：577），《中原音韻》（1324）中亦顯現此一音變規律。由〔表 4-4〕數據可將規律表述為：

R10　非、敷、奉→弗 f

（2）音值的擬測

百 p〔p〕　　　　魄'p〔p'〕　　　麥 m〔m〕　　　弗 f〔f〕

5. 德 t、忒't、搦 n、勒 l

〔表 4-5〕

	廣韻聲類	端	透	定		泥	娘	疑	日	知	心	來	總計
	中古平仄			平	仄								
全氏記音	全局字數												
德 t		40			16					1			57
忒't			45	19	3								67
搦 n		1				39	15	5	1		1		62
勒 l												72	72

（1）音變規律

〔表 4-5〕中較爲特出的現象是少數中古疑母字在細音前同化爲舌尖鼻音，如：虐、逆……等，又有部份疑母字在細音前失落爲零聲母或一字二音，如牛（nieu、ieu）兩者的分化條件爲何？牛、虐、逆，在《中原音韻》中皆爲零聲母，可知兩者音系基礎不同，其來源爲何？有待進一步探索。今將其規律概括如下：

R6 疑→　搦 n／＿＿細音

（2）音值的擬測

德 t〔t〕　　　　忒 ’t〔t‘〕　　　　搦 n〔n〕　　　　勒 l〔l〕

6. 音變規律的例外

由上列各表中皆可發覺有少數、零星的剩餘形式存在。李榮（1965）、游汝杰（1992）等人都曾論及音變規律例外產生的原因。本文就實際觀察所得，將其概括爲以下幾點：

（1）受字形類化

中古見母本當讀爲格 k，〔表 4-3〕但卻有二字讀爲黑 h，其一爲“係”（《廣韻》古詣切）。若依音變規律“係”當讀爲“繼”，但因受“系”字（《廣韻》胡計切）類化而產生例外。

（2）古音殘留

〔表 4-5〕有中古知母字“爹”卻讀爲德 t 之例外。因“古無舌上音”，上古端、知二母皆讀舌頭音〔t〕，“爹”字聲母讀爲德 t 乃是古音之殘留。

（3）避諱改讀

中古端母本當讀爲德 t，但〔表 4-5〕卻有端母字“鳥”讀爲搦 n。此實因“鳥”字若依音變規律當讀爲“屌”，爲了避諱便產生“劣幣驅逐良弊”的現象，聲母改讀成同部位鼻音。

（4）誤讀反切

〔表 4-1〕有中古以母字“銳”（《廣韻》以芮切），因反切上字爲零聲母，後人或誤以反切下字“芮”爲該字讀音而產生音變規律的例外。

（5）原因不明

有若干音變的例外現象至今尚未探尋出所以產生例外的原因。如〔表 4-1〕

有中古疑紐字"阮"讀爲 j〔ʑ〕，趙元任《國音新詩韻》將"阮"之例外歸因於北京人發音錯誤（轉引自朱曉農，1990：281）；又〔表 4-3〕有中古莊紐字"茁"讀爲 k〔k〕，顯然與官話方言的語音演化規律不符。

總結上文，茲將《西儒耳目資》的歷時音變規律與各聲類的音值羅列於下：

1. 歷時音變規律

R1 濁音清化

R2 莊系的分化規律

莊系→則 ç、測'ç、色 s／__梗二等，流臻深三等

，遇開口三等

　　＼者 ch、撦'ch、石 x／__假山蟹效江梗咸二等

宕三等，止、遇合口三等

R3 知系的分化規律

知系→則 ç、測'ç、色 s／__梗攝二等，深攝三等

　　＼者 ch、撦'ch、石 x／__

R4 船、禪母的分化規律

　　／石 x／__仄聲

船、禪→石 x／__平聲

　　＼撦'ch／__平聲、〔＋高〕

R5 某些邪母字讀爲送氣清塞擦音

邪→測'ç／__三等細音、平聲

R6 疑母的分化規律

疑→額 g／__開口呼

　　＼自鳴 ф／__齊齒、合口、撮口呼

R6' 疑（部份）→搦 n／__細音

R7 疑影母的分化規律

影→ф→額 g／__開口呼低元音

＼φ／__齊齒、合口、撮口及開口中、高元音

R8　微母的分化規律

明→微／__三等合口→物 v

＼自鳴φ

R9　日母的演化

日→φ／__止攝開口

R10　非、敷、奉的合流

非、敷、奉→弗 f

2. 各聲類的音值擬測

則 ç〔ts〕	測'ç〔ts'〕	色 s〔s〕		
者 ch〔tʂ〕	撦'ch〔tʂ'〕	石 x〔ʂ〕	日 j〔ʐ〕	
格 k〔k〕	克'k〔k'〕	黑 h〔x〕	額 g〔ŋ〕	
百 p〔p〕	魄'p〔p'〕	麥 m〔m〕	弗 f〔f〕	物 v〔v〕
德 t〔t〕	忒't〔t'〕	搦 n〔n〕	勒 l〔l〕	

第五章 《西儒耳目資》的韻母系統

　　《西儒耳目資》擁有數量龐大的韻母，全書除將字音區分爲五十韻攝外，在若干韻攝中又另有甚／次／中的對立現象（見〔表 3-3〕p.36）。筆者根據韻母內含音素的組合、聚合關係，茲將韻母系統表列如下，以見各韻母在整體系統中所居處的定位，及與其他韻母間的相對關係，依此作爲確立音韻功能單位、構擬韻母音值的張本：

〔表 5-1〕

	1.a	2.e/e'	3.i	4.o/o'	5.u/ù/ụ	25.ul
-i-	13.ia	14.ie/ie'		15.io/io'	16.iụ	
-o-	19.oa	20.oe				
-u-	21.ua	22.ue		24.uo/uo'		
-iu-		35.iue				
	6.ai	7.ao	10.eu	23.ui		
-e-		28.eao				
-i-	30.iai	31.iao	33.ieu			
-o-	38.oai			39.oei		
-u-	43.uai			44.uei		
	8.am	11.em	17.im	26.um		
-e-	29.eam					
-i-	32.iam			36.ium		
-o-	40.oam					
-u-	45.uam	47.uem				

	9.an	12.en	18.in	27.un
-i-		34.ien		37.iun
-o-	41.oan	42.oen		
-u-	46.uan	48.uen		49.uon
-iu-		50.iuen		

　　《西儒耳目資》的韻類數量，總計雖有 57 個之多（50 韻攝＋7 個甚／次／中對立），但若就各韻類在音韻系統中的分布狀況著眼，則不難察覺 57 個韻類中，有某些韻類之間呈現互補分配的狀態，並不構成音位（phoneme）上對立，顯現這些韻類應當僅是因共時語流音變而成音值（phonetic）上的細微差別，而其所擔負的語言功能並無不同。凡此，皆當運用現代音系學歸併音位的原則，[註1] 著眼於語音單位的功能性，依據各韻類的共時分布與歷史來源，將西儒的音值記音再作一番細部的歸併工夫，以確立《西儒耳目資》韻母系統內含的確切韻母數目。

　　在語料擇取上，為避免資料的碎雜、繁冗，本文擬測各韻母音值是以〈音韻經緯全局〉的列字為主，逐一考查〈全局〉各字的歷史來源，再與《列音韻譜》所列的同音字相互參照。在方法的遣用上，本文先就共時平面的音韻結構上著眼，在語音單位組合關係、聚合關係的分析基礎上（見〔表 3-2〕、〔表 3-3〕），考查各語音單位在音韻結構中所居處的相應地位；再者，將此一共時的音韻系統置於歷時漸變的縱軸上，以《廣韻》與早期韻圖作為音變解釋的參照點，推溯出音韻系統在歷時演變過程中所居處的階段，並參酌方言調查的成果，擬構出符合中士語感的音值。

　　由於本文運用歷史比較法來擬構音值，因而以《切韻》系韻書為音變的歷史源頭，至於《列音韻譜》所附的〈三韻兌攷〉，乃是王徵以〈音韻經緯全局〉兌攷《沈韻》、《正韻》、《等韻》而編撰成的韻類對照表，羅常培（1930：294）曾論及〈三韻兌攷〉的性質：「按他（王徵）所舉的韻目部數推求，所謂《沈韻》就是劉淵的《平水韻》，所謂《等韻》就是韓道昭的《五音集韻》。[註2] 這兩種韻書都經

〔註1〕關於現代音系學歸併音位的原則，趙元任《語言問題》曾提出三個必要原則：相似性、對補性、系統性；三個附屬的原則：音位數以少為貴、合乎"土人感"、與歷時的音韻吻合。

〔註2〕《沈韻》實為劉淵《平水韻》，胡鳴玉《訂偽雜錄》：「誤以今士所傳《詩韻》，為沈約所譔，其來已久，如黃公紹《七音考》、周德清《中原音韻》、宋濂《洪武正

過任意的刪併，同《切韻》或《中原音韻》的系統都不相合，本沒有拿來比較的必要。」因爲三韻與《西儒耳目資》無直線相承的歷時淵源，故本文並不採用〈三韻兌攷〉來擬構韻母系統，僅在解釋各別韻類的演變上作爲共時的參照。

　　《西儒耳目資》反映明末官話的音韻系統，爲便於追溯近代共同語語音發展、變遷的脈絡，故本文除羅列〈全局〉各字的中古音讀外，亦考查各字在《中原音韻》及《洪武正韻》中的音韻概況，作爲觀察共同語轉移的參照點。〔註3〕然而，必須聲明本文並非認爲《西儒耳目資》的基礎方言與《中原音韻》、《洪武正韻》有直線相承的歷史淵源，正如薛鳳生（1978：411）所言：「語音的演化雖然有其本身的嚴格規律，不同時代裡標準話的確定，則是由許多非語言性的（non-linguistic）社會因素促成的。兩個銜接時代的標準話，因此不一定具有直屬的"父子"關係，卻可能只是"叔姪"的關係，二者之間的音變規律也就難免有不協調的地方。」因此，《西儒耳目資》韻母系統的建構仍是當以《切韻》音系爲基本根源。

第一節　韻母系統的描寫

　　羅常培（1930）、曾曉渝（1989）均曾對《西儒耳目資》的韻母系統進行音位的歸併。筆者在實際翻查原典的基礎上，對前人既有的研究成果稍加增訂，將呈現互補分配的各個韻攝列如下：

韻》之類……」（轉引自張世祿，1986：123）。〔金〕

韓道昭《五音集韻》依據當時北方實際語音，將《廣韻》206韻部歸併成160部，而王徵所據的《等韻》恰是160部，因而羅常培根據韻目數量，認爲王徵所指稱的《等韻》當爲《五音集韻》。

〔註3〕周德清《中原音韻·起例》：「余嘗於天下都會之所，聞人間通濟之言。世之泥古非今、不達時變者眾，呼吸之間，動引《廣韻》爲證，寧甘受譏舌之誚而不悔，不思混一日久，四海同音，上自縉紳講論治道及國語翻譯，國學教授言語，下至訟庭理民莫非中原之音。」可知《中原音韻》音系的基礎是中原之音，即是元代的共同語。再者，宋濂《洪武正韻·序》：「欽尊明詔，研精覃思，壹以中原雅音爲定，復恐拘於方言，無以達於上下。」劉靜（1984）、馮蒸（1991）、葉寶奎（1994）均認爲《洪武正韻》反映著明初官話音系。因此，本文擇取元末至明初間反映共同語音系的韻書——《中原音韻》、《洪武正韻》——作爲探求近代共同語語音演變的參照點。

〔表5-2〕

	φ	c	'c	ch	ck	k	'k	p	'p	t	't	j	v	f	g	l	m	n	s	x	h
oa																				要	花
ua	蛙		髽			瓜	誇														
oe													物	佛							獲
ue				拙	啜	國						爇							說		
uo	屋					國															穀
oai																			衰		懷
uai	歪					媧	快														
ui	微	嗺	催	追	吹					堆	推	銳				雷	眉	餒	雖	誰	
oei								悲	邳				為				眉				麾
uei	為					歸	恢														
oan																			槵		還
uan	彎					關	瘝														
uen	溫			專	穿	昆	坤	奔	盆			阮		分			門				
un		尊	村	諄	椿					敦	屯	潤				淪		嫩	孫	純	
oen																					昏
oam				莊	窗														雙		荒
uam	汪			莊	窗	光	筐												雙		
eao																聊					
iao	么	焦	鍫			交	喬	標	瓢	貂	挑						苗	鳥	蕭	梢	曉
eam																良					
iam	央	將	詳			江	羌										娘		祥		香

　　若將《西儒耳目資》的韻母系統，與明清之際傳統漢語韻學古籍所反映的時音音系相較，則可明顯地察覺到兩種特出的歧異現象：（1）《西儒耳目資》除已初具四呼的規模外，別有-e-、-o-介音；（2）《西儒耳目資》有甚／次／中的設置。然而，這兩項歧異的音韻現象卻是分屬不同語音層次的問題。

　　〔清〕熊士伯將《西儒耳目資》各攝的記音與傳統韻書的分韻相較，而在《等切元聲·閱〈西儒耳目資〉》中，對金尼閣所增立的-e-、-o-介音提出質疑：

　　開"衣"i之外又有"額"e（如：廿八無切eao、廿九無切eam），

　　　合"午"u之外又有"阿"o（如：卅九無切oei、卅八阿蓋oai、四

二阿根 oen、四一阿午 oan、十九阿化 oa、二十阿惑 oe、四十阿剛 oam）遂致開合不能均齊。嘗以西號與中音合南北而細訂之。……又有卅九無切 oei，似高“咸”uei 一等，然分“悲”於“歸”未當也。……蟹之“愛”，中音開喉呼當二等，今註土音則合喉呼爲一等，與合“歪”uai、下“矈”iai 相應，又似二等，其卅八阿蓋 oai 當一等，然所填“哀”、“壞”即“乖”韻，亦非一等之“猥”也。臻“恩”之上下開合俱未吻合，“恩”土音當一等。爲額搦 en、下“因”衣搦 in、合無切午搦 un 不相蒙，自是又有阿根 oen 與溫 uen，一若與“恩”吻合者，所填“昆”、“昏”，其能外“尊”、“村”而另韻耶？況“昆”與“昏”韻本難分者。……山之“安”註土音當開一，亦如“愛”，合當爲“碗”，“碗”uon 另號未是，其以“彎”uan 爲合者，又以“愛”爲二等也。另有阿干 oan 填“擴”、“還”，必不能外“彎”而另韻矣。……假之“丫”a 自是開二，合“瓦”ua、下“鴉”ia 俱是。又有阿答 oa，果從“官”、“關”分調耶？所填“花”、“華”仍“瓜”韻也。假另分遮，此音元時始開，開合上下俱合，但午格 ue 除“國”外俱填三等字，未是又增阿德 oe，勢不能外“國”而另韻也。……開“盍”am、合“王”uam 中有“光”俱一等，下爲“陽”iam 本合，但“陽”上無切，填“良” eam 亦如效攝（廿八無切 eao）之填“聊”，殊難分！“王”uam 上又增阿剛 oam，所填“窗”、“雙”止二等字，“荒”、“光”亦同韻，且“雙”、“慅”、“椿”、“戠”，彼此錯出何耶？

由〔表 5-2〕可以觀察到：大抵上-e-、-o-介音分別與-i-、-u-介音構成互補分配。雖然表面上-e-／-i-、-o-／-u-存有少數對立現象，但只要實際翻查《列音韻譜》各音的收字，即可得知構成對立的不同節乃是屬於同一字組，這些同音字組因一字二讀而并收於二處，但卻揀擇不同的字來定位，從而呈現出音位對立的假象。〔註 4〕因此，-e-／-i-與-o-／-u-並分音位上的對立，而是音值上的徵別，李

〔註 4〕例如〈全局〉中，〔chuam-清平〕音節列有“椿”字、〔ch'uam-清平〕音節列有“鏦”字、〔xuam-清平〕列有“霜”字，表面上分別與〔choam-清平〕音節的“莊”字、〔ch'oam-清平〕音節的“窗”字、〔xoam-清平〕音節的“雙”字，在主要元音上

新魁（1983）分別將其音值擬爲〔I〕／〔i〕、〔U〕／〔u〕。

音節是音段的線性組合，在實際的發音動程中，各音段的音值難免會受到相鄰音段的感染而形成語流音變。因此，若從音段的組合關係入手，或能更深一層揭露潛在的音變條件。金尼閣憑藉著印歐母語的語感對漢語音素有獨特感知，因而能自覺地感受到-e-／-i-、-o-／-u-間的細微差異，然而構成-e-／-i-、-o-／-u-差異的物質基礎爲何？金尼閣未能論述。筆者考查-e-／-i-、-o-／-u-與聲母的組合關係（見〔表5-2〕），得知：-e-介音僅與l-相配，-i-介音則不和l-搭配，此種異常的搭配狀態具有高度的規律性，顯然-e-介音是受到流音輔音的感染從而形成與-i-介音微別的音值。-o-介音多與擦音、鼻音聲母搭配，如：s-、h-、x-、v-、f-、m-、ng-；而-u-介音則多與塞音、塞擦音相配，但其中不乏有例外現象，〔註5〕因而-o-／-u-與聲母組合的規律性略遜於-e-／-i-，在此便展現出西儒音值記音的任意性。

金尼閣以附加辨音符號標記甚／次／中的差異，將甚／次／中歸附於他攝而未獨立成攝。然而，考查甚／次／中在音韻系統中的分布情形，即可獲知甚次／中的區分是音位上的對立而非僅是音值上的稍微差異，（參見第三章）與-e-／-i-與-o-／-u-的差別層次不同。

現代國語韻母系統中，若主要元音爲央元音〔ə〕，而在實際發音動程中，因弱化作用而成爲過渡音，此種過渡音在寬式標音中則可予以省略，如ㄩㄣ本是ㄣ韻的撮口，但卻可標爲〔yn〕。由〔表5-2〕得知《西儒耳目資》第攝23ui／第44攝uei、第攝27un／第48攝uen呈現互補分配，ui／uei、un／uen彼此間的差別僅在於主要元音e的失落與否。此種因爲聲母音質差異而造成韻母微別的現象並不構成音位對立，基於音位經濟性原則的考量，宜將ui／uei、un／uen歸併成一個音位。

經過對上列幾項歧異現象的詮解，將〔表5-1〕所含攝的韻類進一步歸併，

構成最小對比值（minimal pair）。然而，翻閱《列音韻譜》的收字，則可察覺：同一組字并收於uam、oam二攝，卻擇取不同的代字填入〈全局〉空格中，從而造成音位對立的假象，實則上列各字皆屬同一韻攝，彼此並無音位上的對立。

〔註5〕-o-雖多與擦音、鼻音相配，但oei攝則有與雙脣塞音相配的例外現象，如〔poei-清平〕的"悲"字、〔p'oei-清平〕的"邳"字；此外，-u-雖多與塞音、塞擦音相配，但不乏有例外的現象，如〔xue-入聲〕的"說"字、〔jue-入聲〕的"熱"字。

篩除掉-e-／-i-、-o-／-u-的微別與 ui／uei、un／uen 的差異，增入甚／次／中的對立，[註6]可確知《西儒耳目資》的韻母系統共含有 46 個韻母，將個韻母系統表列如下：

〔表 5-3〕

	a	e	e˙	i	o	o˙	u	u˙	ụ	ul
-i-	ia	ie	ie˙		io	io˙			iụ	
-u-	ua	ue			uo					
-iu-		iue								
	ai		ao	eu						
-i-	iai		iao	ieu						
-u-	uai			uei						
	am		em	im	um					
-i-	iam									
-u-	uam	uem								
	an	en								
-i-		ien	in							
-u-	uan	uen	un	uon						
-iu-		iuen	iun							

第二節　甚／次／中的音值擬測

　　甚／次／中表面上附屬於其他韻攝，但就其所擔負的語言功能而言，實與其他韻攝無異，因而若欲構擬《西儒耳目資》的韻母系統必得先將甚／次／中從附屬的韻攝中剝離開來，賦予獨立的地位。基於此一前提，本文在韻母音值的構擬上，採取分離處理的方式，先探究甚／次／中的音值，而後再對〔表 5-3〕中的其他韻攝進行全盤構擬。

　　《西儒耳目資》五十韻攝，只有六個攝區分甚／次，依序為：第二攝 e、第四攝 o、第五攝 u、第十四攝 ie、第十五攝 io、第廿四攝 uo。「中」則僅見於 u 和第十五攝 iu。考查語料的中古來源和分布狀態，可將上列韻攝劃分成四組，分別構擬各組具體的音值如下：

〔註 6〕甚／次／中的區分是音位上的對立，而非僅是音值上的殊別（詳見第三章第一節）。因此，欲確立《西儒耳目資》的音位數目，必得將甚／次／中的對立納入其中，據此方能更進一步建構出明確的音位系統。

1. 第二攝 e、第十四攝 ie

下表爲筆者查考〈音韻經緯全局〉第二攝 e、第十四攝 ie 標示甚／次的字與《廣韻》韻部間的對應關係，將各字中古音讀之韻部、開合、等次、聲紐依序表列如下，作爲探尋語音規律、擬測音值之客觀依據。

由〔表 5-4〕所呈現音韻特徵，當可推論出韻母演化的歷時階段：

	《廣韻》	《中原音韻》	《洪武正韻》	國語
e 甚	薛（知、照）	車遮	屑	ɤ
e 甚	陌二／麥／德	皆來	陌	ɤ,uo/ai
e 次	質／昔	齊微	質／陌	ɭ
ie 甚	屑／薛／葉／櫛／怗	車遮	屑／質／葉	ie
ie 次	質／錫／迄／緝／陌三	齊微	質／陌／緝	iə

（1）e 甚的音值擬測

e 甚的歷時來源，可依其是否與捲舌聲母（知、照系）相配而分爲兩類。與捲舌聲母相配者，多來自中古薛、葉兩韻，此類字在《中原音韻》中已歸於車遮韻。在介音方面，此類字在國語中爲開口音，可推知-i-介音乃是因捲舌聲母音的同化作用（assimilation）成爲具過渡性質的舌尖後元音，進而失落。主要元音方面，此類字本爲展脣前半低元音，國語中則演化成展脣後中元音ㄜ，主要元音是受到聲母（舌尖後音）的感染，促使發音部位後移，進而與歌戈韻的牙喉音合流爲國語的ㄜ韻，然而此種語音漸變的歷程直到清朝初期方才完成。〔註7〕在韻尾方面，中古入聲以塞音音段收尾爲標誌，但《西儒耳目資》中，入聲並無塞音韻尾，可見明末官話促聲／舒聲的對立，已從塞音韻尾（音段）的有無轉移到聲調（超音段）時長的久／暫。

至於 e 甚的非捲舌部份，源自《廣韻》陌二、麥、德諸韻；在《中原音韻》則歸於皆來韻，此和《西儒耳目資》反映的音韻系統並不相符。此類字在國語中呈現文白異讀的疊置狀態，"口語音"讀爲複合元音ㄞ〔ai〕韻，顯然與《中

〔註 7〕關於國語ㄜ韻的形成與演化，竺家寧師（1992）曾有精闢的論述。竺師指出：「由中古到現代的語音發展中，舌面後展脣韻母〔ɤ〕是一個相當晚起的成份。直到〔清〕康熙時代的音學語料，如《拙菴韻悟》、《五音通韻》、《字母切字要法》才明確地有ㄜ韻出現的痕跡。至於ㄜ韻的演化，最早出現在一群中古收-k 的入聲字裡，而後擴充到非入聲的歌戈韻裡，最後才伸入車遮韻的領域。」

原音韻》皆來韻相對應；"讀書音"讀爲單元音ㄜ〔ɤ〕韻，則與《洪武正韻》陌韻及《西儒耳目資》e 甚的演化路徑相契合。薛鳳生（1978：418）指出：「"讀書音"於曾梗合攝時，梗攝二等牙喉音尙未產生-i-介音，且入聲亦未變爲舒聲，故麥、陌等韻不入皆來，卻變同車遮。」e 甚字既與國語"讀書音"相對應，因此本文將其音值其擬成展脣前低元音〔ɛ〕。

金尼閣多擇用 e 甚字作爲聲類的標號，例如：以"德"（te）標示聲母〔t〕、以"格"（ke）標示聲母〔k〕，此與國語"注音符號"性質相似，因此不難推想 e 甚字的音值亦可能是較弱的央元音〔ə〕。本文依從羅常培（1930a）、陸志韋（1947b）所擬，認爲 e 甚可能含有二個音位變體（allphone）〔ɛ〕與〔ə〕。

以上是就歷時演變的規律著眼。若查覈現代漢語方言的實際讀音，可發覺 e 甚字讀爲〔ɛ〕的現象，普遍存留在江淮官話中，例如：e 甚字在合肥方言（按：與南京話同屬江淮官話洪巢片）中多讀爲〔ɛ〕（陳薰西元 1979：6）。

e 甚韻母音值的歷時演變，試擬如下〔註8〕〔按：大寫符號標示某系聲母，如：p 爲幫系；"……"表示語音往後發展的趨向〕：

$$T\textctjæt \rightarrow Ti\ \varepsilon\ k \rightarrow T\textstsi\ \varepsilon\ ? \rightarrow T\textstsr\ \varepsilon \searrow$$
$$\{-ek,-æk,-ək\} \rightarrow\ -\varepsilon k\quad \rightarrow -\varepsilon \cdots\cdots uo／脣\_\_$$
$$\cdots\cdots\gamma$$

（2）e 次的音值擬測

元代共同語知、莊、章三系尙未完全合流，捲舌聲母正處在經由詞彙載體漸次擴散的過渡階段，〔註9〕e 次知、章系字在《中原音韻》中仍歸屬於齊微韻；

〔註8〕探求《西儒耳目資》各攝韻母音值的漸變過程，乃是以《切韻》音系爲源點，基於音變的規律性原則與客觀的文獻語料的記載來加以構擬，必須聲明的是：文中所列的各個音變漸程間的時間差距並非等同。文中所涉及《切韻》音系的音值，主要採用董同龢《漢語音韻學》的擬音；《中原音韻》各韻部的音值則多採用寧繼福《中原音韻表稿》的擬音；關於音變規律則主要參考王力《漢語史稿》的構擬。

〔註9〕鄭仁甲（1990）論證漢語捲舌聲母的產生和發展的歷程，認爲捲舌聲母是受到滿語的影響而產生的〔按：鄭氏認爲捲舌音的順同化作用促使-i-介音舌尖化，與漢語逆同化-顎化的趨勢不同，乃是受到滿語影響所致〕，時間上限可定爲女眞人入主中原稍後的十二世紀中葉，下限可定爲十七世紀初葉；在空間範圍上，當是發端於女眞-滿族匯聚區和統治中心，大概是東北北端和幾處京都，並向其他地區擴散。此外，鄭氏亦指出捲舌音在音系內部發展的不平衡現象：

然而，在《西儒耳目資》中，知、莊、章三系在各韻攝中已普遍合流（見〔本章附表〕p.114～p.116）。

近代漢語捲舌形成於何時？學者對此看法不一（見第四章）。羅常培（1930a）雖將 e 次擬為〔ə〕，但不認為《西儒耳目資》所反映的音韻系統中已有捲舌音，如此便陷入無法解釋三等介音 i 何以消失的困境。李新魁（1982：128）以法文字母之 e，除代表 ɛ、e 二音之外，未加符號而讀音又非重音時，則是〔ə〕。李氏以法語音值為擬音的依據，頗值得商榷。蓋金尼閣以羅馬字母（能指——符號）標注明末官話（所指——音值），若欲擬構合乎漢語特有語感的音值，必當著眼於漢語語音的演變規律，配合漢語方言展現的實際音值，而法語音值僅可視為擬測的次要參考。若不知金氏記音的層次，直接比附法語音值，則擬構出的漢語音值可能是不中不西，帶有「洋味」的"洋涇濱（pidgin）漢語"。〔註 10〕

國語中 e 次字均讀為舌尖後元音；在江淮官話中亦多有與此相合者，因而本文將其擬成舌尖後元音〔ʅ〕。

e 次字語音漸變的程式當為：

Tɕ+{-jet,-j ɛ k}→Tʃiək→Tʂiə?→Tʂʅə→Tʂʅ

（3）ie 甚的音值擬測

ie 甚字來自《廣韻》屑、薛、葉、櫛、怗諸韻字，《中原音韻》中多屬歸於車遮韻，且不配捲舌聲母；國語中則多讀成〔ie〕。本文將其擬成〔i ɛ〕，而主

---

a. 從聲母而論，莊系在前，知、章系在後，知系尤後。

b. 從韻部而論，支思、東鐘在前，其他在後；主要元音非 i 的在前，主要元音 i 的在後。

c. 從等第而論，二等的知、莊系在前，三等的莊系次之，三等的知、章系再次之，知三系字尤次之。

d. 從開合而論，合口在前，開口次之。

〔註 10〕〔英〕戴維・克里斯特爾（David Crystal）《語言學和語音學基礎詞典》：「（pidgin）指一種語言，它同其他的語言相比，具有顯著地簡化的語法結構、詞化和語體範圍〔按：亦包含語音系統的改造〕，並且沒有人用它作為本族語。這樣簡化了的結構就被說成"皮欽〔按：洋涇濱〕化了"。皮欽（洋涇濱）是由兩個試圖進行交際的語言集團使各自的語言接近對方語言的明顯特徵而形成的。」（頁 301）

要元音後受到-i-介音同化，促使〔ε〕高化成〔e〕。

ie 甚字語音演化程式爲：

{-iεt,-jæt,-jæp,-jet,-iεp}→-iεʔ→-iε……ie

（4）ie 次的音值擬測

ie 次字多源自《廣韻》質、錫、迄、緝、陌三諸韻；在《中原音韻》中歸屬於齊微韻；國語則多讀成〔i〕。王力《漢語史稿》論述國語〔i〕韻的歷時演化，認爲中古質、迄、緝、職諸韻，先失落央元音，再失落塞音韻尾，終成國語的〔i〕韻。其演變程式寫爲：

{-jet,-jət}→　-it　　　↘

　　-jep　→　-ip　→　-i

　　-ik　→　　-ik　↗

《西儒耳目資》所反映的音系，似乎並不循此王力所構擬的演化路徑進行。Ie 次乃是中古質、錫、迄、緝、陌三諸韻主要元音弱化爲央元音而合併，但央元音並未消失，而是塞音韻尾先失落。故依其歷時演變的規律，可將 ie 次擬成〔iə〕。在合吧方言中仍存有這種音韻形式，如：疾〔tɕiəʔ〕、七〔tɕ'iəʔ〕、必〔piəʔ〕（見《漢語方音字匯》頁 85，89，73）。

ie 次字語音演化程式爲：

{-jet,-iek,-jət,-jep,-jɐk}→-iəʔ→iə……i

2. 第四攝 o、第十五攝 io、第廿四攝 uo

	《廣韻》	《中原音韻》	《洪武正韻》	國語
o 甚	鐸／曷／藥／覺／末	歌戈（蕭豪）	藥／曷	ɤ,uo/au
o 次	屋／沃／物／沒	魚模（尤侯）	屋／質／沒	u/ou
io 甚	藥／覺	蕭豪（歌戈）	藥	ye/iau
io 次	屋三／爥	魚模	屋	y
uo 甚	末／鐸／沒	歌戈／蕭豪	藥／質／曷	uo
uo 次	屋一／德／沒	魚模	屋／陌	u,uo

（1）o 甚的音值擬測

o 甚字的中古來源頗爲紛雜，但至《中原音韻》時多已歸於歌戈韻，但有部份字兼收於蕭豪韻，例如："弱"、"落"、"諾"、"杓"……此類字國語多有〔au〕、〔o〕二讀，正反映口語音、讀書音兩種音韻系統。〔註11〕金尼閣以單元音 o 標記，由此即可推知《西儒耳目資》o 甚與《中原音韻》歌戈韻、國語讀書音相應，其音值當可擬爲後半低元音〔ɔ〕。由中古至國語的語音演變程式當爲：

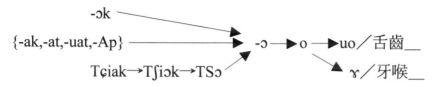

（2）o 次的音值擬測：

o 次字在源自《廣韻》屋、沃、物（脣音）、沒諸韻；《中原音韻》多歸屬於魚模韻，但亦有部份字兼收於尤侯韻；在國語中文讀音爲〔u〕，白讀音爲〔ou〕。本當將 o 次音值擬成國語文讀音〔u〕，但是在《西儒耳目資》的韻母系統中，別有 u 攝與其對立（見下文），且開口度比 o 甚字小〔按：開脣而出者爲"甚"，略閉脣而出者爲"次"〕，因而本文將其音值擬爲介於〔ɔ〕與〔u〕之間的後中元音〔o〕，與國語的文讀音相對應，而缺乏標誌白讀音的 -u 尾。

與江淮官話相鄰的吳語區，o 次字的主要元音仍有讀成〔o〕的現象，蘇州方言（吳語蘇滬嘉小片）中即存有此種音韻形式，如："禿"〔toʔ〕、"木"〔moʔ〕、"足"〔tsoʔ〕"祿"〔loʔ〕（見《漢語方音字匯》）。隨著近代漢語元音高化的趨勢，在國語中 o 次字已混入〔u〕韻。其音值演化的過程當爲：

$$\{-uk,-uok,-uət\} \quad \rightarrow \quad -uok \quad \rightarrow \quad -oʔ \rightarrow -o...-u$$
$$\{Tʂ,P\} + \{-juət,-juk\} \quad \rightarrow \quad -ouk \quad \nearrow$$

（3）io 甚、uo 甚的音值擬測

io 甚字在中古大抵屬於開口三等韻——藥、覺（牙喉），uo 甚字則屬合口一等韻——末、鐸、沒；在《中原音韻》中，io 甚、uo 甚均歸屬於歌戈、蕭豪二韻。在宕江合攝之後，覺韻牙喉音細音化，藥韻的主要元音受到 -i- 介音的影響而高化，故覺、藥兩韻便相混爲〔iɔ〕。Uo 甚字見於合口，可將其音值擬爲〔uɔ〕。

〔註11〕薛鳳生（1986）指出中古通、江、宕攝收-k 的入聲字，在現代國語中產生文白二讀的疊置現象。其在讀書音中讀爲「直音」韻（即收「零」韻尾），而在口語音中則改讀爲「收鳴」。

現今南京話最老派的讀法（劉丹青 1994：86），"藥"、"學"、"腳"的韻母皆是讀爲〔io？〕，此當即是〔iɑ〕進一步高化的結果。Io 甚字演變過程爲：

-iak　→　-iɔk　→　-iɔ？　→　-iɔ　　oi-　-io　→-yo　→-ye

　-ɔk↗

uo 甚字演變過程爲：

-uak　→　-uɔk　→　-uɔ？　→　-uɔ　……-uo
ou-

（4）io 次、uo 次的音值擬測

io 次字在中古大抵屬於合口三等韻——屋三、鍾，uo 次字則屬合口一等韻——末、鐸、沒；在《中原音韻》中，io 甚、uo 甚均歸屬於魚模韻，兩韻間的對立點僅在於洪細之差異。前文已將 o 次擬爲〔o〕，故將 io 次擬爲〔io〕，而將 uo 擬爲〔uo〕。

在〈全局〉中，uo 次所收的三字均重見於他處——"屋"o／uo，"國"kue／kuo，"穀"ho／huo，且大抵上 uo 次與 oe、ue 兩攝互補分配，因此，uo 次並未明確地與他字有音位上的對立，故 uo 次在《西儒耳目資》音系中並非獨立的音位，實應與 oe、ue 二攝歸併爲同一音位。

3. 第五攝 u 甚、u 次

由同音字表（詳見〔附錄〕）中，可歸納出幾項音韻特徵，兩攝在各歷史階段音值，擬測如下：

	《廣韻》	《中原音韻》	《洪武正韻》	國語
u 甚	模／魚／虞／術	魚模	模／術	u
u 次	支／脂／之／緝	支思	支	ɿ

u 攝字甚／次／中的對立並非共侷限於入聲。U 甚非入聲字大抵源自於中古遇攝，入聲字則多爲術韻精系；u 甚字在《中原音韻》中歸屬於魚模韻，國語多讀爲〔u〕。u 次字則源自於中古止攝精、莊系，此類字在宋代的《切韻指掌圖》中已改列於止攝一等，此一音位結構的轉變，正是標示著三等性介音-j-失落，韻母由細音轉化爲洪音；u 次字在《中原音韻》中屬於支思韻，國語讀爲舌尖前元音〔ɿ〕。在近代共同語歷時演化的過程中，第五攝 u 甚、u 次字的音值較穩定，自《中原音韻》下至國語，未曾有過結構性的變易，因

而本文將 u 甚、u 次分的音值分別擬爲〔u〕、〔ɿ〕，應當是可信的。

諸家擬音對此亦多相同，唯李新魁（1982）認爲金尼閣區分甚／次／中乃受法語語音的影響，且認定金氏記音反映山西方音，從而主張 u 次可能是舌位較高的不圓脣後元音〔ɯ〕。對此一說法，曾曉渝（1989：42-44）已實際考察山西方音，從而推翻李氏的看法。〔註12〕

4. 第五攝 u 中、的十五攝 iu 中

由同音字表（詳見〔附錄〕）中，可歸納出幾項音韻特徵：

	《廣韻》	《中原音韻》	《洪武正韻》	國語
u 中	魚／虞／術	魚模	魚／術	u
iu 中	術／職／物／錫／點	魚模	魚／陌／質	y

（1）u 中的音值擬測

u 中非入聲字聲源自中古遇攝三等知照系，入聲字爲術韻合口知、照系；《中原音韻》歸入魚模，國語則多讀成〔u〕。

u 中只與捲舌聲母相搭配、與 iu 中互補、且與 u 甚相對立。考量 u 中在音韻系統中所居處的相對位置，及語音歷時演變的規律，當推知：魚模韻母〔iu〕，在捲舌聲母的同化下，轉化爲圓脣舌尖後元音，故本文將其音值當擬爲〔ʮ〕。在國語的歷時音變中，捲舌聲母後接的 -i- 介音失落，因而僅剩主要元音〔u〕。

檢視現代漢語方言，可察覺湖北麻城一帶（江淮官話黃孝片）存有此種音韻類型，如：豬〔tʂʮ〕、書〔ʂʮ〕，其演變程式當是：

Tɕ{-juo, -jo} → Tʂiu → Tʂʮu → Tʂʮ

Tɕjuet ↗

〔註12〕 曾曉渝（1989：42-43）：「我們收集了山西 13 個方言點的方言材料，它們分別代表晉北、晉中、晉南、晉東南四個方言小區的方音，其中只有晉南的萬榮方言、晉中的祁縣方言中有〔ɯ〕韻，它的具體的情況是：

	例 字	備 註
萬榮〔ɯ〕	黑疙核（白讀）	中古入聲德、麥韻
祁縣〔ɯ〕	波蛇羅	中古麻、歌、戈韻

這些字的中古韻類與金氏"u 次韻的中古韻類支／脂／之相差甚遠；"黑、疙、核、蛇"在金氏音系中屬"e 甚"韻，"波、羅"屬"o"韻。鑑於此，我們沒有把"u 次"的音值擬作〔ɯ〕。」

（2）iu 中的音值擬測

iu 中非入聲字源於中古的魚、虞諸韻，入聲字中古來源甚紛雜，但在《中原音韻》中皆已歸入魚模韻，國語則讀為〔y〕。

王力《漢語史稿》認為：「《西儒耳目資》的 iu 實際上就是〔y〕。」（頁173）然而觀察金尼閣記音的體例，可知金氏大抵上是以一個羅馬字母標示一個漢語音素，由於 iu 中仍含有二個音素，故尚未緊密的結合成單元音〔y〕。如此，推知 iu 中的音值當是介於〔iu〕和〔y〕間的過渡，因而本文將 iu 中擬為〔iʉ〕。李新魁（1984：482）亦同樣認為：「金書時可能是〔ju〕韻母正處於走向單音化的中間階段，iu 中相當於我們所說的〔yʉ〕。」其演變程式為：

$$\{-juo,-jo\} \rightarrow iu \rightarrow iʉ \cdots\cdots y$$

第三節　五十韻攝的音值擬構

前文已先行將《西儒耳目資》音系中所複合的韻類──甚／次／中的對立剝離出來，以下便可對五十韻攝的音值進行系統性的擬構。

《西儒耳目資》雖分五十韻攝，但若干韻攝僅是語流音變所造成音值上的細微差異，而非音位上的對立，由於本文旨在重構明末官話的音位系統，因此，筆者在前文中已將五十韻攝歸併成 38 個相互對立的韻類（見〔表4-3〕）。以下則依〔表 4-1〕、〔表 4-3〕所列韻攝為張本，按照各韻攝收尾的不同分成四組，各組又依據主要元音的殊異再細分成若干小類。茲將各韻攝的音值分別構擬如下：

1. -φ 尾韻攝的音值擬測

（1）第一攝 a、第十三攝 ia、第廿一攝 ua（第十九攝 oa）

以下羅列各攝的中古來源（"平賅上去"）及其《中原音韻》、《洪武正韻》、國語中的歸韻狀況，以見近代共同語演變的歷史階段：

	《廣韻》	《中原音韻》	《洪武正韻》	國語
1. a	麻二／歌／梗 曷／合／黠／鎋／月／乏／盍	家麻	麻／歌／轄／黠／合	a
13. ia	麻二／狎／洽／鎋（牙喉）家麻		麻／轄／合	ia
19. oa	麻二／黠／鎋	家麻	麻／轄	ua
21. ua	麻二／卦／黠／鎋	家麻	麻／轄	ua

　　第一攝 a 主要源自《廣韻》麻韻二等字、曷／合／黠／轄／盍等入聲韻字、月／乏合口三等的輕脣音字；[註13] 此類字在《中原音韻》中已歸屬於家麻韻，其音值當為低元音〔a〕，與國語的音讀相當。從語音歷時演變的規律與金尼閣的所使用的標號著眼，可將第一攝 a 的音值擬為低元音〔a〕。

$$-a \longrightarrow -a$$

$$\{-Ap, -ap, -at, -at, -æt\} \rightarrow -ak \rightarrow -a? \nearrow$$

$$p + \{-juɐt, -juɐp\} \rightarrow fak \nearrow$$

　　第十三攝 ia 的來源與第二攝 a 部份相同，而 ia 攝多見於二等牙喉音，恰與第一攝 a 互補分配。由 ia 攝的組合關係，當可推知此時二等牙喉音已由洪轉細，衍生出 -i- 介音，故 ia 攝的音值當為〔ia〕。

　　第十九攝 oa、第廿一攝同源，且在共時分布上呈現互補狀態，可將兩攝歸為同一音位。因兩攝多源自《廣韻》麻韻二等、卦、黠／轄等韻的合口字，其音值可擬為〔ua〕。

（2）第二攝 e、第十四攝 ie、第廿二攝 ue（第二十攝 oe）、第卅五攝 iue

	《廣韻》	《中原音韻》	《洪武正韻》	國語
2. e	麻三、薛（知照系）陌二／麥／德	車遮／皆來	遮／陌／屑	ɤ,e
14. ie	麻三	車遮	遮／質／屑／葉	ie
20. oe	物（脣音）／陌	魚模	陌／質	u,uo
22. ue	薛（知照系）／德	車遮	陌／屑	uo
35. iue	歌三／戈三月／薛／屑	車遮	遮／屑	ye

[註13]　〈全局〉a 攝字的中古來源除正文所列各韻外，尚有幾個特殊字，分別是源自中古歌韻類的"他"字、"大"字，源自中古梗韻的"打"字。關於這些特殊字的演化過程，王力《漢語史稿》有詳細的論述：「"他"在中古唸〔t'a〕，由於某種特殊的原因，沒有跟同韻的字由 a→o；等到漢語沒有 α／a 的分別的時候，它和 a 合流了。……"大"字（《廣韻》徒蓋切）的上古音是〔d'at〕，現代北方話裡的 ta 可能直接來自上古（濁音清化，韻尾失落）；……《廣韻》"打"德冷切，現代吳語方言正是這樣唸的（上海"打"唸〔taŋ〕，而"冷"唸〔laŋ〕）。但是，〔宋〕戴侗的《六書故》（十三世紀）"打"都假切；《中原音韻》"打"字入家麻韻，可見其在十三世紀以前，"打"字在普通話裡早已讀〔ta〕了。」（頁 147-148）。

上文已將第二攝 e 甚的音值擬爲〔ɛ〕，而第十四攝 ie 主要源自《廣韻》麻三與屑／薛／葉／怗等入聲韻的開口細音字，自然可將 ia 攝的音值擬爲帶-i-介音的〔iɛ〕。

至於 oe、ue 二攝僅見於入聲，且與 uo 次呈互補分配狀態，可歸併成一個音位，國語中則多讀爲〔uo〕。此音位的音值爲何？曾曉渝（1989）擬爲〔uo〕，然而金尼閣卻分別以 e、o 標示此音位的主要元音，故筆者認爲此音位可能含有另一個變體〔uə〕。

iue 攝源自《廣韻》歌、戈三等字與月／薛／屑的合口字，故其音值可擬爲〔iuɛ〕，而後介音-iu-融合成爲一個發音動程〔y〕，主要元音亦進一步高化爲〔e〕，便成國語的〔ye〕韻。

$$-iua \rightarrow iu\varepsilon \rightarrow iu\varepsilon \rightarrow ye$$

{-juæt, -juɐt, iut} ↗

（3）第三攝 i

	《廣韻》	《中原音韻》	《洪武正韻》	國語
3. i	支／脂／之（知照系）	支思／齊微	支	ʅ
	支／脂／之／微／齊／祭	齊微	支	i

第三攝 i 依前接聲母的不同，分成兩條演化路徑。《廣韻》支／脂／之韻的知照系字，在《中原音韻》中分別歸屬於新生的支思韻（莊、章系）與齊微韻（知系），而後隨著捲舌聲母的擴大（知、莊、章系相混），齊微韻知系字當讀同支思韻莊、章系字，如此可知 i 攝知、照系字與 e 次攝字的演化路徑相合，且兩者在聲調上互補，並不構成對立，故可將其歸爲同一音位，音值則擬爲舌尖後元音〔ʅ〕。

第三攝非知照系字，中古爲止攝、蟹攝的開口細音字，在《中原音韻》中歸併爲齊微韻；國語承此演化路徑，其音讀皆爲〔i〕。從語音演化的規律著眼，可將此類字的韻母音值擬爲〔i〕。

{-je, jei, -i, -jəi} → -i → -i

{-jæi, -jɛi} → -iei ↗

（4）第四攝 o、第十五攝 io、第廿四攝 uo

	《廣韻》	《中原音韻》	《洪武正韻》	國語
4. o	歌／戈 覺／鐸／藥／曷／末	歌戈（蕭豪）	歌／藥／曷	ɤ,o,uo
15. io	覺／藥	歌戈（蕭豪）	藥	ye, iau
24. uo	戈／鐸／沒／末	歌戈／蕭豪	歌／藥／質／曷	u, uo

關於第四攝 o（甚）、第十五攝 io（甚）、第廿四攝 uo（甚）的音值擬測，詳見第二節——甚／次／中章值的擬測。

（5）第五攝 u 甚、第十六攝 iu 中

關於第五攝 u 甚、第十六攝 iu 中的音值擬測，詳見本文第二節——甚／次／中的音值擬測。

（6）第廿五攝 ul

	《廣韻》	《中原音韻》	《洪武正韻》	國語
25. ul	之／脂（日母）	支思	支	ər

ul 攝源自中古止攝開口日母字，在《中原音韻》中歸屬於新生的"支思"韻，王力《漢語史稿》闡釋這組字的音變軌跡，指出：

> 這些字（"兒"、"耳"、"二"等）在十四世紀的讀音是〔ʐʅ〕。現代"日"字讀〔ʐʅ〕，當時卻不讀〔ʐʅ〕，而是讀〔ʒi〕，所以《中原音韻》把"日"字歸入齊微韻。"日"字和"兒"等字有不同的發展，是由於"兒"等字變入〔ʅ〕韻的時候，"日"字還唸〔i〕韻。等到"日"字轉入支思韻的時候，"兒"等字又已經轉變爲〔ər〕了。……到了十七世紀（或較早），"兒"等字已經唸〔ər〕，所以金尼閣的《西儒耳目資》把它們列入 ul 韻，徐孝的《等韻圖經》[註14] 也把它們列入影母（見〔附圖 5-1〕）之下。（頁 165）

王力（1958）、薛鳳生（1986）皆主張中古止攝開口日母字的音變過程是 nʑi→ʐʅ，而後由於"音素易位"（metathesis）作用，促使元音和輔音互換位置，成爲 ʅʐ→ər（r 和 z 發音部位相近）。然而，丁邦新（1986：9）對於上列的音變漸

[註14] 〔明〕徐孝《重訂司馬溫公等韻圖經》附於〔明〕張元善所編的《合并字學篇韻便覽》中，於 1606 年刊行。據陸志韋（1947a）、李新魁（1983）的研究得知：該圖的音系大抵是反映著十七世紀初的某種河北方音。

程感到質疑，從而認為：「在十七世紀時，這幾個（"兒"等）字受到聲母（〔ʐ〕）的影響而產生一個韻尾，然後聲母就消失了。」

　　基於語音發展的規律性原則，根據同源系統的歷史語料當可追溯不同時期語音的大致樣貌，進而對語音轉化的過程提出合理的詮釋。對於見上述官於〔ər〕韻演化的詮釋，筆者認為的一種說法較具"合理性"，正如薛鳳生（1986：79）所言，這個解釋有兩個好處：其一，合理的說明為何原屬"日"母的"兒"、"耳"、"二"等字現在改屬於"影"母；其二，能合理的解釋-r韻尾的產生。

　　以上是就"兒"字的語音層面而言。然而，若就語法的層面分析，"兒"字在現代官話方言中可作為構形的名詞後綴，在語音上則有"儿尾"（自成音節）、"儿化"（附著於詞根而不自成音節，類似形態音位）的區別。《西儒耳目資》的"兒"字是否為儿化音？李思敬（1981：87）依據〈音韻經緯總局〉的標音（見〔附圖5-2〕）而認定《西儒耳目資》是漢語音韻學史上最早記載儿化音的文獻，對於李氏的看法，筆者不表贊同。因為〈總局〉以西儒的母語為基礎而創製的，因而略去送氣、聲調與等漢語本有的"區別性特徵"；再者，西儒以羅馬字記音有音即有字，故〈總局〉中不見列圍的空格。此外，金尼閣〈音韻經緯總局說〉論述〈總局〉中記音：

> 　　總局三品之音，曰父、曰母、曰子。其曰"音"而不曰"字"者，
>
> 　　但求其音，不拘有字與否，故也。（頁14a）

由此更可確知〈總局〉所記之音，並非全然存在於實際口語中，豈可遽然判定儿化音的成立？李氏對於語料性質甄別不清，因而產生誤謬的論斷。筆者認為：《西儒耳目資》中並無直接的證據可確立儿化音的存在，直到〔清〕趙紹箕《拙菴韻悟》方才明確的標示出儿化音。〔註15〕

〔註15〕李思敬（1981）論及：〔清〕趙紹箕《拙菴韻悟》（1674）最有特色的地方在於〈八十四偶韻〉、〈應字提綱〉兩表中"儿"音的特殊地位。在兩表中"姑兒"、"瓜兒"、"鳥兒"、"蛙兒"……等以稜形框標示（見〔附圖5-3〕），一方面表示稜形框中的字當合讀成一個音節；一方面表示新興的音讀（儿化音）只是"俗"音，而與圓形框標示的"正"音相區別。由《拙菴韻悟》記載當可確知：十七世紀中葉的某種北方話中已有儿化音的存在。

2. 元音韻尾韻攝的音值擬測

（1）第六攝 ai、第三十攝 iai、第四十三攝 uai（第卅八攝 oai）

	《廣韻》	《中原音韻》	《洪武正韻》	國語
6. ai	咍／皆／佳／泰／夬／脂	皆來	皆	ai
30. iai	咍／皆／佳（牙喉音）	皆來	皆	ai, ie
38. oai	皆／蟹／脂	皆來	皆	uai
43. uai	佳／麻／夬／泰	皆來	皆	uai

ai 攝字多源自中古蟹攝開口洪音，在《中原音韻》中已歸入皆來韻，與國語的讀音〔ai〕相合。如此，可推知 ai 攝的音值應是〔ai〕。

iai 攝字雖與 ai 攝字同源，但就組合關係著眼，可察覺到 iai 攝字屬蟹攝開口二等牙喉音字，而後經歷 φ→i／G__ 的音變規律，因而衍生出-i-介音，故 iai 攝的音值當擬為〔iai〕。然而，iai 攝的影母、疑母字，在國語中仍讀為洪音〔ai〕，乃是因為影、疑母早已失落成零聲母，未曾經歷由洪轉細的音變規律。

$$\{-Ai, -ai, -ɐi, -æi, -ai\} \quad \rightarrow \quad -ai \quad \rightarrow \quad -ai \quad \rightarrow \quad -ai$$

$$G + \{-Ai, -ɐi, -æi\} \quad \rightarrow \quad Gai \quad \rightarrow \quad Giai \quad \rightarrow \quad Gie$$

$$\searrow \quad -\phi ai \quad \rightarrow \quad -ai$$

oai、uai 不構成對立且語音具有相似性，因而可歸併成一個音位。Oai、uai 兩攝多源自中古蟹攝合口洪音，基於蟹攝演化的規律與現代國語的音讀，應將其音值擬為〔uai〕。

（2）第七攝 ao、第卅一攝 iao（第廿八攝 eao）

	《廣韻》	《中原音韻》	《洪武正韻》	國語
7. ao	豪／肴／宵	蕭豪	爻／蕭	au
28. eao	蕭（來母）	蕭豪	蕭	iau
31. iao	肴／宵／蕭	蕭豪	蕭／爻	iau

第七攝 ao、第卅一攝 iao、第廿八攝 eao 源自中古效攝，寧繼福（1985：226）論述效攝由中古至《中原音韻》的演化概況：「中古效攝完整地進入蕭豪韻，三等字、四等字合流，與一等字、二等字鼎立。三四等字韻母可寫作-iau，一等、二等寫成-u、-au。鼎立也是變化中的現象，二等唇音已開始與一等合併，二等牙喉音也開始與三四等同音。」

　　《中原音韻》一、二等元音仍存在著前ɑ、後a的對立，但《西儒耳目資》ao攝中含攝著豪、肴、宵（知照系）諸韻，可知豪／肴間的對立已消失，且宵韻的介音-i-亦受捲舌聲母的順向同化而轉為洪音，因此，可將ao攝的音值擬為〔au〕，與現代國語讀音相合。

　　至於eao攝僅見於來母，並未與iao攝構成音位對立，應當是韻母iao與來母連讀時產生語流音變，從而造成的音值上微別，故eao、iao可合為一個音位。iao攝包含中古宵、蕭、肴（牙喉音）諸韻字，可知iao攝的音值當是〔iau〕。

$$\{\text{-au, -au}\} \quad \rightarrow \quad \text{-au} \quad \rightarrow \quad \text{-au} \quad \rightarrow \quad \text{-au}$$
$$\text{Tɕjæu} \quad \rightarrow \quad \text{Tʂiau} \quad \rightarrow \quad \text{Tʂau} \quad \nearrow$$
$$\{\text{-jæu, -iɛu}\} \quad \rightarrow \quad \text{-iau} \quad \rightarrow \quad \text{-iau}$$
$$\text{Gau} \quad \rightarrow \quad \text{Giau} \quad \nearrow$$

（3）第十攝 eu、第卅三攝 ieu

	《廣韻》	《中原音韻》	《洪武正韻》	國語
10. eu	尤／侯／鍾	尤侯	尤	ou
33. ieu	尤／幽	尤侯	尤	iou

　　eu、ieu二攝源自中古流攝。eu攝含括《廣韻》侯、尤（知照系、非系）諸韻字，在《中原音韻》中多歸屬於尤侯韻，寧繼福（1985）將其音值擬為〔əu〕；若從西儒標號著眼，此類字金尼閣以“eu”標示而不以“ou”標示，由此亦可推知該攝的主要元音並非後元音，因此eu攝的音值當擬為〔əu〕。至國語中主要元音的舌位後移而演化成為〔ou〕。

　　ieu攝源字《廣韻》尤、幽二韻，因二韻均屬三等字，故帶有-i-介音，因而可將ieu攝的音值擬為〔iəu〕。

（4）第廿三攝 ui、（第四十四攝 uei、第卅九攝 oei）

	《廣韻》	《中原音韻》	《洪武正韻》	國語
23. ui	灰／支／脂／祭／泰	齊微	灰	uei
39. oei	灰／微／支／脂／泰	齊微	灰／支	uei
44. uei	灰／微／支／脂	齊微	灰	uei

　　ui、oei、uei三攝源自中古止、蟹二攝合口，三攝並不相互對立，實可歸入同一音位。此類字在《中原音韻》已歸屬於齊微韻；金尼閣又曾以ui來標示音

讀，由此可知此類韻母的主要元音易弱化而失落；再者，現代揚州方言中，此類韻母多讀爲〔uəi〕。根據以上的線索，筆者將此韻母的音值擬爲〔uəi〕。

{-uʌi, -uai, juæi}　→　-uai　↘

{-jue, -juei, juəi}　→　-uəi　→　-uəi

3. -m 尾韻攝的音值擬測

中古深、咸二攝本以雙脣鼻音-m 收尾，但中古-m 韻尾字，在國語中則皆已轉讀爲-n 尾，〔註16〕究竟近代漢語-m 尾轉化的歷程爲何？對於此一論題學者多有論述，楊耐思（1979）、張清常（1982）、曹正義（1991）等人，實際地爬梳各種書面語料，客觀地爲-m 尾嬗變的歷程描摹出大致的輪廓。-m 尾的歷時演化當如楊耐思（1979：27）所言：

> -m 的部份轉化不晚於十四世紀，全部轉化不晚於十六世紀初葉。這
> 是就"通語"、"官話"而言，至於在漢語方言裡，這種演變的發
> 生要早得多。

音變規律隨時、地的不同而呈現不平衡的發展，因而，欲說明-m 尾的音變漸程，應當先辨析文獻語料的所依據的基礎方言。早在八、九世紀之時，某些漢語方言中已有-m、-n 相混的跡象：〔註17〕但若就共同語音系而言，得到十四世紀方才確切的顯現。〔註18〕

〔註16〕在現代國語音系中，《切韻》-m 尾字皆已併入-n 尾各韻，其分布情形爲何？中古-m
尾字的分布與介音有密切的關係。大抵上國語合口呼、撮口呼無中古-m 尾字，蓋
因中古合口具有圓脣成份，而與雙脣鼻音韻尾相互排斥的緣故。至於中古-m 尾字
在國語開口呼、齊口呼中的分布概況，張清常（1982：101）已有詳細的分析，茲
不贅述。

〔註17〕張清常（1982：99）指出某些唐代語料中已出現-m、-n 相混的現象：初唐杜審言
〈和晉陵陸丞相早春游望〉以"襟"（侵韻）與"人新蘋"（眞韻）通押；盛唐
杜甫〈朝〉二首之一，以"南參貪潭"（覃韻）與"寒"相押；晚唐胡曾〈戲妻
族語不正詩〉亦反映當時方音已有-m、-n 相混的跡象〔按：詳見林慶勳師《古音
學入門》，頁1〕。

〔註18〕雖然《中原音韻》存有侵尋、監咸、廉纖三部閉口韻，但書中亦顯露出-m 併入-n
痕跡，試觀：寒山韻陽平收入"帆凡"，去聲收入"範范泛犯"；先天韻則收入
"貶"，可見這七個脣音字已與-n 相混。再者，周德清反覆強調"開"、"合"
（閉口韻）不能同押，且在《中原音韻·起例》中格外注重閉口韻的辨音，無疑

　　《西儒耳目資》反映明末官話音系，因此，就-m 韻尾在共同語中的歷時演化規律來看，《西儒耳目資》音系中當已無-m 韻尾才是！再者，深入考查〈全局〉收字的歷史來源，更可得知：中古-m 尾深、咸攝皆已混入-n 尾的臻、山攝中。誠如王力《漢語史稿》所指出：「在北方話裡-m 的全部消失，不能晚於十六世紀，因爲在十七世紀初葉（1626）的《西儒耳目資》裡已經不再有-m 尾的韻。」（頁 135）

　　然而，翻閱《西儒耳目資》，可察覺到若干韻攝仍以-m 收尾。既然在明末官話音系中雙脣鼻音-m 尾已全部失落，西儒以羅馬字母-m 來標示何種音值？透過《西儒耳目資》韻母音值的構擬，可知-m 尾實與舌根鼻音〔-ŋ〕有明顯的對應關係。丁邦新（1986：12）：「金尼閣《西儒耳目資》裡有-m，其實是代替〔-ŋ〕，因爲法文和意大利文裡沒有-ng（-ŋ）尾。」

　　何以西儒擇取-m 來標示〔-ŋ〕此便關涉到西儒自身母語的音韻系統。筆者認爲欲闡釋此問題，可從消極、積極兩個方面著眼：就消極的方面而言，即如羅常培（1930）、丁邦新（1986）所言：因爲西儒的母語缺乏-的緣故；若由積極方面探求，則如楊福綿（1986）所指出的：葡萄牙語-m 的音值與〔-ŋ〕相當，西儒援用葡萄牙語的標號來標示漢語的音值（見第三章）。

　　上文釐清-m 韻尾的相關問題，以下則將《西儒耳目資》-m 尾諸攝依主要元音的差別分成幾組，試擬音值於下：

（1）第八攝 am、第卅攝 iam（第廿九攝 eam）第四十五攝 uam（第四十攝 oam）

	《廣韻》	《中原音韻》	《洪武正韻》	國語
8. am	唐／陽／江	江陽	陽	anŋ
29. eam	陽（來母）	江陽	陽	iaŋ
32. iam	陽／江	江陽	陽	iaŋ
40. oam	唐／陽／江	江陽	陽	uaŋ
45. uam	唐／陽／江／用	江陽	陽	uaŋ

　　am 攝多源自中古江、唐、陽（知照系）諸韻字，在《中原音韻》中歸併爲江陽韻，筆者將其音值擬爲〔aŋ〕，與國語讀音相合。

間接説明當時-m 已有混入-n 的趨勢。由此可知：在十四世紀的共同語中，部份-m 已轉化爲-n。

eam、iam 二攝多源自中古陽、江（牙喉音）二韻字，可知其音值當爲〔iaŋ〕。同理可知，源自中古江、宕二攝合口字的 oam、uam 二攝的音值應是〔uaŋ〕。

（2）第十一攝 em、第十七攝 im、第廿六攝 um、第卅六攝 ium、第四十七攝 uem

	《廣韻》	《中原音韻》	《洪武正韻》	國語
11. em	登／耕／庚／蒸／腫	庚青（東鍾）	庚／董	eŋ
17. im	耕／庚／蒸／清／青	庚青	庚	iŋ
26. um	東／冬／鍾	東鍾	東	uŋ
47. uem	登（見系）	庚青（東鍾）	庚	uŋ
36. ium	東／鍾／青／梗（牙喉）	東鍾（庚青）	東／庚	yuŋ

em、uem 三攝多源自中古梗、曾二攝洪音字，而若干 em 攝的脣音字（如"萌"、"烹"）與 uem 的牙喉音字（如"肱"）在《中原音韻》中，并收於庚青、東鍾二韻，楊耐思（1990：119-120）論述此種一字二讀現象的內在意涵：

> 這兩韻并收字原屬梗、曾攝牙喉音合口類和脣音類（不分開合），"合口"介音發生強化作手，同時韻腹元音弱化，以致被強化的介音所吞沒，脣音類（不分開合）受牙喉音類化，於是由庚青韻轉爲東鍾韻。兩韻并收，説明這種語音演變已經發生，但原有的讀音還依然保存著，形成新、老兩派讀音並存的局面。

然而，em、uem 攝字在《洪武正韻》、《西儒耳目資》中多讀同庚青韻，並未和東鍾韻相混，可推知 em、uem 兩攝洪音字的主要元音尚未弱化、失落，故兩攝音值可分別擬爲〔əŋ〕、〔uəŋ〕。

im 攝多源自中古梗、曾二攝細音字，在《中原音韻》中多歸於庚青韻。對於類字金尼閣以"im"標示，由標號當可推知：梗、曾攝的主要元音在-i-介音前已失落，故 im 攝的音值可擬爲〔iŋ〕。

um 攝則源自中古通攝，在《中原音韻》、《洪武正韻》同屬東（鍾）韻，因其音類穩定，故可將其音值擬同爲〔uŋ〕，同《中原音韻》東鍾韻（寧繼福西元 1985）。

ium 攝不僅包含中古通攝，亦混雜若干梗攝字；而由金尼閣的標號"ium"亦可推知：此時中古梗攝細音字的主要元音已開始弱化、失落，進而與通攝字相混，故可將此攝的音值擬爲〔iuŋ〕。

4. -n 尾韻攝的音值擬測

（1）第九攝 an、第四十攝 uan（第四十一攝 oan）

	《廣韻》	《中原音韻》	《洪武正韻》	國語
9. an	寒／元／山／刪 覃／咸／談／銜	寒山／監咸	寒／刪／覃	an
41. oan	刪／緩	寒山	刪／旱	uan
46. uan	刪／緩／（戈三）	寒山	刪／旱／遮	uan

　　an 攝源自中古山、咸二攝的開口洪音，金尼閣以 "an" 標示中古山、咸二攝字，由此可知：《西儒耳目資》音系中，雙唇鼻音尾-m 已併入舌尖尾-n，因此，可將其音值擬為〔an〕。

　　oan，uan 兩攝多源自山攝合口洪音，其音值則當擬為〔uan〕。

（2）第十二攝 en、第十八攝 in、第卅四攝 ien、第卅七攝 iun、第四十八攝 uen（第四十二攝 oen）、第五十攝 iuen

	《廣韻》	《中原音韻》	《洪武正韻》	國語
12. en	仙／鹽（知照系）	先天	仙／鹽	an
en	臻／痕／文／侵／震	眞文／侵尋	眞／侵	ən
27. un	魂／諄	眞文	眞	
42. oen	魂（曉匣）	眞文	眞	uən
48. uen	仙（知照系）	先天	仙	uan
uen	魂／文	眞文	眞	uən
18. in	眞／欣／侵	眞文／侵尋	眞／侵	in
34. ien	先／仙／山／元 琰／添	先天／廉織	刪／先／鹽	ian
37. iun	諄／文／恩	眞文	眞	yən
50. iuen	先／仙／元	先天	先	yan

　　en 攝韻母依其所前接聲母音段的不同，各有其不同的中古來源與演化方向。En 攝的知照系字，源自中古山、咸二攝的開口細音，在《中原音韻》中則多歸入先天韻，而後因捲舌聲母的同化作用，促使-i-介音失落，終而演化為國語的〔an〕；至於 en 攝其他聲母字則多源自中古臻、深二攝的開口細音，在《中原音韻》歸於眞文、侵尋韻，而後-m 尾混入-n 尾，終而演化為國語的〔ən〕。

　　《西儒耳目資》en 攝源自中古臻／深、山／咸諸攝，其音值為何？檢視現代江淮官話，得知：合肥話中，若干山攝照系字存有文、白異讀，白讀音韻母與臻攝字的韻母相合，皆讀爲〔ən〕，例如：展〔tʂən〕、戰〔tʂən〕（山攝）與根〔kən〕懇〔k'ən〕（臻攝）韻母音值相同（見《漢語方音字匯》，頁 232～233、281），筆者據此將 en 攝的音值擬爲〔ən〕。

un 攝、oen 攝、uen 攝（非知照系）呈現互補分配，三攝多源自中古臻攝的合口洪音，實可歸併爲一個音位。就語言結構的系統性著眼，上文已將 en 攝擬爲開口洪音〔ən〕，而 un、oen 二攝與 uen 攝的非知照系字當擬爲合口洪音〔uən〕；uen 攝知照系字則多源自中古山攝合口洪音，而與源自中古臻攝的知照系字相對立，然而，由 en 攝中可窺知中古臻、山兩攝已混同，但在 uen 攝中卻又呈現臻、山兩攝的對立的奇特現象，參酌《中原音韻》與現代國語的讀音，將 uen 攝的知照系字的韻母音值擬爲舌位較低的〔εn〕。

in 攝源自中古臻、侵兩攝開口細音，在《西儒耳目資》音系中，不但-m 尾已併入-n 尾，且臻、侵二攝的主要元音亦已弱化、失落，故 in 攝的音值當擬成〔in〕。至於 ien 攝多源自山、咸攝的開口細音，其音值則可擬爲〔iεn〕。

同理，iun 攝則多源自中古臻攝合口細音，故其音值可擬爲〔iun〕；對於源自中古山攝 iuen 攝則當擬爲合口細音〔iuən〕。

中古山、臻二攝在 en 攝中相混，卻又在 un／uen、in／ien、iun／iuen 諸攝間呈現臻、山二攝對立的狀態，此種矛盾的對立現象究竟是音值上的微別？抑或是音位上的對立？筆者認爲：在《西儒耳目資》的基礎音系中，iun 攝與 iuen 攝可能同爲一個音位，然而，或許是西儒「刻意研求」，加上其他官話方言的影響，從而產生區別。

（3）第四十九攝 uon

	《廣韻》	《中原音韻》	《洪武正韻》	國語
49. uon	桓	桓歡	寒	uan

uon 攝源自《廣韻》桓韻（山攝合口一等），依照近代官話方言的音變規律，一等、二等字間的對立已逐漸消失，此類字當與刪韻合相混，然而，此類字在《中原音韻》中卻歸入桓歡韻，與寒山韻合（刪韻合口）相對立，由此可知：元代的共同語音系中，山攝合口一等、二等間仍存在著對立。寧繼福（1985）將桓歡韻的主要元音音擬構爲舌面後半低元音〔ɔ〕，與寒山韻的主要元音〔a〕有別。

　　《西儒耳目資》反映的音系仍維持著桓韻（uon 攝）與刪韻合口 oan、uan 兩攝）間的對立，因此亦可將 uon 攝的音值擬為〔uɔn〕。

　　綜上所述，茲將《西儒耳目資》的各個韻母的音值表列如下：

a〔a〕	e〔ɛ〕	e'〔ɿ〕 i〔i〕	o〔ɔ〕 o〔o〕	u〔u〕	ü〔ʅ〕	ụ〔ʮ〕	ul〔ər〕
ia〔ia〕	ie〔iɛ〕	ie〔iə〕	io〔iɔ〕 io〔io〕			iu〔iʉ〕	
ua〔ua〕	ue〔uɛ〕		uo〔uɔ〕				
	iue〔iuɛ〕						

ai〔ai〕 ao〔au〕		eu〔əu〕	
iai〔iai〕 iao〔iau〕		ieu〔iəu〕	
uai〔uai〕		uei〔uəi〕	

am〔aŋ〕 em〔əŋ〕	im〔iŋ〕	um〔uŋ〕	
iam〔iaŋ〕		ium〔iuŋ〕	
uam〔uaŋ〕 uem〔uəŋ〕			

an〔an〕	en〔ɛn〕／〔ən〕		
	ien〔iɛn〕	in〔in〕	
uan〔uan〕	uen〔uɛn〕	un〔uən〕	uon〔uɔn〕
	iuen〔iuɛn〕	iun〔iun〕	

本章附表甚／次對立表

第二攝 e、第十四攝 ie 甚／次對立表

	e		ie	
	入		聲	
	甚[-ɛ]	次[-ɻ]	甚[-iɛ]	次[-iə]
[ɸ-]			葉 葉開三／以	一 質開三／影
ç[ts-]	宅 陌開二／澄		櫛 櫛開二／莊	疾 質開三／從
‘ç[ts‘-]	柵 麥開二／初		切 屑開四／清	七 質開三／清
ch[tʂ-]	哲 薛開三／知	質 質開三／章		
‘ch[tʂ‘-]	撤 薛開三／徹	赤 昔開三／昌		
k[k-]	格 陌開二／見		訐 薛開三／見	吉 質開三／見
‘k[k‘-]	客 陌開二／溪		挈 屑開四／溪	乞 迄開三／溪
p[p-]	白 陌開二／並		蹩 屑開四／並	必 質開三／幫
‘p[p‘-]	拍 陌開二／滂		擎 屑開四／滂	匹 質開三／滂
t[t-]	德 德開一／端		絰 屑開四／定	的 錫開四／端
‘t[t‘-]	忒 德開一／透		鐵 屑開四／透	逖 錫開四／透
j[ʐ-]	熱 薛開三／日	日 質開三／日		
v[v-]				
f[f-]				
g[ŋ-]	厄 麥開二／影			
l[l-]	勒 德開一／來		列 薛開三／來	慄 質開三／來
m[m-]	陌 陌開二／明		滅 薛開三／明	蜜 質開三／明
n[n-]	搦 陌開二／娘		齧 屑開四／疑	逆 陌開三／疑
s[s-]	塞 德開一／心		屑 屑開四／心	悉 質開三／心
x[ʂ-]	舌 薛開三／船	實 質開三／船		
h[x-]	赫 陌開二／曉		協 怗開四／匣	翕 緝開三／曉

第四攝 o、第十五攝 io、第廿四攝 uo 甚／次對立表

	o		io		uo	
	入　聲		入　聲		入　聲	
	甚[-ɔ]	次[-o]	甚[-iɔ]	次[-io]	甚[-uɔ]	次[-uo]
[φ-]			藥　藥開 三／以	欲　燭合 三／于	斡　末合 一／影	屋　屋合 一／影
ç[ts-]	昨　鐸開 一／從	族　屋合 一／從	爵　藥開 三／精			
'ç[ts'-]	錯　鐸開 一／清	簇　屋合 一／清	鵲　藥開 三／清			
ch[tʂ-]	汋　覺開 二／崇	竹　屋合 三／知				
'ch[tʂ'-]	綽　藥開 三／昌	蓄　屋合 三／徹				
k[k-]	葛　曷開 一／見	谷　屋合 一／見	腳　藥開 三／見	菊　屋合 三／見	郭　鐸合 一／見	國　德合 一／見
'k[k'-]	渴　曷開 一／溪	哭　屋合 一／溪	殼　覺開 二／溪	曲　屋合 三／溪	闊　末合 一／溪	
p[p-]	剝　覺開 二／幫	不　物合 三／非				
'p[p'-]	潑　末合 一／滂	僕　沃合 一／滂				
t[t-]	奪　末合 一／定	篤　沃合 一／端				
't[t'-]	脫　末合 一／透	禿　屋合 一／透				
j[ʐ-]	弱　藥開 三／日	肉　屋合 三／日				
v[v-]		勿　物合 三／微				
f[f-]	縛　藥開 三／奉	福　屋合 三／非				
g[ŋ-]	諤　鐸開 一／疑				兀　沒合 一／疑	
l[l-]	落　鐸開 一／來	祿　屋合 一／來	略　藥開 三／來			

m[m-]	抹 末合 一／明	木 屋合 一／明				
n[n-]	諾 鐸開 一／泥	訥 沒合 一／泥	虐 藥開 三／疑			
s[s-]	索 鐸開 一／心	速 屋合 一／心	削 藥開 三／心			
x[ṣ-]	杓 藥開 三／禪	塾 屋合 三／禪				
h[x-]	曷 曷開 一／匣	忽 沒合 一／曉	學 覺開 二／匣	畜 屋合 三／曉	活 末合 一／匣	忽 沒合 一／曉

第六章 《西儒耳目資》的聲調系統

　　聲調是現代漢語音韻結構中，不可或缺的超音段節律特徵。漢語聲調源於何時？若歸納《詩經》押韻韻腳，與中古《切韻》音系的四聲相參照，可察覺：早在周秦時代，漢語已存有聲調。〔註1〕然《詩經》大抵上是"童謠里諺，矢口成韻"，雖詩歌諧韻已體現漢語聲調的客觀存在，先民對於聲調的諧合多憑自然的語感，尚未能自覺、客觀地分析聲調。而後隨著佛教《聲明論》的輸入，至南朝齊梁間，沈約、謝朓等文士，依據及模擬當日轉讀佛經之聲，分別定爲平、上、去之三聲，合漢語短促的入聲，適成四聲，此爲四聲之說所以成立，及其所以適爲四聲，而不爲其他數的緣故（陳寅恪，1936：276）。漢語四聲的確立，乃是先民千百年來對漢語聲調自發的辨析能力，受到外來梵語的衝擊後，提升爲自覺認知的結果。

　　聲調作爲音位的組成因素是漢藏語族〔註2〕的語音特色之一（1958：26）。金尼閣所操持的母語當屬印歐語族，是以聲調在金氏母語音系中僅是次要的伴隨成分，非主要的區別特徵。因而，聲調的辨析便成爲西儒學習漢語的主要難

〔註 1〕 《詩經》時代雖已存有聲調，上古聲調的數目、類型爲何？歷來學者見解不一，頗多爲歧，如：段玉裁主張古無去聲，孔廣森認爲古無入聲，黃侃則以爲上古僅有平、入二聲，王國維更創「古有五聲說」……。近代學者多偏向於主張上古爲四聲，丁邦新（1989：398）：「基本上上古音有四聲，在我看來，以接近定論。」

〔註 2〕 語族（laguage family），大陸學者多譯爲"語系"。

處之一。〈列音韻譜問答〉中，金氏自敘：

> 音韻之學，旅人之土產；平仄之法，旅人之道聽。音韻敢吐，平仄
> 願有請焉，何也？平仄清濁甚次，敝友利西泰，首至貴國，每以為
> 苦，惟郭仰鳳精于樂法，頗能覺之，因而發我之蒙耳。（頁 48，問
> 60）

利瑪竇和金尼閣所撰的《利瑪竇中國札記》亦論及漢語聲調：

> 人們運用重音和聲調來解決我稱之為含意不清或模稜兩可的困難問
> 題。一共有五種不同的聲調或變音，非常難於掌握，區別很小而不
> 易領會。他們用這些不同的聲調和變音來彌補他們缺乏清晰的聲音
> 或語調；因而在我們只有一種明確含意的一個單音節，在他們就至
> 少具有五種不同的意義，並且彼此由於發音時的聲調不同而可能相
> 去有如南極和北極。每個發音的字的確切意義是由它的聲調質量決
> 定的，這就當然增加了學習說這種語言以及聽懂別人的困難。我要
> 冒昧地說，沒有一種語言是像中國話那樣難於被外國人所學到的。
>
> （何高濟等譯 1983：29）

縱觀中國音韻研究的發展歷史，當可察覺先民對於音韻現象經常是"日稱而不知其所以之意"，必得與其他語言系統相互參照、比對，方能使原本自發的辨析能力躍升為自覺的認知。就聲調而言，四聲的創製乃是受梵語衝擊的成果；至於進一層闡釋漢語聲調的語音特質，則是明末傳教士的貢獻。

漢語聲調既是西儒學習的難處所在，故在《西儒耳目資》中，西儒本其精細的音學理論、方法及特殊的語感，對於漢語聲調有較細緻、深入的描寫，此正可補苴中國傳統音韻文獻的不足，實為擬構明末官話聲調系統的珍貴語料。然而，究竟漢語聲調有何功能？漢語聲調的聲學特性為何？漢語聲調在音韻系統中所居處的定位為何？若此，皆是進行聲調系統擬構前，首當梳理的問題。

第一節　漢語聲調的語音性質

漢語是一種聲調語言。然而，所有的語言都具有語調或聲調高低變化，且都廣泛的運用音調的抑揚頓挫來傳答意義、情感，如何才可算是"聲調語言"（狹義）？美國語音學家派克（Kenneth L. Pike, 1948）在《聲調語言》一書中

曾指出：

> 一種聲調語言可以定義爲：在這種語言裡，每個音節的聲調之間存
> 在著詞彙意義方面的對立，並且彼此相關。（轉引自郭錦桴 1993：
> 2）。

斯樓特（C. Sloat, 1978）則是認爲：

> 有些語言中音高起著不同的作用。相同的音段序列如果要帶上不同
> 的相對音高，就會表示不同的意思。用於這種方式的音高變化叫作
> 聲調。以這種方式利用音高的語言就叫聲調語言。（轉引自石鋒
> 1994：99）

郭錦桴（1993：4）則將聲調語言的聲調特徵歸納爲四點：

a. 聲調語言的聲調具有語音區別功能。

b. 聲調語言的聲調屬於詞彙音節聲調。

c. 聲調語言的聲調具有模式特徵。

d. 聲調語言的聲調類型十分有限。

上列四項特徵，正可展現漢語聲調與西儒母語聲調的歧異所在。以下分別從漢語聲調的區別特徵、語音範圍、聲學類型論述，以彰顯漢語聲調的語音性質、特色，及與其他聲調語言間的殊別。

（1）聲調的區別功能

布龍菲爾德在《語言論》中，指出漢語聲調的音位性質：

> 音高（pitch）這個特徵，在英語裡作爲次音位主要出現在句末，把
> 問話（at four o'clock?）和答話（at four o'clock.）對比便可以看出。
> 值得注意的是，漢語以及許多其他的語言把音高作爲主音位。（袁家
> 驊等譯，1980：105）

聲調語言的聲調在音韻系統中作爲"主音位"，擔負著區別詞彙意義或語法意義的功能；而非聲調語言的聲調在音韻系統中則爲"次音位"，語調變化亦僅止於傳答不同的語氣和情態，如：急燥、高興、親暱……等。

語音實驗證明，聲調是與音節共存的，是高於輔音和元音層次的一種依存性的語音要素和節律特徵，任何語言的音節都具有此種物理特徵。但對於非聲

調語言來說，聲調只是一種語音特徵和羨餘成分，或者說只是一種處於自然狀態的聲調；對於聲調語言來說，聲調是一種區別特徵和功能單位，是一種處於語言狀態的聲調（瞿靄堂，1993：15）。聲調高低曲拱的物質形式雖是各種語言所共有，但聲調在各種語言的音韻系統中所擔負的辨義功能，卻不盡相同。聲調區別功能的殊異區分聲調語言和非聲調語言的主要判定標準，亦是漢語聲調與西儒母語聲調的主要差別所在。

（2）聲調的語音範圍

聲調是一種以音高為主的超音段節律特徵，為語言非線性的展現。就聲調所涉及的語音範圍而言，若以音節或詞作為基本載體單位，則可稱為 "聲調"（tone）；若以短語、小句作為基本載體單位，則可稱為語調（intonation）。漢語的節律特徵主要表現為聲調（字調），以區別詞彙意義為主；而西儒母語則主要表現為語調，多表語法意義的不同。

再者，不同的聲調語言對聲調的運用也不全然相同。漢語聲調與單音節詞、語素〔註3〕相聯繫，故漢語可稱為音節──語素聲調語；在斯堪的納維亞語支（屬日耳曼語系北支）的聲調語中，聲調與多音節詞相聯繫，則可將其稱為詞聲調語（許餘龍，1992：94），高本漢（1949：11）曾以瑞典語為例：「以聲調區別字義的現象，對瑞典人而言，並不算稀奇，因為瑞典話 "鳥籠" 和 "生產" 的不同就在 buren 和 buren 之間……。」

（3）聲調的聲學類型

聲調的聲學物質形式而言，有的聲調系統主要運用一組調級（音高）不同的平調，各調位間的區別特徵為調值的高低；有的聲調系統則主要運用調級升降變化的拱調，各調位間的對立除調值的高低外，還涉及調形的升降曲拱。派克《聲調語言》將前者稱為 "音域聲調系統"（register systems）；將後者稱為 "升降聲調系統"（contour systems）。漢語聲調屬升降聲調系統，而西非的伊博語（Ibo）則屬音域聲調系統（許餘龍，1992：95）。

聲調語言的聲調類形十分有限。就音高的對立而言，美國麥迪遜（I. Maddieson, 1978）曾揭示聲調的共性，首條即是：「一種語言的聲調可能有多至

〔註3〕劉叔新（1990：64）：「語素指語言中一切最小的（本身不能再分成兩個的）音義結合單位。」

五個調及的對立，但不可能再多了。」（廖榮容譯，1988：206）趙元任（1930）創制"字母標調法"，將聲調音高的對立區分爲五級，此不僅符合標示漢語聲調的實際需要，亦與聲調類型的共性相合。

從以上三個層面剖析漢語聲調，不僅可見漢語聲調與非聲調語言的歧異，亦可知與漢語與其他聲調語言的殊別。誠如王士元（1988：100）所言：「世界上聲調語言雖然很多，[註4]但是像漢語這樣每個音節都有固定聲調，不但有高低之分，還有升降曲析之別，卻是不多的⋯⋯。」漢語聲調的語音性質在世界語言中具有重要的獨特地位，可爲"聲調學"（tonology）的建立提供寶貴資料。

第二節　調類的歷時發展

近代漢語共同語調類的演變趨勢爲：平分陰陽、濁上歸去、入聲的消失。以下就歷時的演變上著眼，逐項探討中古四聲至《西儒耳目資》五聲——清平、濁平、上、去、入，在調類發展上所呈現的語音規律。然而，在分析音變現象前，當先對中古以來聲調的發展方向作一番釐清，作爲抽繹音變規律的基礎。

1. 近代漢語聲調發展趨勢

丁邦新（1989：403）論述近代漢語聲調的總體發展，指出：「從《切韻》到現代一千三百多年，方言聲調的現象相當複雜，不能只用一種"合併"或一種"分化"的理論來解釋。從演變的大勢來看，大約先是分化，然後又在新的條件下合併或進一步分化。」筆者亦認爲，超音段音位當與音段音位的演化趨勢相似，在歷時的演變過程，亦當是兼容著"分化"與"合併"兩種音變規律。然而，在近代漢語的歷時演變中，何種音變趨勢居於主流地位？卻是值得探討的問題。

傳統學者大抵從文獻語料著眼，以中古《切韻》四聲爲演化的基點，而後調值受到聲母清濁的影響，逐漸分化成具有辨義作用的兩個調，如：官話方言聲中，平聲多因聲母清濁差異而分化爲陰平、陽平兩調。因此，聲調的發展趨

〔註 4〕王士元（1967）：「廣義的"聲調語言"在世界大都數的區都找得到⋯⋯有三個語言區特別引起我們的注意：（1）某些美洲印第安語言，（2）大部份非洲語言，（3）漢藏語幾乎所有的語言以及與之臨近的眾多東南亞語言。」

勢是朝向"分化"。

　　近來王士元（1988a）、潘悟雲（1982）等學者，卻持相反的意見，主張就發音生理而言，中古聲調當受聲母清濁影響〔註5〕而有八個調形。從文獻語料上探尋，可見日僧安然（Annen）所撰的《悉曇藏》（880）載有正、聰二家記音，四聲皆分陰陽而成八調；現代方言中，調形的合併還在進行之中，〔註6〕凡此均可證明中古實有四聲八調。因而，近代漢語聲調的演變趨勢並非"分化"而是逐漸"合併"。

　　其實"分化說"與"合併說"並非截然對立，筆者認為二說分歧的焦點，在於兩說立論所依據的語音單位不同。"分化說"是以《切韻》的四聲——"調位"為考查基點；"合併說"則是以《切韻》四聲因聲母清濁不同所造成的八個變體——調值／調形為基點。音韻系統的分析，首在離析出音韻結構的最小單位，而漢語聲調實含攝調長、調形、調值三個要素，故本文擬從調位的內含要素著眼，因而以"合併說"來解釋近代漢語聲調的歷時發展，闡釋影響現代漢語方言聲調發展的內在機制。

　　若中古有八調，何以《切韻》只分四聲？陳振寰（1986：30）從方言、反語的調查中，實際地體認到：在漢人的自然語感中，聲調的辨識有難易的層次，最易辨別的是音曲（調型），次為舒促（調長），最後才是音高（調值）。中古四聲間的主要區別在於調型與調長〔註7〕的殊別，若顧及聲母帶音與否所造成調值高低的差異，則中古四個調位當含有八種調值。

　　何以調值層次常被忽略？現代方言聲類的分歧是如何演化成的？中古聲調分陰陽與聲母的清濁相聯繫，但"聲母清濁"為中古音系的主要區別特徵，"聲

〔註5〕邢公畹（1984：453）：「從發音生理來看，調值與喉音成分有關，故聲母的清濁必會影響調值的高低，此為漢藏語的共同現象。」

〔註6〕潘悟雲（1982：362～374）以吳語丹陽話、河北灤縣、山西平遙、上海話……等方言資料，歸納出聲調合併的兩種類型：一是傳統四聲的各個聲調中陰類調和陽類調合併；一是陰調類或陽調類內部各聲之間的合併。

〔註7〕古人基於對聲調的自然感知，以抽象、模糊的術語描繪調位間的差異。唐僧釋處忠《元和韻譜》載：「平聲哀而安，上聲厲而舉；去聲清而遠，入聲直而促。」從中可窺出："哀而安"、"厲而舉"、"清而遠"、"直而促"當就調型、調長的特徵而言。

調陰陽”自然成爲羨餘成分，是以《切韻》只分四聲，而每個調位含攝著因聲母清濁影響而生成調型相同、調值有異的“同位調”——陰陽調。而後，中古四聲八調隨著調值自身的變異或聲母清濁對立的消失，或分化出新的調位，或與原有的調位合併，在內在音韻系統與外部地域分布上，展現出語音發展的不平衡性。瞿靄堂（1993：18）闡述漢語聲調的個體演變：

> 有些漢語方言的四聲變成今日數目不等調類不同的情況，並不都是先分化爲八個聲調，再合併爲少於八個調類的聲調系統的，而是在清濁聲母分化爲獨立調位之前，即清濁聲母的聲調發生離異（即清濁聲母聲調的自然差異擴大）處於尚未分化的自然狀態時，以就已與讀音相近的聲調發生合併，也就是說，有些調類從來沒有分過陰陽，這樣，無法證明分過陰陽的調類能得到更加合理的解釋，對於聲調分化、合併的機制也是一種更爲科學的說明。

經由上文的闡述，筆者認爲中古有四聲八調，在《切韻》音系中雖僅有四個調位但至少含有八個變體，在《切韻》以後的幾百年間，在不同的方言裡，調位變體或與讀音近者合併或獨立、分化爲新的調位。是以安然《悉曇藏》、了尊《悉曇輪略圖抄》（1345）所載方音聲調皆分爲八個調類。中古四聲八調演化爲現代漢語方言各異的調類，非絕對的分化與合併，其整體發展趨勢當是：在調位分化的表層下，寓含著調位變體的合併，且隨著方言音韻系統的差異而有不同的發展。

2. 平分陰陽

《西儒耳目資》平聲亦已分化爲清平、濁平二調，茲將〈列音韻譜問答〉中關於平聲分化的論述摘錄如下：

> 問曰：上平下平，是分清濁乎？
>
> 答曰：否。由平聲堆帙過厚，分爲二卷，其中清濁相雜，如先母清也，而在下之卷，類多如此。但余曾見有一書，分稱陰陽者，則與清濁之義相合也。（頁51，問72）
>
> 問曰：耳目資分之未？
>
> 答曰：分之矣。（頁51，問73）

漢語平聲分陰陽的起始時代，因文獻語料的不足，至今尚無定論。〔註8〕就通行
的韻書來看，陸法言《切韻》（601）雖分五卷，但平聲實因字多而分上下，並
非調類分化的音變現象；而在元周挺齋《中原音韻》（1324）中，已明確的揭露
平聲分陰陽的音變現象。金尼閣曾見某韻書平分陰陽，或即是《中原音韻》一
類的北曲韻書。

平聲分化的條件為聲母的清濁，可將其演化規律表述如下：

／平聲／＝〔清平、濁平〕→清平／＿清聲母

＼濁平／＿濁聲母

3. 濁上歸去

從文獻資料上考證，濁上歸去的音變現象可追溯至八世紀末的長安方音，
反映此音變的語料有：慧琳《一切經音義》（778～810）、白居易〈琵琶行〉（815）、
韓愈〈諱辯〉（809）等（梅祖麟，1982：223）。然而，《西儒耳目資》所載的語
音系統是否反映濁上歸去的音變規律？《列音韻譜・小序》中，論及濁聲母上
聲字的歸字問題，茲將其引錄於下：

> 或問問有半圈在幾字上何／蓋因多字之音，古今不同，假如“似”
>
> （按：《廣韻》詳里切）字，古音為上，今讀為去，音韻之書從古，
>
> 愚亦不敢從今，故以半圈指之，然此類多在上聲。（頁2）

又〈三韻兌敓問答〉亦可見關於中古上聲歸字的論述：

> 問曰：第十攝，“後”（按：當為“厚”字，《廣韻》胡口切）字讀
>
> 係去聲，立母乃在上聲，為何？
>
> 答曰：上，古聲也。韻書從古，故以之立母。（頁94，問54）

由上列兩則問答，可確知中古濁上聲字如“似”（止韻邪母）、“厚”（厚韻匣
母）在明末官話中已讀為去聲。金尼閣在《列音韻譜》中雖沿襲傳統韻書，仍
將濁上置於上聲，但另加半圈⌒以示區別。

〔註8〕周祖謨（1966：500）依安然《悉曇藏》所載，主張：「唐代大多數方言中平聲已經
分為兩個調類。」又王士元（1988a：39）發現杜甫〈麗人行〉一詩，有意利用平
聲的陰陽調來押韻〔按：丁邦新（1989：398）則認為此種情形亦可能是杜甫擇用
聲母清濁的不同的字來試驗詩律〕。楊劍橋（1993：49）根據周、王二氏的考證，
認為：「“平分陰陽”，應當起於公元八世左右的中唐時代。」

濁上歸去的音變規律，實際上包含兩種音變：全濁聲母清化、上去二調合併。兩項音變的順序如何？楊耐思（1958：74）考察韓愈〈諱辯〉、李涪《刊誤》關涉到濁上歸去的例字，得知：所有的例字皆同為濁聲母但聲調卻有上、去之別。因此，不難設想：濁上歸去的音變當是先經歷濁上、濁去二調合併，而後濁聲母才清化。

至於濁上歸去的內在機制為何？楊耐思（1958：77）指出兩點：功能轉化及由繁趨簡。功能轉化，指中古本以聲母清濁作為區別音位的功能轉化為以聲調（調形、調值）作為區別音位的功能。由繁趨簡，則指聲調的歸併，先是濁上、濁去合併，兩者因音高相同調形微異而相混，在蒲圻、臨湘方言中曾有此種音變；而後則是陰去、陽去的歸併，因兩者同調形不同調值而漸趨無別，此類音變類型則可見於邵陽、武岡方言。

試觀中古上、去二聲的歷時演變，可將濁上歸去的音變規律，轉寫如下：

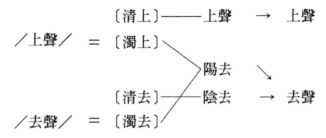

4. 關於入聲

就語音聲學性質而言，聲調是種超音段成分（suprasegmental elemets，趙元任譯為"上加成素"），是以音高為主的筆律特徵。然而，漢語中所謂"入聲"則是以音段——塞音韻尾-p、-t、-k 為標誌，以音長——短促為區別特徵，與平、上、去三聲不同。因此，入聲派入他聲不僅是個別調位的歸併，尚涉及辨音成分性質的轉移。

塞音韻尾-p、-t、-k 的失落是近代漢語的音變趨勢。中古塞音韻尾何時開始失落？三種塞音韻尾在《西儒耳目資》的反映為何？其間展現何種的演變軌跡？入聲的失落，隨著時間、地域的不同而呈現出語音發展的不平衡現象。若就文獻語料考查入聲字的歷時發展，得知晚唐詩歌已有入聲韻尾相混及舒、促合韻的現象；宋元韻圖中入聲字兼承陰聲韻和陽聲韻，凡此皆顯露中古塞音韻尾-p、-t、-k 對立的格局已經動搖。而後，從骨勒茂才《番漢合時掌中珠》（1190）對西夏文的漢字注音，可知宋代西北方音入聲韻尾已失落，或弱化成喉塞音韻尾-ʔ；邵雍《皇極經世・聲音唱和圖》所反映的宋代汴落方音，僅剩-p 仍配陽聲韻，-t、-k 則與陰聲韻字混（許寶華，1984：441）；至〔元〕周德清《中原音韻》所記載的北方方音口語音讀中，[註9] 入聲派入陽平、上、去三聲，明確地標誌出中古塞音韻尾皆已全部失落。

再者，若著眼於入聲字在現代漢語方音的地域分布，可見塞音韻尾的對立隨著由東南向西北的橫向推移而漸次遞減，如廣州話仍有-p、-t、-k 的對立，而寧夏中衛方言不僅無入聲，且聲調數目亦減爲三聲（橋本萬太郎，1985：112）。此種橫向地域分布的共時差異正是縱向歷時演變的映射。

《西儒耳目資》所反映的官話音系中仍存有入聲，然而，此時的入聲是處於何種發展階段？試觀金尼閣在〈列音韻譜問答〉對於入聲的描寫：

> 問曰：正音如是，或有不合，土音而已。等韻止有四聲何如？

> 答曰：聲止四亦可，蓋他書多然，不必論也。但每每入聲無字者，
> 常強借他韻，如客以足之。如公鞏貢穀、空孔悾哭之類。夫
> 公鞏貢、空孔悾，此三聲者俱同韻，若穀與哭，自有本聲，
> 奈何強借于此乎。（頁51，問75）

就入聲字的歸屬來看，在早期韻圖中，"穀"、"哭"置於通攝入聲，與陽聲韻相配，顯現當時二字存有塞音韻尾。在《西儒耳目資》中，"穀"讀爲 ko、"哭"讀爲 k'o，從羅馬字母的記音可確知：中古入聲的音段成分-k已失落，因而入聲字不再配陽聲韻而轉入陰聲韻，故金尼閣認爲"穀"、"哭"自有本聲，不得強借於公／鞏／貢、空／孔／悾之下。此外，又就入聲字的標記來看，金尼閣以"ˇ"標示入聲的超音段成分，且對於入聲的描寫多著眼於調值音高、調形升降（詳見下文）；若是明末官話尚以塞音韻尾作爲入聲調的主要區別特徵，西儒當會憑其語感加以辨析，更可用羅馬字母標記，何以金尼閣對於入聲的音段成分毫無觸及？凡此無疑說明：中古入聲字的塞音韻尾已全然失落。

〔註9〕黎新第（1987：67）：「《中原音韻》"入派三聲"有一種二重性質，它既以當時仍有入聲的中原之音（即官話，漢語共同語讀書音）作爲審音對象，同時又以當時業已無入聲的以汴梁爲主的中州方音（漢語共同語口語音）作審音標準。」可知元代北方口語音已無入聲，而讀書音仍存有入聲。

中古入聲字以短促的音段成分-p、-t、-k 作爲與其他聲調區別的標誌，而音節的超音段成分——調值、調形僅是次要音徵，但隨著塞音韻尾弱化而失落，超音段成分便提升爲主要區別特徵。《西儒耳目資》入聲的塞音韻尾雖已失落，但仍獨立成調，與《中原音韻》之“入派三聲”不同，今參酌前人對塞音韻尾弱化軌跡的研究，〔註10〕將入聲音段成分的演化軌跡表述爲：

-p、-t、-k　→　-ʔ　→　φ

第三節　調位的共時描寫

布拉格學派的創始人特魯別茨科伊（N.S. Troubetzkoy, 1890-1938）認爲：音位是一組區別性特徵（distinctive feature）。聲調在漢語中作爲主音位，擔負著辨義的功能，且聲調的主要決定因素是聲帶的顫動頻率，與元音的延續性質相同（郭錦桴，1992：127）。因此，無論就辨義功能或聲學特性來看，漢語調位皆當如音段音位一般，可從中抽繹出若干組二元對立的區別性特徵，藉著觀察各調位的主要對立所在，對於調位的共時狀態能有更深層的認知，以此作爲擬構調值的依據。

1. 《西儒耳目資》對調位特徵的描述

聲調是西儒學習漢語的主要困難所在，因此，對於音調的特徵常有較鉅微、深入的描寫，此正是中國傳統韻學語料所罕見的。以下先引錄金尼閣在〈列音韻譜問答〉中，對於五個聲調的相關描寫：

　　問曰：高低何似？

　　答曰：平聲有二：曰清、曰濁；仄聲有三：曰上、曰去、曰入。五
　　　　　者有上下之別。清平無低無昂，在四聲之中。其上其下每有
　　　　　二，最高曰去，次高曰入，最低曰濁，次低曰上。（頁 50，
　　　　　問 68）

〔註10〕學者大都認爲入聲-p、-t、-k 先弱化爲喉塞音韻尾而後失落。都興宙（1987：79～
　　　80）根據漢藏對音，認爲：「中古三種塞音韻尾並沒有經過一個全部合併爲喉塞音
　　　韻尾的階段，舌塞音韻尾-t 發展最快，其次爲舌根塞音韻尾-k，兩者的消失最晚在
　　　兩宋之交、南宋之初（十二世紀初），雙唇塞音韻尾-p 最晚失落。」本文對於入聲
　　　失落的軌跡仍採用大多數學者的意見。

> 問曰：……平聲一曰清，一曰濁，何也？

> 答曰：清平不高不低，如鐘聲清遠；濁平則如革鼓鼕鼕之音。旅人
> 所知（按：正音）如是，恐于五方（按：土音），未免有一二
> 不何相合耳！（頁51，問74）

> 問曰：先生所定若此，母乃顛倒次第否？

> 答曰：中國五音之序曰清、濁、上、去、入，但極高與次高相對，
> 極低與次低相對，辨在針芒，耳鼓易惛。余之所定，曰清、
> 曰去、曰上、曰入、曰濁，不高不低在其中，兩高與兩低相
> 形如泰山與丘垤之懸絕，凡有耳者，誰不哳之乎！（頁52，
> 問78）

由金尼閣對於聲調的描寫，可獲知兩項信息：調值的高低、聲調的對比差別。

（1）調值的高低

漢語以音節聲調變換的物質形式來擔負區別詞彙意義的社會功能。就聲調的社會屬性而言，西儒能從社會交際活動中，將漢語聲調與己身所操持的母語語調對比，體察到漢語聲調所擔負的辨義功能；在聲調物質形式的描寫上，西儒則仍不免受自身母語的制約。因漢語聲調實含攝三項要素：調值的高低、調形的曲拱、調長的舒促，三條軸線交集方能確切地顯現聲調的物質屬性，或因西儒母語僅以語調的高低來傳達某種語法意義的殊別，是以從《西儒耳目資》中僅能獲知調值的高低而已。

（2）聲調的對比差別

對於西儒而言，漢語聲值高低的變換是細微難辨的，金尼閣採用對比見異的方式，體現聲調的對比性差別（contrative difference），依調值的高低將漢語聲調的次序為：清、去、上、入、濁，且別創不忘之記法，如〈列音韻譜問答〉所述：

> 以左手橫置几上則中指居中，巨指極高，食指次高，小指極低，無
> 名指次低矣！一中指、二巨指、三無名指、四食指、五小指，則清、
> 去、上、入、濁，豈不相隔而不混乎！（頁52，問79）

瞿靄堂（1992：69）指出：「漢藏語言不同聲調的高低曲拱變化具有相對性，它們的辨義作用通過不同聲調的對比體現出來。準確地說，這種相對性也就是調

閾和調域的相對性。調閾指聲調相對固定的平均音高水平上下限之間的範圍，調域指按一定標準分度的兩個音高之間的範圍。在一定的聲調系統中，調閾和調域具有相對性，即它們都有一個游移度，也即通常所謂讀得高一點或低一點意義也不會改變。」誠如瞿氏所言，漢語調位的辨義功能並非憑藉調值的絕對高低，而是依憑各調位在聲調系統中的相對差別。由此，反觀金尼閣對於漢語聲調的記載，特重調位間的對比、區別，正合乎現代描寫語言學的原則（楊福綿，1990：24）。

2. 《官話語法》對調位特徵的描述

西儒對於明清之際漢語官話調位特徵的描述，除見於《西儒耳目資》外，尚可見於范芳濟（Francisco Varo, 1627-1687）以西班牙語編寫的《官話語法》（Arte de la lengua mandarina, 1703）。〔註11〕金尼閣《西儒耳目資》與范芳濟《官話語法》不僅年代相近，且所記載的音韻系統亦相同，〔註12〕兩書對於漢語聲

〔註11〕　楊福綿（1990：19）論述《官話語法》成書經過，指出：「多明我會會士范芳濟神父（Francisco Varo O.P., 1627～1687）〔按：曾曉渝（1992）譯爲萬濟谷〕語寫了一本《官話語法》（Arte de la lengua mandarina）〔按：曾曉渝（1992）譯爲《官話方言語法》〕，稿本於1682年完成，范氏把它帶到廣州。他逝世後由芳濟格會會士畢伯龍神父（Pedro Pinuela O.F.M.）加以修訂，於1703年在廣州刊行。」

〔註12〕　曾曉渝（1992：132～133）指出《官話語法》和《西儒耳目資》所記述的是同一種官話，其理由有三：（1）明末傳教士所學習的漢語是一種"整個的國通用的口語"（見《利瑪竇中國札記》）。（2）利瑪竇、郭居靜所擬訂的五種標調符號，由金尼閣、范芳濟原原本本地沿用下來，可推知兩人所記錄的音系基本上一致。3.將《官話語法》的聲韻調注音和《西儒耳目資》相比，亦可顯現出兩者高度的一致性，例如（《西儒耳目資》的-m即是-ng）：

		《官話語法》	《西儒耳目資》
清平	威風	goē i fūng	goē i fūm
	西瓜	sī kuā	sī kuā
濁平	緣由	iuen ieu	iuen ieu
	鵝翎	go ling	go lim
上聲	誘感	ieu kan	ieu kan
	米粉	mi fuen	mi fuen
去聲	厲害	li hai	li hai
	辯論	pien lun	pien lun
入聲	博學	po hio	po hio
	黑墨	he me	he me

調的描述便可相互參證、補充，如此更能窺得當時官話調位之全貌。

楊福綿（1986：219-221）曾徵引范芳濟《官話語法》對於漢語聲調的相關記載，楊氏文稿係以英文寫成，今則依曾曉渝（1992：133-134）所譯，轉錄如下：

> 第一聲發成平穩的延長音，沒有升降或別的變化，像一個人有點兒痛苦地呻吟一聲：唉（ai）！不過發音是平穩的。例如：goei fung〔威風〕、si kua〔西瓜〕。中國人稱這一聲調爲"平清"，意思是平而清楚；他們還叫這聲爲上平。（Varo, 1703:3a）

第二聲的發音，如果一個詞是是兩個音節（按：實際是兩個元音音素組成的複合元音音節），那麼第二個音節的音調稍稍下降；如果只有一固音節（按：指單元音音節），如 y（按：實際音值是〔çi〕），人們將延長這個音節的讀音，好像它是兩個音節。這聲調就像我們 Castile（按：以前西班牙北部的一個王國）人對一個告訴自己約翰犯了偷竊罪的人說"不（no）"一樣，因爲不同意他的說法，便答道："不，不要說約翰已經幹了這樣的事"（西班牙文：No diga esso, Pues Juan avia de hazer tal cosa!）在這種情況下，人們向那人所說的"不（no）"的聲調有些阻塞和下降；這就是中國人所發的第二聲。例如：iuen ieu〔緣由〕、go ling〔鵝翎〕。中國人稱這一聲調爲濁平，意思是平而渾濁；他們也稱這個調爲下平。（Varo, 1703:3a）

第三聲的發音，從元音的一點開始，然後以稍微煩躁和生氣的語氣將聲調下降三分之一，就像我已命令一個人做某些事，而他做的很糟或不令人滿意，這時我就對他說："不，我不喜歡你所做的。"（西班班文：No, no quiero que hagas.）第三聲的聲調就像這種情況下所說的"不（no）"。例如：ieu kan〔誘感〕、mi fuen〔米粉〕。中國人稱這聲爲上聲，上聲的意思就是高聲或大聲發音。（Varo, 1703:5a）

第四聲的發音，從第一音節的一點開始，然後上升三分之一。如果這個調是單音節的，那麼它將被延長發音。當我們發出肯定語氣的反問句時，末尾的語調就是這個聲調。譬如，當我被指使做什麼事，一個人來對我說（好像他要阻止我）："你不應該做這事。"我以一種不容置疑的語氣回答："爲什麼不？"（西班牙文：Como no?）那麼，將這時我發的"不（no）"音末尾延長，就是第四聲的聲調。比如：li hai〔厲害〕、pien lun〔辯論〕。中國人稱這聲爲去聲，

意思是去（goes）或跑（runs）。（Varo, 1703:5a）

第五聲實際上與第四聲相同，只是在〔發音的〕末尾要作一種胸腔的努力；就好像我們有一個不安分的人想要與人打架的聲音：啊（a）。不過，"啊"的末尾是短促的；用這樣的方法發出的聲調就是第五聲。例如：po hio〔博學〕、he me〔黑墨〕。中國人稱這一聲爲入聲，其意思是進入的聲音或在裡面發的聲音。（Varo, 1703:5a-b）

從上述引文中，不難察覺到范芳濟《官話語法》對於漢語聲調的描寫，較之金尼閣《西儒耳目資》精細、深入，撮其大要，列舉二點如下：

（1）調形殊別的描寫

調形是聲調的表現形態，它是聲調音高曲線的形狀，反映聲調調值的變化過程（郭錦桴，1992：114）。調形是漢語聲調物質形式的重要組成要素，亦是以調辨義的主要語感特徵，若缺乏調形這一軸線，便難以交匯出調位在聲調系統中所居處的位置。因此，《官話語法》對於調形的描寫，正好補充《西儒耳目資》僅著眼於調值的不足。

（2）以具體的語境闡述調位間的差異

西儒母語以語調爲主要的節律特徵，在不同的語境中常有不同的語調來傳達相應的情感，如：命令句、感嘆句多用下降的語調，問句則多用上升的語調。范芳濟以具體的語境闡述聲調的差異，對於聲調的描寫更加具體而易於體察；又西儒母語超音段成分的基本載體爲語句，因此，范方濟在漢語聲調的描寫上，揀擇能獨立成句的單音節詞爲釋例，如：不（no）、啊（a）、唉（ai），以此與漢語的字調相應。

雖然范方濟對於漢語聲調的物理性質有細緻的描寫，但在漢語聲調得名理據的推求上，則流於望文生義、穿鑿附會，如：以入聲爲「進入的聲音或在裡面發的聲音」。中古漢語四種聲調何以分別稱爲平、上、去、入？除因這四字的聲調，在命名之初即與四種不同的調類相應外，四字的詞彙意義又分別標示調形的差異——平爲平調、上爲升調、去爲降調、入爲促調。而後，平聲則又因聲母清濁的不同而分衍爲清平、濁平二聲。

3. 明末官話的聲調特徵

根據金尼閣《西儒耳目資》和范芳濟《官話語法》對於明末官話聲調的描

寫，又參酌楊福錦（1990）、曾曉渝（1989）的研究成果，將各調位的語音特徵歸納如下：

調類	聲調特徵
清平	金：無低無昂、不高不低居各聲之中
	范：平穩延長，無升降變化
濁平	金：最低曰濁，上濁皆低
	范：音調稍稍下降
上聲	金：次低曰上，上濁皆低
	范：音調下降三分之一
去聲	金：最高曰去，去入皆高
	范：音調上升三分之一
入聲	金：次高曰入，去入皆高
	范：（音高）與去聲同，末尾短促

王士元（1967）研究大量的聲調語言，尤其是漢藏語言及臨近的東南亞語言，從中歸納出十三種聲調類型，並提出曲、高、央、中、升、降、凸七項特徵加以區分。然而，這七項區別特徵當可構成 128 種調類的對立，王氏僅用以區分十三種調類，必然會包含大量的內部羨餘（redundancy），因此，鄭錦全（1966：11）主張只需高、升、降三項特徵便能經濟地區別現代漢語官話方言的聲調。

本文旨在經由《西儒耳目資》和《官話語法》對當時官話聲調的描述，從中抽繹出若干調位區別特徵，進而擬構出明末官話的調值。為能詳盡的顯現各調位的對立，原則上仍採用王士元所訂的聲調區別特徵，而稍加補充修訂成以下八項：〔註13〕

調形：平、升、降、凸

調高：高、央、中

調長：短

〔註13〕本文所採用的聲調區別特徵與王士元不同者有二：一是將〔＋拱〕改為〔＋平〕，因為平調是最具普遍性的聲調，可把它作標記（marked）成分（郭錦桴，1992：130）；一是增加〔＋短〕為區別特徵，就漢語方言來看，某些調位間的主要對立是音時的長短，如傳統上所謂舒、促對立即是。

依據上述八項特徵，列出明末官話聲調特徵矩陣圖：

	平	升	降	高	央	中	短	凸
清平	+	−	−	−	−	+	−	−
濁平	−	−	+	−	−	−	−	−
上聲	−	−	+	−	+	−	−	−
去聲	−	+	−	+	−	−	−	−
入聲	−	+	−	+	+	−	+	−

又根據上列的特徵矩陣圖，可進一步略去多餘的特徵，畫成區別特徵樹形圖，以突顯出各調位間的主要對立：

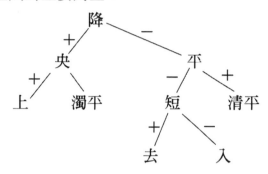

第四節　聲調調值的擬測

橋本萬太郎（1991：48-50）認為擬測古漢語調值所遭遇到的困難主要有二：一是歷史資料不夠科學；一是區域變體太複雜多樣。

聲母、韻母的佔時間的音段，具有一定的發音方法、發音部位，較容易客觀表述；聲調則是不佔時間的超音段成分，與喉頭控制的濁音特徵、送氣、喉音作用、音長等有關（王士元，1967），聲調的語音性質若不經由聲學實驗分析，實難以客觀描述。古人缺乏物理分析方法和計測方法，辨識聲調的殊異多憑主觀的語感，且表述時又無統一、精確的術語和標號，因此，描述聲調特徵難免流於模糊、玄虛，試觀〔清〕江永《音學辨微》所載：「平聲音長，仄聲音短，平聲音空，仄聲音實；平聲如擊鐘鼓，仄聲如擊木石。」何謂"如擊鐘鼓"、"如擊木石"？實在不易解讀。儘管早在一千多年前，南朝文士已自覺到四聲的差異，但對於聲調語音性質的確認，必待近代語言學家劉復、趙元任等人，援用西方音學理論，方能一掃千年的積疑。再者，音值的擬測除依據文獻語料外，尚得要參照實際方音，而現代方言聲調的錯綜複雜，對於歷史調值的擬構而言，無疑是另一項困難所在。

　　正因調值的擬測存在著不易克服的困難，因此，學者探究歷史音系，鮮有擬構具體調值的。然而，漢語聲調既是西儒學習漢語的主要困難所在，故常本其精細的音學理論、方法及特殊的語感，對於漢語聲調有較細緻、深入的描寫。前文已據《西儒耳目資》和《官話語法》的描寫，離析出各調位的區別性特徵，在此一基礎上，再參照近來學者對於江淮官話調值調查研究的成果，當可擬構出較爲接近眞實的調值。

1. 個別調值擬測

（1）清　平

　　由上文所列的區別特徵矩陣圖可知：就調形而言，明末官話中的清平當屬中平調。但其具體的音值爲何？必須參考現代江淮官話的聲調調值。平山久雄（1984）按現代江淮官話聲調調值的特點，將其分成八種類型，〔註14〕陰平聲調在大多數的方言點中爲曲調，僅在少數的方言點中爲平調，列舉如下：

方言點	方言分區	聲調類型	聲調調值
安徽・鳳台	中原區・信蚌片	徐州式	11
安徽・寧國	徽語・績歙片	蕪湖式	11
安徽・貴池	江淮區・洪巢片	〃	44
江蘇・高郵	〃	〃	44
安徽・東流	〃	樅陽式	11
安徽・廬江	〃	廬江式	11

　　在現代江淮方言中，陰平讀爲中平調的現象，幾乎不存在。以上六個方言點陰平調雖皆爲平調，但音高多屬低調，僅高郵、貴池兩方言點與《西儒耳目資》較相近。然而，在某些江淮官話方言島中卻仍保留著陰平爲中平調的現象，平山久雄（1984：193）徵引陳淵全對福建南平官話的調查研究：「南平官話的主層是在十五世紀由明朝派遣鎭壓叛亂的江北兵士帶來的，其基本調值是：陰

〔註14〕平山久雄（1984）將江淮官話依其聲調調值特點分成八群，即：徐州式、蕪湖式、樅陽式、南京式、廬江式、阜寧式、揚州式、鹽城式。值得注意的是：平山氏所認定的江淮官話僅包含江蘇、安徽兩省的大部份，未含括鄂東的“楚語”，與今之方言分區不盡相合，故在本文中又依據《中國語言地圖集》列出各方言點的分區，以資參照。

平 33，陽平 11，上聲 24，去聲 35。」

根據江淮方音的調值資料，本文採用五度標調法將《西儒耳目資》中的清平調值暫擬爲 44/33。

（2）濁　平

明末官話中濁平的調形爲低降調。現代江淮官話的陽平調多爲平調、升調、曲折調，降調絕少，在平山久雄（1984）文中，僅見無爲這個方言點的陽平爲降調：

方言點	方言分區	聲調類型	聲調調值
安徽・無爲	江淮區・洪巢片	廬江式	21

本文據此將《西儒耳目資》中的濁平調值擬爲 21。

（3）上　聲

明末官話上聲調形爲次低降調。此種聲調類型是揚州式方言的特徵，平山久雄（1984：191）：「江蘇中部與東北部七處方言的調值也和南京式方言相似，但以上聲爲降調爲異。」以下便列舉出揚州式的七個方言點之調值：

方言點	方言分區	聲調類型	聲調調值
江蘇・揚州	江淮區・洪巢片	揚州式	42
江蘇・江都	〃	〃	42
安徽・天長	〃	〃	41
江蘇・寶應	〃	〃	42
江蘇・沐陽	〃	〃	31
江蘇・灌雲	〃	〃	31
江蘇・新海連	〃	〃	42

依揚州式方言的上聲調值，《西儒耳目資》的上聲調值可擬爲 42、31 或 41。

（4）去　聲

明末官話去聲調形爲高升調。現代江淮官話去聲爲升調者，僅見於鹽城式方言：

方言點	方言分區	聲調類型	聲調調值
江蘇・鹽城	江淮區・洪巢片	鹽城式	35

因此，可將《西儒耳目資》的去聲音值擬爲 35。

（5）入 聲

明末官話的入聲調形與去聲相近，當為次高的升調而稍微短促。現代江淮官話，或已無入聲，或入聲仍存有喉塞音韻尾，入聲讀為升調的有：

方言點	方言分區	聲調類型	聲調調值
安徽・貴池	江淮區・洪巢片	蕪湖式	35
江蘇・新海連	〃	揚州式	13

由於入聲和去聲相近，因此根據江淮方音，可將《西儒耳目資》的入聲調值擬為與去聲音高相同而略為短促的 35，或擬為與去聲調形相同而音高略低且短促的 24。

上文已在《西儒耳目資》和《官話語法》對於明末官話共時描述的基礎上，配合現代江淮官話的實際調值，擬測出各調位的調值。以下則表列《西儒耳目資》聲調系統的調值、調形，以顯現各調位在聲調系統中所居處的定位及相對的關係：

調名	標號	區別特徵	調值	調形
清平	－	中平	33/44	
濁平	∧	低降	21	
上聲	＼	次低降	31/42,41	
去聲	／	高升	35	
入聲	∨	（次）高升	24/35	

石峰（1994：16）論述聲調的表現規律，指出：「聲調格局中，每一個聲調所佔據的不是一條線，而是一條帶狀的聲學空間……，只要一條聲調曲線位於這個聲學空間中，符合這個聲調的特徵，就不會混同應該區別的聲調。因此，我們通常所作的聲調調型曲線不應只看成一條線，而應該作為一條帶狀包絡的中線或主線。」實際活語言中，各調位的調閾與調域本有一定的游移度，[註15]在擬構書面音系的調值時，調值的游移度更是無法避免。因此，本文根據現代

〔註15〕瞿靄堂（1992：69）指出：「"調閾"指聲調相對固定的平均音高水平上下限之間的範圍；"調域"指按一定標準分度的兩個音高之間的範圍。在一定的聲調系統中，調閾和調域具有相對性，即它們都有一個的游移度，也即通常所謂讀得高一點或低一點意義不會改變。」

江淮官話的實際調值，對於清平、上聲、入聲分別擬構了兩組音高不同而調形相似的調值，因爲兩個調值既符合各調位的區別特徵，且無對立關係不影響各調位在系統中的相對關係，實可並存而無礙。

2. 各家擬測之異同

羅常培、陸志韋、李新魁等早期研究《西儒耳目資》的學者，未能論及調值問題。近來學者如魯國堯（1985）、楊福綿（1990）、曾曉渝（1992）始爲各調位擬構具體調值，以下便表列諸家所擬，以見其異同：

	清平	濁平	上聲	去聲	入聲
魯國堯	33	131/121	31	35	535/424
楊福綿	33	21	42	45	45
曾曉渝	33	21	42	35	34
本文	33/44	21	31/42,41	35	24/35

諸家擬音相去不遠，較爲可議的是魯國堯（1985：49）將陽平、入聲皆擬爲曲折調。試觀其擬音的理據：

> 我們可以將這些文字說明（按：即〈列音韻譜問答〉對各聲調特徵
> 的相關描寫）與暗示調型的記調法結合研究……濁平（即陽平）是
> 曲折調，可能是 131 或 121，因爲起點低，所以聽感上就比上聲還
> 低。而入聲可能是 535 或 424 的曲折調（問題在於入聲若是帶喉塞
> 音韻尾或較短促，是很難形成曲折調的，或者它就是一個不促的獨
> 立調類）。還有，曲折調的起點和終點可能是齊的，也可能不那麼齊。

筆者認爲魯先生將陽平、入聲擬爲曲折調是不恰當的。以下便分三點來論說：

（1）就標調符號的性質而言

金尼閣在〈列音韻譜問答〉中，描寫明末官話聲調僅注意到各調音高的對立，未涉及聲調高低曲拱的變化（詳見上文），可知魯先生將陽平、入聲擬成曲折調，主要是認爲標示陽平、入聲的符號含有暗示調型的意味。然而，果眞西儒標調符號兼有標示調形的功能？從與西儒相關的文獻記載上，似乎難以得到肯定的答案。郭居靜所創制的標調符號，是否前有所承？其創制的內在理據爲何？此當追溯西儒的文字系統。

俄人 B.A.伊斯特林（1965）：「拉丁語中長短元音之間的差別具有重大的音素

意義。許多拉丁語詞（如：legis "法律的" 和 legis "你讀"）及詞的形式 rosa "玫瑰花" 和 rosa "用玫瑰花"）只有元音的長短之分。」法語採用 26 個拉丁字母，在文獻中可見到元音上方帶有發音符號（les accents），是閉口音符（accent aigu），是開口音符（accent grave），是長音符（accent circonflexe），是分音符（trema），例如：ete（夏天）、sur（當然的）、mais（玉蜀黍）；義大利語中亦有在元音上別加閉音符號，和開音符號的情形（柳眉，1993：56,170）。

西儒用以標示漢語聲調的符號-- ー、∧、﹨、／、∨，乃是擇取自拉丁文、法文、義大利文中本有的音符，並非特別針對漢語聲調的語音性質而創制。或許西儒在符號選用之初，會兼顧到本有的音符與被標示聲調間的音質相合性，如以拉丁文的長音符號標示漢語中平緩延長的清平，而以短音符號標示漢語中短促的入聲。然而，卻不可因此而誤認西儒的標號與漢語聲調的調形有必然相應的關係。

（2）就發音的生理而言

中古入聲具有塞音韻尾，以短促的特徵與其它舒聲調相對。儘管明末官話中塞音韻尾已失落，但入聲仍保有音時較短的特徵（見《官話語法》）。曲折調表徵音高曲線的曲折變化，發音時通常要有較長的音時，因此，若依魯先生的說法，將音時短的入聲擬成需要較長音時的曲折調，即是要在短暫的時間內造成音高的曲折變化，就發音生理而言是有所困難的。

（3）就聲調的類型而言

I.麥迪遜（1978）提出若干的聲調共性，第八條為：「一種語言如果有複雜的拱度（按：即曲折調），也就有簡單的拱度。」可知在聲調語言中雙向的曲折調（降升調、升降調）是較少見的。鄭錦全（1988：88）以計量的研究方式，統計 737 個方言點全部 3433 個聲調，客觀呈現出不同調形的數量分布：

降調	1125	降升調	352
平調	1086	升降調	80
升調	790		

曲折調在漢語方言中出現的頻率約為 7%，若假設聲調系統中同時存有兩個相對立的曲折調位，顯然與常理不合。鄭錦全（1988：89）探究調型的相互關係和同現現象，計算出不同調型的的相關程度（相關系數值在-1 到+1 之間）：

	平調	升調	降調	升降調
升調	.8359			
降調	.8504	.8078		
升降調	-.0953	.1229	-.0531	
降升調	.5386	.4841	.4412	-.0552

　　由上列數據得知：升降調與降聲調的相關系數極小，兩調在同一聲調系統中同現共存的機率不大。

　　誠如鄭錦全（1988：89）所言：「頻率和相關度，除了表明漢語方言的數量模式，還有助於我們對聲調歷史擬構的合理家以評價和確定。」歷史音系的構擬除了須符合共時的系統性、歷時的規律性外，尚得要通過語言類型學（typology）的檢驗，因此，若依魯先生之見——將陽平擬爲升降調、入聲擬爲降升調，兩調共存於明末官話的聲調系統中，不僅現代江淮官話無此種現象，且亦與聲調的結構類型不符。雅克布遜（R. Jakobson, 1896～1982,1958）便曾指出：「某一種語言的擬測狀態如果和類型學發現的通則發生衝突，那麼，這種擬測是值得懷疑的。」（引自徐通鏘，1991：95）

第七章　《西儒耳目資》的基礎音系

　　學者公認《西儒耳目資》反映著明末官話的音韻系統，因此欲探求有明一代官話的標準音，構擬宋元以來漢語共同語發展、變遷的歷史脈絡，《西儒耳目資》實是不可或缺的重要依據。於是《西儒耳目資》的基礎方音究竟為何？無疑是近代漢語語音史上頗值得深入探討的課題之一。

　　早在 30 年代，羅常培（1930a）已注意到這個課題，而後陸志韋（1947b）、李新魁（1982）等諸位先進亦曾撰文探討，但是由於彼此所關注的角度有異，加上現代漢語方言調查資料的不足，對於此一課題有不同的見解：或主張是北京音、或主張為山西音，莫衷一是。近幾年來，學者對於此一課題的探討轉趨熱絡，成果亦更為豐碩，中外音韻學家對於《西儒耳目資》基礎音系的探求，無論是從外緣的歷史文獻入手，或是就內在的音韻系統著眼，大抵上偏向於主張《西儒耳目資》的基礎方音是南京話。

　　本章首先評述各家的見解，再就外緣的歷史文獻推求，最後更從內在的音韻系統著眼，藉著《西儒耳目資》的音韻系統在歷時、共時上所展現的音變規律，援用漢語方言分區所用的「特徵判斷法」、「古今比較判斷法」，〔註1〕與現

〔註1〕所謂「特徵判斷法」即是根據特定的同言線（isogloss），而將具有相同音韻特徵的方言點劃歸於同一方言區；而所謂「古今比較判斷法」則是假定《切韻》音系為漢語方言的源頭，而將各地方音音系與《切韻》對比，將演化規律相合的方言點

代江淮官話的音韻系統相對比，進而判定「《西儒耳目資》以南京話爲基礎方音」此一論斷的可信度；最後，在「《西儒耳目資》反映明代官話音系」的前提上，轉由另一種角度加以驗證，即依據文獻史料的記載、域外學習漢語的概況，檢驗明代南京音是否具備成爲共同語標準音的社會基礎。

第一節　舊說評述

《西儒耳目資》的基礎音系爲何？學者從不同的角度觀察，對此產生不同見解，張衛東（1992：224）將各家意見歸納爲三，今參酌其說，略述如下：

1. 北京音說

羅常培（1930a：307）通過《西儒耳目資》音系與古音、國音的對比，並參酌金氏所謂《多省某字風氣曰某》，得到如下結論：

> 我們可以斷定利金二氏所據的聲音乃是一半折衷各地方言，一半遷就韻書的混合產物。用明代韻書的術語說，我們可以叫它作"中原雅音"；用近代習用的術語說，也可叫它作明末的"官話"。……他們兩人（金利二氏）的語言環境雖然如此廣泛，但是當時的國都既在北平，因爲政治上的關係不得不以所謂"Mandarin"也者當作正音；並且《西儒耳目資》曾經"晉韓雲詮訂"，"秦涇王徵校梓"，商訂研究之際，也未嘗不略受他們方音的影響。所以在利金注音裡，除去從 uen 攝分出 t,'t,n,l,ch,'ch,x,j,c,'c,s 等聲母另立 un 攝，跟重脣音的合口仍舊保存外，可以說完全北方官音化了。

就《西儒耳目資》的音系性質而言，羅氏認爲《西儒耳目資》乃是「一半折衷各地方言，一半遷就韻書的混合產物」；就《西儒耳目資》的基礎方音而言，羅氏認爲明代政治中心既是北京，則官話的基礎方音當爲北京音。

關於羅氏對《西儒耳目資》音系性質誤解，張衛東（1992）已有詳細精確的評述。〔註2〕至於羅氏認爲《西儒耳目資》的基礎方音爲北京音，筆者不禁感

　　歸併爲同一方言區（游汝杰，1992：44～52）。

〔註 2〕張衛東（1992：229～231）已指出：羅氏認爲《西儒耳目資》「一半折衷各地方言」，
　　　　主要是對金氏所謂"多省某字風氣曰某"有誤解，其實金氏此語乃是指做音素分
　　　　析時，正音音系恰無某音某韻的同音字，不得已才"借土音而傳之"；此外，羅

到懷疑！一則因爲羅氏就政治音素著眼，未經客觀、細部的論證，便"想當然耳"地主觀認定明末官話的基礎方音爲北京音，雖然共同語一般是政治中心的方音爲基礎，但亦不能忽視其他的重要因素，如：人口的遷徙、傳統的慣性……等；再則若假定《西儒耳目資》的基礎方音爲北京音，便難以解釋書中反映的某些特殊的音變規律，如：邪母讀爲送氣塞擦音、桓韻獨立、重脣合口的保存……等（詳見下文）。

2. 山西音說

陸志韋（1947b）、李新魁（1982）就成書過程著眼，認爲《西儒耳目資》既是在山西編撰完成的，且又經山西絳縣人韓雲加以詮訂，如此可確定《西儒耳目資》的基礎方音是山西方言；再者，《西儒耳目資》的音位系統中，入聲獨立，並未與其他調位合流，若檢視古入聲字在現代官話方言的讀音，則可察覺現代某些山西方音亦存有入聲，正與《西儒耳目資》音系相符，陸、李二氏便逕自以此作爲「山西方言說」的佐證。

關於「山西音說」的疏失，曾曉渝（1989）、張衛東（1992）已有詳細的陳述，筆者將其論述的要點歸納如下：

（1）從金尼閣在華傳教歷程來看（詳見第二章），金尼閣於 1625 年首次抵達山西開教，是以金氏未必能熟諳山西方言；而參與校梓、詮訂《西儒耳目資》的中士，均是精通官話的知識份子，因而不太可能依其自身的方言爲審音標準。

（2）就《西儒耳目資》成書過程來看，在金氏入晉之前，全書的藍本（所謂"旅人字學音韻之編"）早已寫定，可知《西儒耳目資》的主體部份並非在山西編撰完成。

（3）就《西儒耳目資》的編撰意圖來看，金尼閣承襲利瑪竇等人所擬訂的標號來記錄明末的共同語，作爲西儒學習漢語、漢字的資助。金氏記音的對象乃是當時的共同語，一般而言，共同語多是以政治、經濟、文化中心所在的方言音系爲基礎，然而，有明之世，山西既非國都，在經濟、文化各方面也未曾

氏或誤以《西儒耳目資》受到詮校者的影響而雜揉方音，然而，從〈列音韻譜問答〉得知金氏正音觀念明確、堅定，不太可能會雜揉詮校者的方音成份。再者，羅氏以金氏將濁上仍置於上聲，因而指稱《西儒耳目資》「一半遷就韻書」，但金氏對於濁上仍以歸入去聲爲正則，無標記；以濁上歸上聲爲附則，標以半圈。

居於主導地位，因而山西方言並不具備成為共同語的社會基礎。

（4）就音位系統的對應關係來看，僅管某些山西方言存有入聲調，卻與《西儒耳目資》的聲調類型不同，最明顯的差異是：某些山西方言入分陰陽而平不分陰陽；〔註3〕《西儒耳目資》則是入不分陰陽而平分陰陽。此外，官話方言並非只有山西方言存有入聲，江淮官話仍是入聲獨立。

基於以上幾點理由，當可證明「山西音說」是不足以探信的。

3. 南京音說

魯國堯（1985）、曾曉渝（1989）、楊福綿（1990）、薛鳳生（1992）、張衛東（1992）……等，從政治、經濟、文化中心的轉移、人口遷徙、音韻結構的對應關係……等方面綜合地考量，經由多角度的觀察、論證，顯然較前二說可信，因而越來越多學者探信此說。

目前筆者較認同「南京音說」，下文便參酌前賢研究的成果，分別從文獻資料的記載、現代官話方言音系的對比兩方面入手，加以析論：

第二節　文獻資料的考查

筆者學識疏淺，至今為止尚未見到直接闡明《西儒耳目資》音系基礎的歷史文獻資料，因而若欲從外緣的文獻資料考查《西儒耳目資》的音系基礎，則不能不從與西儒學習漢語相關的記載著手，搜求蛛絲馬跡的線索。魯國堯即運用利瑪竇記述、金尼閣增補的《利瑪竇中國札記》來推溯《西儒耳目資》的基礎音系，魯國堯（1985：50～51）曾提及：

> 《利瑪竇中國札記》沒有直接提到明代官話以什麼地方的音為標準
> 音的問題，但他所記的一件事對我們不無啟發。1600 年利瑪竇再次
> 由南京去北京，新來的龐迪我神父是他的助手，他們乘由一個姓劉
> （？）的太監率領的馬船船隊沿運河北上，到了山東省西北的臨清，
> 太監因故先行，"把他在南京買的一個男孫作為禮物留給了神父
> 們，他說他送給他們這個男孩是因為他口齒清楚，可以教龐迪我神

〔註3〕據《山西方言調查研究報告》的調查顯示，山西方言中，平聲不分陰陽而入聲分陰陽的方言點多集中在中區（太原片），計有 13 個方言點：太原、清徐、榆次、交城、文水、太古、祁縣、平遙、孝義、介修、壽陽、榆社、婁煩。

父講純粹的南京話"（頁 391）。如果在明代，南京話是有別於官話
的一種方言，那龐迪我就沒有必要，至少不值得花力氣在一開始學
中國話的時後就去學純粹的南京話……事實上他（龐迪我神父）此
後一直住在北京，為什麼要學純粹的南京話呢？書中往後又記下一
筆："作為利瑪竇神父助手的龐迪我神父學會了說中國話"。

除《利瑪竇中國札記》的記述外，筆者又根據費賴之《入華耶穌會士列傳》（1875）
的記載，考查西儒入華傳教的歷程，得知明清之際來華的耶穌會士，在抵華之
初大多曾在南京停留，諸如：利瑪竇、郭居靜、龐迪我、高一志、金尼閣……
等人，特別是金尼閣更曾先後兩次到南京學習漢語（見第二章）。諸位耶穌會士
學習漢語均與南京有密切的地緣關係，此種特異的情形應當不是偶合的現象，
或許正是當時共同語以南京話為標準音的側面映射。

　　凡此，考查現存與西儒學習漢語相關的文獻資料，可獲致一個相同的結論：
西儒所學習的官話與南京話有極為密切的關聯，故《西儒耳目資》的音系極可
能是以南京話為基礎。

第三節　方言音系的對比

　　現代漢語方音所展現的共時差異，乃是音韻系統在歷時的演變過程中，經
由不同音變規律作用所產生的結果。因此，若是兩個音系間有直線相承的同源
關係，除有相似的音韻結構特徵外，必曾經歷某些相同音變規則。基於此種預
設，則可將上文自《西儒耳目資》中所推衍出的音韻系統、音變規律，逐項與
現代江淮官話 [註4] 所呈現的語音特徵相互比照，從而判定明末官話的基礎方音
為南京話的可信度。

　　下文即分別以《西儒耳目資》的聲母、韻母、聲調系統為考查的基點，運
用「特徵判斷法」，與現代官話方言所呈現共時差異相對比，力求客觀、系統地
探究出《西儒耳目資》的基礎音系。

1. 聲母系統的對比

　　官話方言區（大北方話）體現漢語方言的一致性，儘管內部也存在某些差

〔註4〕本文所言「江淮官話區」均是以《中國語言地圖集》的劃分為基準。

異，但由於統一性的一面始終居於主導的地位，因而官話方言區的人民通話並無多大困難（詹伯慧，1993）。現代江淮官話的聲母系統與其他官話的差異點為何？鮑明煒（1993：75）指出：

> 江淮方言聲母方面的特點很少，未見系統的特殊情況。古莊組聲母在現代各方言有不同的表現，字類上有較大差異，在江淮方言中的今讀也較為特殊。……另外，詳祥翔庠徐（邪母）鼠暑泰（書母）署曙薯（禪母）等幾個字的讀音，也是江淮方言的特色，而這個特色是接近南方方言的。

《西儒耳目資》所展現的音變規律中，能反映官話方言差異性的有：中古知、莊的分化（R2、R3）；中古船、禪二母的演變（R4）；中古邪母的今讀音（R5）。本節即準此三項特徵與現代江淮方音相對比，考證兩者是否有同源相承的關係。分項論述如下：

（1）知、莊組分化的類型

熊正輝（1990：5）指出：根據知、莊、章三組（系）今讀 ts、tʂ 的方言歸納為濟南、昌徐、南京三種基本類型。茲將其摘錄如下：（" * "號表示例外）

	濟南型		昌徐型（開口呼）		南京型	
	二等韻	三等韻	二等韻	三等韻	二等韻	三等韻
知組	tʂ	tʂ	ts	ts	tʂ*	tʂ
莊組	tʂ	tʂ	ts	ts	tʂ*	ts*
章組		tʂ		tʂ *		tʂ

熊氏論述知、莊、章在南京型中的分化條件：

> 南京型莊組三等的字除了止攝合口和宕攝讀 tʂ 組，其他全讀 ts 組；其他知、莊、章組字除了梗攝二等讀 ts 組，其它全讀 tʂ 組。……我們把"果遇止流深臻宕曾通"九攝歸為一類，叫做遇類；把"假蟹效咸江梗"七攝歸為一類，叫做假類。對南京型，我們可以說莊組字逢遇類讀 ts 組，逢假類讀 tʂ，但宕、梗兩攝例外。宕攝莊組讀 tʂ 組，梗攝莊組讀 ts 組。

將知、莊、章在南京型的分化條件與《西儒耳目資》所展現的音變規律——R2、R3 對照，可發現兩者具有高度的一致性。雖然其中有少數不同之處，如：莊系遇攝字"初、澀"在南京型中當讀為 ts‘，而〈音韻經緯全局〉卻將其

收歸於撦'ch 之下，但是翻查《列音韻譜》可知"初、濋"二字又兼收於測 ç
之下，因而不能將其歸爲例外。一字二讀的現象在《列音韻譜》中相當突出，
此種異讀現象所寓含的意義爲何？且留待下章再行論述。

（2）邪母讀爲送氣清塞擦音

考查文獻資料得知《李氏音鑑·凡例》（1805）中已載有「南音讀"詳"晴
陽切，"徐"全魚切」（頁 5）。李汝珍所記的"南音"中亦有"徐"、"詳"
讀送氣清塞擦音的現象。然而李汝珍所指之"南音"爲何？楊亦鳴（1989：84）
認爲：「李氏心目中的南音實際上是指江寧淮陽徐海等處的下江官話和北方官
話，而以"海"即海州板浦音（今灌雲縣板浦鎮）爲代表。」灌雲縣今歸屬於
江淮官話洪巢片，故"徐"、"詳"讀音當是顯示當時的江淮方音。

"徐"、"詳"二字在《西儒耳目資》中有讀爲測'ç〔ts'〕（尚未產生顎
化）。以下擇取洪巢片的合肥、揚州和黃孝片的黃岡、孝感四個方言點，觀察"徐"、
"詳"二字的讀音：

《廣韻》	合肥	揚州	黃岡	孝感
徐'çiu 魚開三／邪	çy	tç'y	çi	çi
詳'çiam 陽開三／邪	tçiã	tç'iã	tç'iaŋ	tç'iaŋ

"詳"字聲母在現代江淮官話中仍多讀爲〔tç'〕，而"徐"卻多已讀爲
〔ç〕，但揚州話中仍存有〔tç'〕。

（3）船、禪平聲的音讀類型

船、禪二母仄聲皆讀爲清擦音〔ç〕，但平聲則或讀清擦音〔ç〕或讀送氣清
塞擦音〔tç'〕，表面上顯得雜亂無章、無規律可尋（見 R5）。筆者觀察《列音韻
譜》船、禪一字二讀的情形，參照現代漢語方言地理分布的類型，大膽地假設：
明末江淮官話，船、禪平聲當以讀清擦音爲主；北部官話船、禪平聲則以讀清
塞擦音爲主。《西儒耳目資》的音系雜揉江淮官話和北部官話的特點，但以江淮
官話爲主體。〈音韻經緯全局〉收船母平聲四字，收禪母平聲十六字（見〔表〕），
以下查考此二十字在《列音韻譜》中所顯現的音讀：

撦'ch　　　　　　　　　　　　　　石 x
船脣'chun、xun　　　　　　　　　蛇 xe、i、to
船'chuen　　　　　　　　　　　　繩 xim、im

禪常'cham、xam

酬'cheu

蟬襌'chen/xen、'chien/xien

成'chim、xim

垂'chui、xui

常'cham、xam

時 xi

蟾單'chen/xen、'chien/xien

辰 xin

誰 xui

韶 xao

殊 xu

慵 xum、jum

純'chun/xun、'tun/'chun

由上文所列，可明顯的看出：船、禪平聲讀捲'ch 的，除"船、酬"之外，多兼有石 x 一讀，但若仔細觀察《西儒耳目資》的音韻結構規律，便可察覺無 xuen、xeu 的音節結構方式，或許"船、酬"二字是因共時語音結構規律的制約，因而只能有'ch 一讀。船、禪平聲讀石 x，雖部份兼有捲'ch 一讀，但 2/3 僅有石 x 一讀。何以有此種特出的現象？筆者認爲從現代漢語方言分布的地理類型，可探尋出潛藏的原因。以下便根據《漢語方音字匯》的記音，由北至南擇取八個方言點，觀察船、禪平聲字音分布的地理類型：

	北京	濟南	合肥	揚州	蘇州	梅縣	廣州	廈門
船	tʂ'uan	tʂ'uæ	ts'ũ	ts'uo	zɸ	sɔn	ʃyn	suen 文 tsun 白
常	tʂ'aŋ	tʂ'aŋ	tʂ'ã	ts'a	za	sɔŋ	ʃœŋ	siɔŋ 文 siũ 白
辰	tʂ'ən	tʂ'ẽ	şən / tʂən 新	ts'ən	zən	sən	ʃɐn	sin
垂	tʂ'uei	tʂ'uei	ts'ue	ts'uei	zE	sui	ʃɸy	sui 文 se 白
蟬	tʂ'an	tʂ'æ	tʂ'æ 文 / tʂən 白	tɕ'iẽ	zɸ	sam	ʃim	si ɛ n

由上文可見船、禪平聲的讀音，大致可以長江爲界。江之北多讀爲塞擦音；江之南則多讀爲擦音。尤其當注意的是"辰"字合肥話中有新〔tʂ'ən〕、舊〔şən〕二讀，共時差異往往隱含歷時演變的軌跡，此或可解釋爲：舊讀是古江淮官話讀的殘留，新讀則是晚近受到北方官話擴散的結果。

從文獻語料中亦可找到佐證，〔清〕胡垣《古今中外音韻通例》（1886）記錄當時金陵方音，據陳貴麟（1989：3～9）分析，該書中古船、禪母皆讀爲舌尖後擦音，可見在清末之時，江淮官話船、禪平聲仍多讀爲擦音，在地理類型上較偏向南方方言。

總結前文，從（1）知、莊分化的類型。（2）"徐"、"詳"的讀音。（3）船、禪平聲的讀音類型。證明《西儒耳目資》所展現的音韻特徵與現代江淮官話的特點相近似，而異於北部官話。由此，更可確立明末官話的基礎方音是江淮官話。

2. 韻母系統的對比

將《西儒耳目資》所呈現的音韻系統與音變規律，與現代國語音系對比，再參酌張衛東（1992）考證的成果，羅列出能顯現官話方言差異性、可作爲判定基礎方音依據的幾項音韻特徵：（1）韻母的數量；（2）山攝合口字一等韻／二等韻的對立；（3）山攝重脣合口字仍讀爲合口；（4）深臻二攝開口洪音與山咸二攝知照系的合流；（5）遇攝知照系字的分立。

本節即準此五項音韻特徵與現代江淮方音相對比，考證兩者是否有同源相承的關係。分項論述如下：

（1）韻母的數量

韻母是韻母系統的基本結構單位。表面上《西儒耳目資》含有 57 個不同的韻類，實際上某些韻類僅是音值上的細微差別，並非音位上的對立，經過一番歸納音位的工夫，得知《西儒耳目資》的韻母系統中共含有 46 個相互對立的韻類（見第五章）。

《西儒耳目資》的韻母數目較之北方官話音系爲多（現代國語音系僅含有 36 個韻母），張衛東（1992：236）便指出：「這樣一個龐大的韻母系統，今官話區裡，只有江淮官話才跟它較爲接近。韻母超過 40 的方言，集中在江淮地區：合肥 41 個，揚州 47 個，南京 53 個。」

因此，若由官話方言音系內含韻母數目的多寡來看，《西儒耳目資》的韻母系統正與江淮官話相合。如此，便不難理解：何以《西儒耳目資》所呈現出的音韻類型較偏向南方的吳語方言（蘇划話音系含有 49 個韻母），反而與北方官話有較大的差距。

（2）山攝合口字一等韻／二等韻的對立

宋元韻圖依介音和主要元音的差異將韻母分為四等，在近代漢語音變常例主導下，一等韻／二等韻、三等韻／四等韻的界限日益泯沒，因而中古二呼四等的音韻架構便逐漸向近代四呼二等形式轉化，此種音變常例在《中原音韻》中，除少數韻攝外，〔註5〕已大致完成。但是就中古山攝字而言，一等開口字、二等字、仙韻莊系字（"譔"字）歸屬於寒山韻；三、四等字與元韻牙喉音歸屬先天韻；而合口一等字（桓韻）則獨立為桓歡韻。因此，《中原音韻》山攝字的韻母除了舌位高／低的對立外，仍殘留著舌位前／後對立的區別特徵。

《西儒耳目資》音系中，uon 攝／uan 攝的對立實為中古一等韻／二等韻對立的殘存，亦與《中原音韻》寒山／桓歡的對立相應。〔註6〕然而，此種對立現象在現代官話方言中多已消失，但卻保存在多數的江淮官話中。鮑明煒（1993：72～73）指出江淮官話韻母系統的主要特點：

> 江淮方言的韻母特點，除入聲韻外，主要表現在咸山兩攝的今讀分類上。北方官話大區咸山兩攝已混同，但是，江淮方言仍分二類或三類，僅麻城、英山等五縣不分類。……分三類的地域最廣，是這個方言的主要特點。

中古山攝字在多數江淮官話中，仍歸屬於三個相互對立的韻母，與《中原音韻》寒山／桓歡／先天的對立相應。茲擇取揚州、合肥二個方言點為例，將中古山攝合口字一等韻／二等韻的對立情形，列舉如下：

《廣韻》	《中原音韻》	揚州	合肥	國語
彎 uan 刪合二／影	寒山	uæ̃	uæ̃	uan
關 kuan 刪合二／見	寒山	kuæ̃	kuæ̃	kuan
還 hoan 刪合二／匣	寒山	xuæ̃/xa	xuæ̃/xE	xuan
剜 uon 桓合一／影	桓歡	uo	ũ	uan
官 kuon 桓合一／見	桓歡	kuõ	kũ	kuan
寬'kuon 桓合一／溪	桓歡	kuõ	kũ	k'uan
歡 huon 桓合一／曉	桓歡	xuõ/xũ	xũ	xuan

〔註5〕《中原音韻》音系中，效攝一等豪韻／二等肴韻、山攝合口一等寒韻／合口二等刪韻，仍存在著音位對立。

〔註6〕《西儒耳目資》音系中，uon 攝／uan 攝的對立與《中原音韻》寒山／桓歡的對立稍有不同：即《西儒耳目資》中-m 尾字已并入相應的-n 尾韻中，但《中原音韻》仍存有收-m 尾的侵尋、廉纖、監咸韻。

誠如鮑明煒（1993：75）所言：「江淮方言咸山兩攝的今讀韻類，與南方方言基本相同，屬於南方類型，而與北方方言迥異。」而《西儒耳目資》呈現 uan 攝／uon 攝對立的音韻特徵，亦是偏向於南方方言的類型。

（3）山攝重脣合口字仍讀為合口

中古止攝、蟹攝、臻攝、山攝的重脣合口字，其韻尾-i、-n 為具有〔＋前〕的特徵，此類字在現代國語音系中，多已因語音異化作用（dissimilation），而將-u-介音排斥失落，促使韻母由合口轉為開口。〔註 6〕然而，此類重脣合口字在《西儒耳目資》音系中仍讀為合口，例如：般 puon、潘 p'uon（山攝），裴 p'oei、昧 moei（蟹攝），奔 puen、盆 p'uen（臻攝）等字。

〔重脣＋u＋{i,n}〕的音段組合方式，在現代官話方言音系中多已消失，因為此類重脣合口字多已異化為開口。然而，江淮官話的山攝（桓韻）重脣合口字仍讀為合口，以揚州、合肥為例：

	《廣韻》	《中原音韻》	揚州	合肥	國語
般	桓合一／幫	桓歡	puõ	pũ	pan
潘	桓合一／滂	桓歡	p'uõ	p'ũ	p'an
漫	桓合一／明	桓歡	muõ	mũ	man

江淮官話合口脣音字讀為合口的現象，僅殘存於桓韻中，顯然與桓韻獨立成韻的現象（詳見前文）相聯繫。凡此，均是江淮官話與《西儒耳目資》音系相應的音韻特徵，亦是南方官話與北方官話的差異所在。

（4）深臻二攝開口洪音與山咸二攝知照系的合流

中古深臻二攝與山咸二攝，在現代國語音系中，仍維持著主要元音高／低的對立。但《西儒耳目資》音系卻混同深臻二攝開口洪音與山咸二攝知照系字，同歸屬於 en 攝。此種特異的音韻特徵大抵上不見於北方官話，但卻殘存在某些江淮官話中，以合肥話為例（加"*"者為白讀音）：

〔註 6〕　《西儒耳目資》音系中，uon 攝／uan 攝的對立與《中原音韻》寒山／桓歡的對立稍有不同：即《西儒耳目資》中-m 尾字已并入相應的-n 尾韻中，但《中原音韻》仍存有收-m 尾的侵尋、廉纖、監咸韻。

《廣韻》	《中原音韻》	合肥	國語
根 ken 痕開一／見	眞文	kən	kən
恩 gen 痕開一／影	眞文	ən	ən
滲 sen 沁開三／生	侵尋	sən	sən
展 chen 獮開三／知	先天	tʂæ̃/*tsən	tʂan
占 chen 豔開三／章	廉纖	tʂæ̃/*tsən	tʂan
然 jen 仙開三／日	先天	ʐæ̃/*zən	ʐan
善 xen 獮開三／禪	先天	ʂæ̃/*sən	ʂan

由上列資料可知：合肥方言白讀音的韻母系統中，深臻二攝開口洪音與山咸二攝知照系合流，其音值爲〔ən〕，與《西儒耳目資》的 en 攝相應。此項音韻特徵亦可證明《西儒耳目資》與現代江淮官話有同源相承的密切關係。

（5）遇攝知照系字的分立

中古遇攝三等知、章組字，在歷時演變過程中，常會受捲舌聲母的影響，促使韻母由細轉洪，進而與遇攝一、二等韻字合流，現代國語音系即是循此音變常例。但在《西儒耳目資》音系中，遇攝三等知、章組字獨立爲 u 中，與遇攝一等字、三等莊組字的 u 甚構成音位對立。u 中／u 甚對立的音位結構模式，可在現代江淮官話中發現對應的音韻形式：

《廣韻》	《中原音韻》	麻城	孝感	國語
初 u 甚魚開三／初	魚模	tsʻəu	tsʻəu	tʂʻu
楚 u 甚語開三／初	魚模	tsʻəu	tsʻəu	tʂʻu
助 u 甚御開三／崇	魚模	tsəu	tsəu	tʂu
豬 u 中魚開三／知	魚模	tʂʅ	tʂʅ	tʂu
諸 u 中虞合三／章	魚模	tʂʅ	tʂʅ	tʂu
儒 u 中虞合三／日	魚模	ʅ	ʅ	ʐu
書 u 中魚開三／書	魚模	ʂʅ	ʂʅ	ʂu

在麻城、孝感……等江淮官話黃孝片的方言點中，韻母〔ʅ〕與〔ə〕的對立，可視爲《西儒耳目資》u 中／u 甚音位對立的具體投映。張衛東（1992：240～241）指出：「在濟南型和昌徐型官話方言裡，遇攝知照系字，聲母不論是 tʂ，還是分 tʂ、ts，韻母一律是 u；若聲母分 tʂ、tʃ 或 ts、tɕ，韻母則相應地分 u、y。

而在南京型的江淮官話及其近鄰湖北的部份地區，[註7]聲母不論讀作那種音，韻母總有分別：莊組的開口度較大，知章組的開口度較小。」張氏所謂開口度大／小的對立，即是《西儒耳目資》音系 u 甚／u 中的對立。

3. 聲調系統的對比

本文第六章根據〈列音韻譜問答〉與《官話語法》有關聲調的描述，分別從調形、調值、調長的對立入手，初步地擬構出明末官話的聲調系統。本章則在前文所擬構出的聲調系統基礎上，進而與現代官話方言聲調系統相對比，作爲判定《西儒耳目資》基礎音系的憑藉。

（1）調類的對比

《西儒耳目資》音系包含五個調類——清平、濁平、上聲、去聲、入聲，其特色在於：平分陰陽、入聲獨立。李榮（1985a：3）主張以「古入聲字的今調類」作爲官話方言（不含晉語）分區的標準，而入聲獨立無疑是江淮官話的主要音韻特徵所在。因此，從調類對比上亦可知《西儒耳目資》音系與江淮官話較爲切合。

（2）調形、調值的對比

聲調的構成要素在於調形、調高和調長。在本文的六章已大致擬構出《西儒耳目資》各調類的調形、調高與調長，本節即以前文構擬爲基點，與現代官話方言的聲調系統相互對比，作爲判定《西儒耳目資》基礎方音的客觀依據。

筆者從調形、調值上著眼，檢視現代江淮官話的調查資料，並未發現有與《西儒耳目資》聲調系統完全契合的方言點。[註8]然而，楊福綿（1990：24～26）卻曾考查出：利瑪竇晚期記音所反映的聲調系統，與某些四川西部方言

[註7] 據筆者考查，江淮官話 u 中／u 甚對立的現象，在揚州、合肥……等洪巢片的方言點中已不明顯（參見張衛東 1992：240），但在大體殘存在黃孝片的方言點中，如：孝感、麻城……等。

[註8] 茲舉合肥、揚州兩方言點爲例，與《西儒耳目資》的調值、調形相對比，可看出其間存有顯著的差異。

耳目資	33/44	21	31/42,41	35	24/35
合肥	11	24	55	41	55
揚州	21	34	42	55	4

的聲調系統相類似，茲將楊氏考查的結果徵引如下：

把所擬的利氏（瑪竇）晚期五個聲調和幾個現在江淮官話的調值作了一些個別的比較，其中有的相同或相近，但是還沒有發現某一個方言點的五個聲調完全相同或相近。出乎意料之外，在查閱四川省各地方言聲調時，發現了有不少方言點和利氏晚期的調類或調值相同或相似。……以青衣江下游的峨眉、南溪、峨邊、馬邊等地的調值和利氏的調值最近似。今列表比較如下：

	陰平	陽平	上聲	去聲	入聲
晚期	33	21	42	45	45
峨眉	44	21	42	13	55
南溪	55	21	53	13	45
夾江	44	31	42	24	55
峨邊	55	31	42	13	25
馬邊	55	21	42	24	34

從上表可看出，峨眉及其他四點的調類及調值和利氏晚期的基本上相同：陰平都是平調，利氏的中平和峨眉及夾江的半高平，相差不甚遠。陽平都是低降調。上聲都是中降調，南溪的中降調 53 也可以寫成 42。去聲都是升調：峨眉、南溪、峨邊是低降調；夾江、馬邊是中升調，和利氏晚期的高微升調很接近。入聲都是高調：南溪和利氏晚期相同；峨邊、馬邊的中升調和利氏晚期的高升調也很近似；峨眉和夾江的高平調也和利氏晚期的高微升調迄點相同。

上文對聲母、韻母系統的對比可知：《西儒耳目資》的音段音位多與江淮官話音系相應；但是為何《西儒耳目資》超音段音位卻難以在江淮官話區發現殘存的痕跡？對於此一疑問，楊氏的論證無疑可拓展觀察的視野，並提供更多的思考空間。

筆者假定：原本《西儒耳目資》是以江淮官話音系為基礎，兩者音系極為相近，但在語音歷時演變過程中，一方面由於超音段成份的歷時變異較大；一方面則是受到時代變換、人口遷徙……等社會因素的影響，從而促使《西儒耳目資》的聲調特徵在江淮官話區中消失。〔註9〕然而，雖然明末《西儒耳目資》聲調系

〔註 9〕由於人口遷徙、現代共同語的推展……等社會因素，現代南京音明顯地向北方官話（以北京音為標準）靠攏，並非明末南京話的直接投映。鮑明煒（1986：377）指出：「語言的演變最重要的因素是人口的變遷。南京在我國歷史上有重要的地

統，已難以現代江淮官話區發現殘留的痕跡，但卻仍可能保存在某些江淮官話方言島中。〔註10〕以下根據崔榮昌（1986）、游汝杰（1992：66～69）有關江淮官話方言島的論述，筆者擇取四川廣元、南部、南溪、儀隴與福建南平〔註11〕等方言點，與《西儒耳目資》聲調系統相對比，表列如下：

	陰平	陽平	上聲	去聲	入聲
耳目資	33/44	21	31/42,41	35	24/35
廣元	55	43/42	53	14/13	
南部	55	31	42	24	33
南溪	55	31	42	24	33
儀隴	55	31	42	24	
南平	33	21	213	35	32

廣元和儀隴的入聲調雖已失落，但其他四個調類則同南部、南溪，與《西儒耳目資》各聲調的調值、調形頗為相似。至於南平上聲為曲折調、入聲為降

位，龍蟠虎踞，為兵家必爭之地，千百年來，經過幾次大戰亂，人口變動極大，而人口變動以後，居民中往往顯著增加北方人的比重，這就有利於南京話向北方話轉換。」

〔註10〕方言島〔或譯為"語言孤島"〕（speech island），R.R.K.哈特曼、F.C斯托克《語言與語言學詞典》解釋為：「指被説另一種主要語言的人包圍的小語言集團。」方言島所呈現的實際調值，常是擬構歷史調值的重要參證資料，瞿靄堂（1985：4）指出：「"語言飛地"有兩個特點：一是遷來的年代可考；二是受周圍方言土語的一定影響但仍與它們保持方言或土語的差別。使用"語言飛地"的材料作證據，包含一個原理：被不同調值系統或無聲調方言土語長期隔離而獨立發展的方言或土語，往往不同程度的保留了原方言的調值系統或部份調值。因此，用"語言飛地"的材料與原來方言的材料進行比較，如調值系統或部份調值相同，那麼這種調值系統或部份調值即具有原始或古老的性質，至少與遷來年代大致相應。因為無法設想，長期隔離的調值系統和調值，在毫無關係的情況下，會發生完全相同的變化。」

〔註11〕崔榮昌（1985：7）論述四川江淮官話竹的形成：「明朝洪武四年（1371），朱元璋派傅友德（安徽宿縣人）、湯和（安徽鳳陽人）、廖永忠率領明軍分別由北面和東面兩路進入四川，攻打明升，以後一大批軍人留居四川。……今天的四川的邊遠地區保留著一些安徽話的方音特徵，其根子恐怕就在這裡。」關於福建南平方言島的形成，李如龍（1991：472）指出：明正統十三年（1448）鄧茂七起義，朝廷調集京營官兵 10 萬人入閩平亂，而後京營官兵定居在南平，因而形成閩語區的官話方言島。

調似乎與《西儒耳目資》的聲調系統不符；但是在南平方言中，當上聲、去聲字爲二音連讀的前字時，則會產生連讀音變（sandhi），李如龍（1991：473）的調查研究指出：

> （南平方言）二音組連續後字不變調，前字爲陽平也不變調。陰平、
> 入聲在前調值略爲升高：陰平 ˧˧ 33 變 ˦ 44，例如：公豬
> koŋ˦˥tsy˦……；入聲 ˩ 32 變 14，例如：竹篙 tsu˥˩kau˧……；上
> 聲 ˩ 213 變 ˥˩ 42，例如：酒杯 tsiu˥˩˩pui……。〔註12〕

如何解釋此種連續前字變調的現象呢？潘悟雲（1982：374～380）考查多種方言的連讀形式，主張：「單字調是不斷變化的，連續後字往往跟著單字調一起變，而連讀前字則是一種滯後的形式。」丁邦新（1990：7）亦有相同的見解：「我們一般所謂的"變調"，它可能是一個早期的本調，它單獨唸時所謂"本調"，反而是後來變出來的調，這個用英文來講就是一個是 isolated tone 單唸的，不用我們"本"、"變"的字眼，一個是 sandhi tone，是連讀的。」若依照潘、丁二人的見解，則早期南平方言的陰平調值當爲 44、上聲調值當爲 42、入聲調值則爲 4，正與《西儒耳目資》聲調系統相合。影響方言島調值變化的因素頗爲複雜，南平方言連讀變調的調值與《西儒耳目資》的調值極爲相近，這種特異的現象值得注意。然而，兩種聲調系統的相似究竟是偶合？抑或是有同源相承的關係？則有待進一步深入地探究。

　　由前文論述可知：《西儒耳目資》聲調系統雖不見於現代江淮官話區中，但仍存於若干江淮官話方言島中，如；四川廣元、南部、南溪、儀隴與福建南平等地。如此，更可確立《西儒耳目資》的音系基礎當是江淮官話。

　　然而，轉從另一角度觀察，則無可避免地會觸及到另一問題：若是《西儒耳目資》的音系以江淮官話爲基礎，何以現代南京話中的音韻特徵，如：n-/l-不分、-n/-ng 相混……等，與《西儒耳目資》音系不合？此問題涉及共同語標準音的歷時演化，且留待第八章再行探究。

〔註12〕雖然連讀變調的前字，通常顯現出調值的滯後形式，但若缺乏文獻資料爲佐證，則難以肯定調值形式的確切年代。在南平方言中，去聲 35 爲前字則變爲 53，此與《西儒耳目資》的去聲調不合，可假定兩者非屬同一共時音系，而是不同歷史發層次的展現。

第四節　基礎音系的確立

上文先就外緣的文獻記載著眼，考查西儒入華後學習漢語官話的歷程，得知：西儒所習用的官話方言，與當時南京話有極為密切的關聯；再者，又就現代官話音系的對比入手，分別從聲、韻、調所展現的音韻特徵加以對比，得知：《西儒耳目資》的音韻特徵大多殘存於江淮官話區，或其他方言區的江淮官話方言島中。如此，經由上文的論證，當可確立《西儒耳目資》的基礎音系乃是以南京音為主體的江淮官話。

就語音性質而言，學者公認《西儒耳目資》反映出明末官話的音韻系統。在此一既定的前提下，若《西儒耳目資》音系是以明代南京方音為主體，則無疑間接地指稱明代共同語乃是以當時南京話為標準音。〔註 13〕〔法〕房德里耶斯（Joseph Vendryes, 1875～1960）《語言》指出：「共同語總以某種語言為基礎。這種語言被說各種土語的人採用來做共同語。這種被採用為基礎的語言（方言）有什麼優越的地位，它何以能在各種地方話之上獲得擴張，這些都可以用歷史的情況來加以解釋。」（頁 219）然而，明代南京話是否具備成為共同語基礎的優越地位？本節即擬從「歷史的情況」來加以解釋、驗證，進而確《西儒耳目資》的音系基礎。

徐通鏘（1991：217）指出：「一種語言的金同語是在某一個方言的基礎上形成的。究竟那一個方言成為基礎方言，這並不決定於人們的主觀願望，而決定於客觀的社會經濟、政治、文化等各方面的條件。」下文便依據文獻史料，從政經地位、人口遷徙、傳統慣性等影響共同語形成、演化的社會因素著眼，

〔註13〕耿振生（1992：120）論及明清"官話標準音系"性質：「在言文脫節的時代，書面上的正音不可能同時也成為口語的標準。在這種情況下，口頭語言的共同語主要是在政治、經濟、文化、歷史傳統等各種條件和制約因素之下，自然形成和傳播的。……處於自然狀態的共同語，不經過人為的干預，還不可能自發成為一套為全社會公認的明確規範，也就是說不存在一種"唯一正確"的標準音系統。我們若按今天的有明確標準的普通話音系這種情況去尋找從前的官話音系，大概是找不出來的。」誠如耿氏所言，明清官話非如現代國語有明確的標準音系，而存有多種地方變體（藍青官話），但明清官話仍有其共同的核心部份。筆者認為：以南京音為主體的江淮官話即是明代官話音系的核心，因而本文直言「南京話為明代官話的標準音」。

論證明代南京方言是否具備成爲期石語標準音的社會基礎；此外，明代時域外諸國如：日本、朝鮮、琉球等，與中國交往頻繁，其所學習的漢語亦即是明代的共同語，因此域外諸國學習漢語的情形，無疑成爲探索明代官話基礎音系的另一條路徑。

1. 明代南京的政治、經濟地位

元末大亂之後，北方殘破，〔註14〕經濟端賴江南接濟。基於經濟因素的考量，朱元璋認爲：「長安、洛陽、汴京實周、泰、漢、魏、唐、宋所建國，但平定之初，民未甦息，朕若建都於彼，供給力役悉資江南，重勞其民；若就北平，元之宮室不能無更作，亦未易也。」（《明太祖實錄》卷45，卷引自陳梧桐1984：22），因而主張以南京或其故鄉臨豪（安徽鳳陽）爲國都。〔註15〕由於朱元璋右大臣都是江淮子弟，不願輕離鄉土，故支持在臨豪營建中都，但劉基卻認爲：「鳳陽雖帝鄉，非天子所都之地，雖已置中都，不宜居」，後遂放棄中都，而於洪武十三年（1380）改南京爲京師，至此南京成爲全國唯一的都城（《明太祖實錄》卷99，轉引自徐泓，1980：19）。

明初之時，南京既是國都所在，又位於經濟富庶的江南之地，故南京無疑是當時全國政治與經濟的中心；再者，明朝的開國功臣多爲江淮人士，江淮官話既爲統治階層所習用，則南京話自然有躍升爲漢語共同語的契機。從政治背景、經濟因素考量，可得知：明初南京方言實已具備成爲共同語標準音的社會基礎。

2. 明初人口的遷徙

共同語的標準音常會隨著政治、經濟中心的轉移而有所變化。明成祖永樂十九年（1421）正式遷都北京，此後北京便逐漸取代南京，成爲全國政治、文

〔註14〕林燾（1987）指出：「經歷元末的大動亂，人口稀少，土地荒蕪，從明代開國到永樂遷都以前，北京一直是"商賈未集，市厘尚疏"（沈榜《宛署雜記》卷6"廊頭"條）。」

〔註15〕陳梧桐（1984：22）指出朱元璋擬以南京、臨濠爲都的原因：「南京"長江天塹，龍蟠虎踞，江南形勝之地，真足以立國"，可作都城，但它"去中原頗遠，控制（北方）良難"，而雜中原稍近的"臨濠則前江後淮，以險可恃，以水可漕"以它作爲中都，可以補救定都南京的不足（《洪武實錄》卷45，80）。」

化的樞紐；然而，是否此後明代官話的標準音便由南京音轉換爲直承元代大都音的北京話？張光宇（1990）主張探求漢語發展史，首在追溯主宰漢語發展的動力因素，〔註16〕而大規模的人口移徙便是造成語言變遷的主要動力。因而，欲探究永樂遷都後，明代官話的標準音改易與否，必當考查明初北京人口移徙的情況。

　　據徐泓（1988年，1991）考證，得知華北地區在經歷元明之際的戰亂與建文年間的「靖難之役」後，人口流亡，土地荒蕪，迫使朝廷不得不實行大規模的人口移徙，以期恢復戰火波及地區的經濟，而北京地區便是當時主要人口移入地之一。永樂即位後，爲陞崇其「肇基之地」，且爲遷都預作準備，更是積極移徙戶口到北京，移徙來源主要有二：一是徙移狹鄉之民墾荒於寬鄉，主要是將山西人民移徙到北京地區；〔註17〕另一則是移徙各地（以南京爲主）富戶塡實北京。〔註18〕南京在洪武末年人口已有五十萬左右，軍隊不計，約有三十三萬人，據顧炎武《天下郡國利病書》卷十四載：「成祖北遷，取民匠戶二萬七千以行，減戶口過半」，僅此一次的人口移徙已約有 135000 人集中移徙至北京。因此，明初由南京移入北京的人口，無疑成爲明代北京人口結構的主要成份。

〔註16〕張光宇（1990：1）：「什麼是動力因素？語言是人類社會特有的現象，是人與人交際的主要工具。人會移動，交際對象會轉換，語言也會因爲人際互動的關係而發生變遷。語言的歷史蘊含著人民的歷史，採取這樣一個觀點來探討漢語史，跟傳統歷史語言學那種就語言論語言的觀點是迥然不同的，可以名之爲漢語史的動力分析。」

〔註17〕徐泓（1988：184）：「爲加強戰後重建工作，永樂帝特別提升北平布政使司爲北京行部，以尚書、侍郎領導，移徙政策的執行，即其主要的工作之一，如"覈實山西太原、平陽兩府，澤、潞、遼、沁、汾五州丁多田少及無田之家，分其丁口，以實北平各府州縣"（《明太宗實錄》12 下／4），遷徙的人戶至少有一萬戶以上。」

〔註18〕徐泓（1991：198-199）：「……要提升北京的地位，必須再加強其經濟力量，於是仿洪武24年移徙富民入居京師之法，據《明太宗實錄》載："永樂元年八月甲戌。簡直隸、蘇州等十郡，浙江等九郡布政使司富民實北京。"（卷22，頁6）……又據《明世宗實錄》載"初，永樂間，徙浙江、南直隸富民三千戶，實京師，充宛（宛平）、大（大興）二縣廂長"（卷358，頁1）。」

由明初人口徙移的概況，可知：明初北京話非直承元代大都音，卻與山西、江淮方言有密切的關係。俞敏（1987：66）著眼於人口移徙與方言變遷的關係，曾打趣地說：「經過這三批大移民，〔註19〕誰要還相信現代北京話是元大都話的子孫，就是只看城不會挪窩儿就不許人長腳的書呆子。」俞敏（1984：272）更進而指出：「要說現代的北京人是元朝大都人的後代，還不如說他們是明朝跟著燕王"掃北"來的人的後代合適。」〔註20〕

正因明初曾有大量南京移民遷徙到北京，故現代北京方言的個別語彙中，仍殘留著江淮官話的底層（substratum）成份。陳剛（1986）考查"媽虎子"及其近音詞的分布情況，指出：「北京城裡的"媽虎子"與安徽的"媽虎子"有關。這首先是從語音上來考慮的。在那些近音詞中，"媽虎子"主要出現在安徽的阜宿區和肥蕪區，江蘇的江淮區，跳過山東、河北，將近一千公里，又出現在北京城內。阜宿區是朱氏皇族的發祥地，而江淮區的南京為明初都城，所以，北京的"媽虎子"極有可能是明代遷都帶入的。」（頁365）

由以上論證可知：永樂遷都之後，南京在政治、經濟上的優勢地位雖漸為北京所替代，但由於南京的官吏、富民、各行工匠大量移入北京，致使南京話仍持續保有作為官話標準音的社會基礎。

3. 城外學習漢語的情形

秦漢以來，中國文化具有先進、博大的優勢地位，因而廣為日本、朝鮮、琉球等鄰近諸國所吸收。語文是傳遞文化最重要的媒介，自然成為域外諸國首要學習的對象，而域外諸國學習漢語欲達到最大的交際效益，必是以通行度廣、適用性大的官話為學習的目標，因此，考查域外諸國學習漢語的情形，當可窺探出共同語的標準音系。

〔註19〕俞敏（1987：66）提及明清代以來北京人口曾經歷三批大移民的淘洗，分別是：（1）燕王移徙南京、安徽富民實北京；（2）明初移徙山西農民至北京地區墾荒；（3）清初旗人入關佔據舊京兆的大部農田。

〔註20〕俞敏（1984，1987，1989）認為朱明皇權發跡於安徽鳳陽，而成祖又曾大量移徙南京貴族、富民至北京，因而主張明代官話的基礎方音為安徽話；現代北京話若干詞語有 n-、l- 不分的現象，如："脊梁"叫"後脊娘"即是安徽話特徵的殘留。
筆者則認為：現代部份安徽話與南京話同屬於江淮官話區，若就政治、經濟等社會因素考量，明代官話當是以江淮官話音系為基礎，而南京話為主體。

（1）日本學習漢語的情形

中國語言有文言、口語之分。中國文言在日本叫作"漢文"，以日本語的語序閱讀，並未被視為外國語；中國口語與文言不同，是作為外國語來學習。

〔日本〕六角恆廣（1992）論述十七世紀初日本學習中國口語的情形，指出：慶長九年（1604）在長崎設立唐通事，〔註21〕唐通事講的唐話有南京口、福州口、漳州口三種方言，其中南京話的通用范圍廣，起著普通話的作用。在唐通事子弟練習唐話的教科書之一《小孩子》中，有一段話：

> 打起唐話來，憑你對什麼人講，也通得了，蘇州、寧波、杭州、揚
> 州、紹興、雲南、浙江、湖州、等的外江人不消說，對那福州人、
> 漳州人，講也是相通的了。他們都曉得外江説話，況且我教導你的
> 是官話，官話是通天下，中華十三省，都通的。（轉引自六角恆廣，
> 1992：270）

由十七世紀初日本唐通事學習漢語口語的情形，當可窺見明末通行於中國各省的共同語，當是以南京音為標準。

（2）朝鮮學習漢語的情形

韓國向來與中國維持著密切的關係，使臣往來極為頻繁。高麗忠烈王二年（1276）設置「通文館」；朝鮮王太祖二年（1393）設置「司譯院」，使外交人員學習漢語（姜信沆，1980：515），而《老乞大》和《朴通事》即是朝鮮王朝（1392～1910）最通行的漢語讀本、會話手冊。

《老乞大》和《朴通事》的編撰者與撰成年代已不可考，學者多根據兩書所載的內容，認定兩書當撰成於元代末年。十六世紀初朝鮮傑出的翻譯家崔世珍（1478?～1543）於 1515 年左右將《老乞大》和《朴通事》翻譯成韓語，並以「訓民正音」〔註22〕標注漢字字音；此外，崔世珍在《老乞大》、《朴通事》

〔註21〕何為"唐通事"？六角恆廣（1992）指出：日本"鎖國"時期，僅開放長崎港，允許蘭（荷蘭）船與唐（中國）船入港，進行貿易。為此，在長崎設立蘭通詞（荷蘭語翻譯）和唐通事（中國語翻譯）。唐通事所從事的工作業務，是在唐船進入長崎港，對舶載來的貨物進行交易時，作翻譯，或閱譯交易文書，或製作文書。

〔註22〕關於「訓民正音」的創製，王力《漢語史稿》有簡要的敘述：「1445 年韓國李氏世宗開始設立諺文廳，命鄭麟趾、申叔舟等創製韓國自己的文字，製成後，命名為『訓民正音』。」（頁603）

中，收集了難解的詞彙，編纂成《老朴集覽》，又於 1517 撰著《四聲通解》（姜信沆，1980：515～516）

〔日〕遠藤光曉（1984）根據《翻譯老乞大・朴通事》關於聲調調值的描述與諺文注音附加聲點的說明，擬測出十六世紀初期漢語聲調調值，從而判定明代官話音系的基礎方音：

> 《翻譯老乞大・朴通事》作爲教科書反映的應當是當時標準語，右側音，也就是正音，反映的應當是當時的官話。而《四聲通解》的"今俗音"和散見於《老朴集覽》的"又音"可能是北京一代的土話。〔註23〕也就是說，當時官話和北京土話是有較大的區別。《老朴集覽》有貶低北京人說話口音的記載，"音義云"條說：「南方人是蠻子，山西人是豹子，北京人是讪（呔）子。」……明朝成立（1368）時最初奠都南京，考慮到這個歷史背景，屬下江官話的南京話在當時最可能占有標準音的地位。（頁 181）

遠藤光曉歸納崔世珍的記音資料，指出：崔氏所接觸到的漢語方言層至少有兩種——"正音"〔官話〕與"今俗音"〔北京土話〕，〔註24〕在十六世紀時，北京土話顯然仍僅是地域性的方言，尚未躋升於全國共同語的地位，而當時官話標準音應當是南京音。

（3）琉球學習漢語的情形

中國與琉球的交往歷史可追溯到隋代，此後數百年，雙方往來不斷，尤其

〔註23〕對於崔世珍所記錄的十六世紀北方話實際語音，多數學者以爲是北京音。尉遲治平（1990）則從文獻史料著眼，深入追索崔世珍「屢赴燕質習」的實況，得知當時譯人質正多以遼東爲主，"燕"正是指遼東之地而非北京。因此崔世珍所記錄的北方話當是遼東音而非北京話。

〔註24〕崔世珍《四聲通解》記有「正音」、「俗音」、「今俗音」。其中「正音」、「俗音」乃是承自申叔舟《四聲通攷》；「今俗音」則是崔世珍體察到的當時北方話的語音實況。尉遲治平（1990）論述《四聲通攷》、《四聲通解》、《老朴諺解》的記音關係，茲徵引如下：

申叔舟《四聲通攷》	正音	俗音	
崔世珍《四聲通解》	正音	俗音	今俗音
《老朴諺解》		俗音	正音

在明太祖即位、琉球中山王察度主政後，中琉間的交往更是頻繁。琉球人基於政治往來與經濟貿易的實際需要，必然要積極的學習漢語。

　　白世蕓（字瑞臨，山東登州府人）的《白姓官話》，即是專爲協助琉球人學習漢語所編撰的課本，書前有乾隆五年（1753）林啓陞的序言。瀨戶口律子（1990：8）從聲調上推測《白姓官話》的基礎方言，得到如下結論：

> 本書（《白姓官話》）各字所注的聲調：平聲分陰陽，上去不再分陰
> 陽。濁母上聲只變爲一個去聲，不分陰去、陽去。而且保留了入聲。
> 這些特徵……很顯然地與南京話相吻合。既不同於北方方言的其他
> 次方言，更與吳語、閩語、粵語、客家語等方言大有差異。所以說
> 《白姓官話》，從聲調上來看，是根據南京話寫的，比較可信。

琉球曾在明代與中國有過極爲密切的往來。洪武二十五年（1329）中山王察度請求送王子來華入監學習，洪武帝允准並詔令在南京國子監前，專門建一所王子書房，作爲王子生活學習之所。自此以後，遂成定例，琉球中山王不斷派遣官生來監學習，雖至清代，此制度依然延續不輟。《白姓官話》成書年代雖已晚至清朝初葉，但南京音居於共同語標準音的優勢地位，仍尚未被北京音所取代。

　　此外，文學語言對於漢語共同語的推展具有重要的作用。薛鳳生（1992：275）指出：入聲調是中國詩歌格律的重要特徵，傳統文人儒士多將入聲調視爲"正音"或"雅音"中不可或缺的成份，認爲自身的方言中無入聲是不光彩的事。在明末官話方言區中，南方官話普遍存有入聲，因而得到文士的竭力推展，致使南京音更具備官話標準音的基礎。

　　總結上文，筆者先分別就外緣的歷史文獻推求與內在的音韻系統著眼，推知《西儒耳目資》音系與明末南京話有明顯的聯繫關係；而後，又在「《西儒耳目資》反映明代官話音系」的基本前提上，轉從政經中心轉移、人口遷徙、域外學習漢語等影響共同語發展的社會因素觀察，檢驗出明代南京音實具備成爲共同語標準音的社會基礎。如此，由兩種不同的角度觀察而交會出一致的焦點，當可確知《西儒耳目資》音系是以明末南京話爲主體。

第八章 《西儒耳目資》在漢語語音發展史上的定位

　　《西儒耳目資》展現明末官話音系的實際樣貌，實爲探究近代漢語共同語發展的重要資料。因此，在上文靜態的、共時的音系分析的基礎上，筆者擬從動態的、歷時的語音發展著眼，闡釋近代漢語共同語音系轉移的概況。本章的論證步驟，乃是以《西儒耳目資》反映的明末官話爲基點，上溯宋、元、明間共同語標準音的轉化；下推明末官話至現代國語的發展，藉此冀能確立《西儒耳目資》音系在漢語語音史上的定位，釐清近代共同語標準音發展的脈絡。

　　早期官話是在全民交際的需求上自然形成的，缺乏明確的語音規範，在某種意義上可說是北方話的最大公約數，也就是盡可能去除掉了土腔土話的北方話（胡明揚，1987：170），因此早期共同語的基礎方音並不是一個穩定、確切的 "方言點"，而是一各範圍較廣的 "方言片"。然而，基於全民交際的實用目的，官話語音必是以權威方言（通常是政治、經濟、文化中心）的音系爲標準，方能使「韻共守自然之音，字能通天下之語」，達到廣泛交際的效用，故在擬測出共同語的「基礎方音」後，便可依據當時社會實況，推溯出基礎方言的「主體音系」，而此「主體音系」即是本文所指的共同語標準音系。

第一節　宋元明共同語標準音的轉化

政治、經濟、文化中心並非固定不變，因此共同語標準音常會隨著權威方言的轉換而稍有變異。下文即從官話書面音系的分析入手，追溯宋、元、明共同語的標準音；又從前人語文札記中與官話相關的記載上加以驗證。最後，則由政治、經濟、文化中心的轉移著眼，嘗試說明近代官話標準音動態演化、轉移的進程。

1. 宋代共同語標準音──汴洛方音

自東周以降，洛陽和鄰近的開封（汴梁）向來是各王朝的國都所在，有繁榮的經濟事業和文化。因此，汴洛語音居於共同語的地位一直被保存下來，歷代的文人學士多以洛陽一帶的語音爲天下的正音，以此作爲衡量各地語音訛正純濁的標準（李新魁，1980：154）。

爬梳各項歷史文獻的記載，可概略窺探出宋代共同語的標準音。〔唐〕末李涪《切韻刊誤》：「凡中華音切莫過於東都〔按：洛陽〕，蓋居天下之中，稟氣特正。」；〔南宋〕陸游《老學庵筆記》卷六：「四方之音有訛正，則一韻皆訛……中原，唯洛陽得天下之中，語音最正。」；〔南宋〕陳鵠《西塘集‧耆舊續聞》卷七：「鄉音是處不同，惟京都天朝〔按：洛陽〕得其正。」（轉引自張啓煥，1993：425）。以上根據唐、宋間文士的語文札記所載，可確知宋代共同語的標準音乃是洛陽方音。

周祖謨（1942）根據〔北宋〕邵雍《皇極經世書‧聲音唱和圖》考證出宋代汴洛方音，指出：「夫有宋一代，洛陽文教最盛，風流儒雅，並世而有。」（頁603），又說：「宋之汴梁去洛未遠，車軌交錯，冠蓋頻繁，則其語音必相近。及取汴京畿輔人士之詩文證之，韻類果無以異。即是而推，則邵氏之書不僅爲洛邑之方音，亦即當時中州之恆言矣。」（頁582）

總結上文的論述，可知宋代共同語的標準音爲汴洛方音，與現代中原官話方言有同源相承的關係。

2. 元代共同語標準音──大都音

學者公認〔元〕周德清《中原音韻》爲早期官話的語音實錄。因此，欲追溯元代共同語的標準音，最直捷的路徑便是探究出《中原音韻》音系的基礎方音。

　　《中原音韻》的語音基礎爲何？學者對此尚有爭議。[註1]《中原音韻》某些入聲字有文白異讀（一字并收於二韻），如：“竹、熟”重見於魚模／尤侯；“薄、鐸”重見於歌戈／蕭豪；“客、額”重見於車遮／皆來。黎新第（1987，1989）、汪壽明（1989）、曾光平（1989）……等學者根據入聲字又讀的現象，主張：《中原音韻》音系並非單一語音體系，而是兩個相近音系的疊置。黃典誠（1993：236）對此有更進一步闡釋：

> 　兩韻并收字反映了這樣一個事實，即元代存在著新老兩系官話，新官話以“中原語音”爲核心，老官話則是流傳頗廣勢力較強的“中原雅音”，兩個官話音系相去不遠，勢力相互抗衡。《中原音韻》所記的主要是新官話，而其兩韻并收的一種讀法是從老官話那裡借來的文讀音。元代“中原語音”還沒能佔有確切不移的標準音地位，其讀書音方面必然會受到“中原雅音”的影響。

然而，黃氏所謂“中原語音”（白讀）、“中原雅音”（文讀）的語音基礎爲何？欲判定《中原音韻》疊置的音系，當從入聲字文白異讀所展現的不同音變規律中去探求。周德清《中原音韻・正語作詞起例》提及：「入聲派入三聲者，以廣其押韻，爲作詞而設耳，然呼吸言語之間，還有入聲之別。」可知中古入聲字的不同演化規律，正突顯出文讀、白讀音系的主要差異，由此窗口可窺探出《中原音韻》文、白二讀的音系基礎，進而釐清宋、元間共同語標準音的轉換。茲將《中原音韻》-k韻尾入聲字的音變規律，表列如下：

　　白讀：　　　-k→-u／〔＋後〕__

　　　　　　　　-k̟→-i〔＋前〕__[註2]

〔註1〕《中原音韻》的語音基礎至今仍是個具有爭議的論題。暴拯群（1989：45）將學者的意見歸納爲以下三項：

　　A.楊耐思（1979）認爲：是十三、四世紀的北方語音。

　　B.趙遐秋、曾慶瑞（1962）主張：是當時的大都音。

　　C.李新魁（1962，1980，1987）主張：洛陽音。

　　筆者則是認爲：《中原音韻》非單一語音系統，乃是以當時大都音系爲基礎，並疊置著汴洛音系，顯現出語音的二重性。

〔註2〕橋本萬太郎（1982），根據漢越語、日本漢字音推論中古梗攝舒聲具有舌面鼻音韻尾-ɲ；橋本氏又著眼於鼻音韻尾和塞音韻尾的對稱性，進而主張梗攝入聲韻尾演化

文讀： -k→-ϕ

中古-k 韻尾的入聲韻字，在《中原音韻》音系中疊置著｛-u，-i｝／-ϕ兩種語音形式。就《中原音韻》白讀音系而言，古入聲字已派入三聲，-k 韻尾字則轉讀爲｛-u，-i｝韻尾，而歸屬於尤侯、蕭豪、皆來韻，此種音變現象與現代北京音的口語層相應，顯然有直線相承的同源關係，故白讀音系的語音基礎當是元代大都音。就《中原音韻》文讀音系而言，古入聲字的塞音韻尾或已失落，-k 韻尾字轉讀爲-ϕ韻尾，而歸屬於魚模、歌戈、車遮韻，但是文讀音的入聲尚未派入三聲，仍以其超音段成份與其他聲調相對立，且文讀音系的音韻特徵多與現代汴、洛方言相應，〔註3〕據此可推知文讀音系當是直承宋代共同語標準音——汴洛方音而來。

金、元之際，汴、洛一帶受到戰火的破壞，已失去宋代以前的規模；元世祖定都於大都（1264）後，經歷 50 餘年的積極營建，致使大都成爲「天下都會之所」。由於政治、經濟、文化中心的轉移，促使元代大都音逐漸取代汴洛方音，躍居於共同語標準音的地位。然而，語音的轉換並非一朝一夕可成，在新舊語音形式彼此競爭的過渡階段中，舊有的共同語標準音依然具有強勢地位，《中原音韻》爲早期官話的語音實錄，如實地并存新舊兩種語音形式，形成文白異讀的疊置現象。

綜合以上論述，金、元之際時局動盪，隨著政治、經濟、文化中心的轉移，共同語標準音亦有相應的變換，《中原音韻》正是此一過渡時期的產物，如實記錄當時共同語的語音實況，故其所展現的語音系統並非單一的語音體系，而是在大都音（新官話）的基礎上，疊置汴洛方音（老官話）。

3. 明代共同語標準音——南京音

朱元璋驅逐蒙古人，創建有明皇朝，以南京爲國都。洪武八年（1375）詔令樂韶鳳、宋濂……等文士編成《洪武正韻》，壹是以“中原雅音”爲準，期能

趨勢爲-c>-i。薛鳳生（1990）則是借用董同龢爲上古照三系與舌根音相諧字的擬音 *R-，而將橋本氏擬定的-c 韻尾改寫爲-k。本文暫依薛氏所擬。

〔註 3〕李新魁〈論《中原音韻》的性質及它所代表的音系〉一文，曾將現代洛陽方言與《中原音韻》音系相對比，從而明確地指出：「洛陽音無論在整個語音系統上或是在個別字音上，均有極大的一致性。」

據此以「正天下之音」。〔註4〕近代學者（劉靜 1984，葉寶奎 1994）考量《洪武正韻》的性質與編撰目的，大抵認爲《洪武正韻》反映著明初官話音系。〔註5〕然而，《洪武正韻》音系的語音基礎爲何？學者對此問題則尚無定論，且見解甚爲紛歧。〔註6〕

　　《洪武正韻》與《中原音韻》同是反映著十四世紀共同語標準音，若以兩種音系間的差異爲觀察的窗口，當可窺探出元、明之際共同語標準音轉換的動態歷程。劉靜（1984：113）曾指出兩個音系間主要的差異有三：「《中原音韻》平分陰陽，全濁聲母消失，入派三聲；《洪武正韻》則平無陰陽之分，全濁聲母、入聲依然保存。」〔註7〕將兩種音系間的差異現象投映在空間分布上，則轉化爲北方官話和南方官話的區別。由此可知，元、明之際共同語標準音的轉換歷程：

〔註4〕宋濂奉敕撰〈序〉，論及《洪武正韻》的性質：「欽尊明昭，研精覃思，壹以中原雅音爲定，復恐拘於方言，無以達上于下」；在〈凡例〉中則又提及《正韻》編撰的目的：「五方之人皆能通解者，斯爲正音也。沈約以區區吳音欲一天下之音，難矣！今并正之。」

〔註5〕葉寶奎（1994：92）認爲《洪武正韻》音系是明初官話的代表，指出：「《正韻》把當時的讀書音和五方之人皆能通解的共同語標準音（官話音系）統一起來了。編纂《正韻》的目的在於確定新的統一的語音標準，《正韻》記錄和保存了 14 世紀書面語讀書音，而明初官話音系則借助《正韻》得以確立，借助這一官話的權威地位得以普及。」

〔註6〕《洪武正韻》的語音基礎爲何？現代學者對此一問題，頗多異說。馮蒸（1991：559）將學者意見歸納爲以下幾項：

　　A. 王力（1991：508）：「認爲《洪武正韻》並不能代表當時的中原音，並且恐怕不是一地的音，而是許多方音的雜揉。」

　　B. 羅常培（1959）認爲十四世紀北方并行兩種讀音系統——讀書音、說話音，《洪武正韻》屬於讀書音系統。

　　C. 或有根據《洪武正韻》的編撰者多爲南方人，因而認爲《洪武正韻》所反映的是南方方音。

〔註7〕根據切語上字系聯的結果，得知《洪武正韻》存有 10 類全濁聲母。然而明初官話時際語音中果真存有全濁聲母？筆者感到懷疑。筆者認爲：明初官話中或已無全濁聲母，但因《洪武正韻》的編纂者多爲南方人（浙江五人，廣東、安徽、江西、湖南各一人，蒙古一人，四人無可考〔見馮蒸，1991：559〕），方言母語中尚能辨析聲母清濁的差異，故切語上字亦皆析分清濁，從而造成全濁聲母自成一類的假象；正因聲母清濁爲區別特徵，是以平聲不必分化爲陰陽調。

乃是由大都話爲主體的北方官話，漸次過渡到以南京話爲主體的南方官話。

　　黃典誠（1993：210）明確地剖析明、清之際共同語標準音系轉換的內在因素，指出：

> 在元代《中原音韻》爲代表的"中原語音"所取得的新官話地位尚
> 不是不可移易的，因此到了明代，一個與之抗衡而勢力極強的官話
> 便得到了官方的承認，而這就是保留入聲的讀書音系統，即"中原
> 雅音"。另一方面，明代士大夫階層及皇親國戚來自南京地區，這
> 些人口中仍有入聲，覺得中原的"雅音"比"語音"更入耳，便極
> 力推行之。加之明代以詩賦取士，平上去入四聲"自古而然"，早
> 已深入士人骨髓，於是《洪武正韻》便取這"五方之人皆能通解"
> 的"正音"爲定。自《洪武正韻》頒布，歷明清以至百年前之官話，
> 入聲系統始終保留在官話系統中，直至國語運動以北京音爲標準
> 音，官話的入聲才得以消除。

元代政權興起於北方，大都居於全國政治、經濟、文化的樞紐地位，致使大都
音有逐漸取代汴洛方音，躍居爲共同語標準音的趨勢。然而，此種音系轉換的
趨勢隨著北方政權的崩潰瓦解而中輟，新興的明代政權奠基於南方，遂使南京
取代殘破的大都，躋升於共同語標準音的地位。

　　綜合以上所論，宋元明共同語標準音乃是隨著政治、經濟、文化中心的轉
異而有所變動，其演化的趨勢大體上是：汴洛方音→大都音→南京音。

第二節　《西儒耳目資》異讀所呈現的語音層次

1. 文白異讀與疊置式音變

　　共同語標準音系並非固定不變，而是隨社會變遷、政經發展、人口遷徙……
等因素影響而變異，是以欲探索共同語標準音系歷時轉化的動態過程，必得涉
及到不同方言音系轉換。不同方言音系間並無直線相承的同源關係，而新語法
學派主張的連續式音變或詞彙擴散現象所推衍出的離散式音變，均是同一音韻
系統內所進行的歷時演化，變化中的各種形式有著前後相承的同源關係，顯然
與共同語標準音系的歷時動態的發展不同。因此，連續式音變、離散式音變無
法確切體察共同語標準音系的動態發展。

在共同語標準音轉換的過渡階段中，雖然新的官話逐漸居於主流的地位，但舊的官話並未遽然消失而仍具有強勢的地位，因而產生文白異讀的疊置現象。"差異"是窺探語音歷時演化的窗口，文讀與白白讀之間的差異，可作為探究共同語標準音系歷時轉換的客觀依據，並由此推衍出一種獨立的音變形式——疊置式音變。

文白異讀有何具體特點可供檢證？筆者根據王洪君（1985）、徐通鏘（1991）的研究，將文白異讀的具體特點歸納如下：

a. 文白兩種語音形式有風格色彩的差異。

b. 文白異讀從表面上是語素形式的交替，實際上僅是語素形式的某個結構位置（聲、韻、調）上的語音交替。

c. 語素形式中文白音類的交替往往不是個別的、偶然的，它們在音韻層面形成與古音來源有關的、有規律成系統的交替對應。

將上文所總結出的具體特點，逐項考查《西儒耳目資》的異讀現象，當可察覺《西儒耳目資》音系在聲母、韻母上有明顯的疊置現象。在下文中，筆者擬從《西儒耳目資》文白異讀的疊置現象著眼明、清之際共同語標準音系動態轉換的過程。

2. 《西儒耳目資》的異讀形式

考查《列音韻譜》中所列的同音字組，得知有一字異讀的現象，異讀形式或為聲母不同，或為韻母有別，此種聲母、韻母疊置的現象規律且系統地呈現，顯然是關涉到音韻層面的音變問題，並非字彙層面的個別破讀。此種因聲母或韻母交替所產生的疊置現象，無疑是觀察《西儒耳目資》音系性質的另一扇窗口。

本節先分別探究聲母、韻母的異讀現象入手，據此剝離出《西儒耳目資》所疊置的音系，再進一層闡述《西儒耳目資》所內含的語音層次。

（1）聲母系統的疊置

《西儒耳目資》所展現的聲母系統與江淮官話有高度的一致性，兩者當有同源相承的關係。但若就反面著眼，亦可發覺《西儒耳目資》的聲母系統有與現代江淮官話的聲母特點相異者，最為顯著的即是：n-、l-對立及一字兩讀的特殊現象。

　　若細部觀察《西儒耳目資》一字因聲母不同而兼有異讀的現象，便會察覺此種一字異讀的特出現象並非個別字彙的破讀，而是在相同音韻條件下所呈現的聲母系統疊置。因而，此種一字異讀的性質實與文白異讀相似，屬於疊置式音變。《西儒耳目資》所記一字異讀的疊置現象，正是探求明末官話音系性質的窗口。

　　據筆者觀察，《列音韻譜》中聲母異讀的類型，主要有四類：

　　a. 自鳴（零聲母）和搦 n、額 g 的異讀。此即關涉到疑母字歷時發展的不平衡性。

　　b. 撦'ch 和石 x 的異讀。此即船、禪分化途徑不同所形成的。

　　c. 者 ch、撦'ch、石 x 和則 ç、測 'ç、色 s 的異讀。此即關涉到知、莊分化類型的不同。

　　d. 測'ç 和色 s 的異讀。

　　四類之中以 c.類異讀的數量最多、最具系統性，以下便以 c.類異讀為考察的焦點，剝離出《西儒耳目資》所疊置的音系。

　　張衛東（1992：234）對於知、莊系字在《西儒耳目資》的分化情形，有精細的描述，茲參酌張氏考查的結果，[註8] 將知、莊系字聲母異讀的情形概述如下，例字則請參看〔附錄 8-1〕：

　　A. 莊系三等：

　　a. 在止攝合口、宕攝讀 ts。止攝合口有少數 ts、tʂ 二讀字。

　　b. 在遇止流深臻曾通七攝讀 ts。這七攝的入聲皆讀 ts，但舒聲則多有 ts、tʂ 二讀。只有 tʂ 一讀的，未見；只有 ts 一讀的，在流深二攝較多。

　　B. 知、莊二等：

　　梗攝知、莊二等讀為 ts，兼有 tʂ 一讀；蟹咸山三攝的莊系二等部份兼有 ts、tʂ 二讀。

　　由上文論述，不難發覺《西儒耳目資》聲母疊置的分布規律——知、莊系

〔註 8〕知、莊系三等字，在遇、止、蟹、流、深、臻、曾、通攝產生 ts/tʂ 的異讀現象。張衛東（1992：234）從語音縱向的歷時演變上解釋，認為此種異讀現象，反映著南京音由 tʂ 組變為 ts 組的過渡階段。筆者的看法與張氏不同，筆者認為 ts/tʂ 異讀現象，方言橫向擴散、融合的產物，亦即是南北官話音系相互疊置的結果。

字讀爲 ts，則往往兼有 tʂ 一讀。筆者認爲：此種聲母的疊置，正顯示知、莊分化類型中，《西儒耳目資》以南京型爲基礎，但同時也雜揉北部官話濟南型的聲母系統。將三者並列如下，以資比較：

	濟南型		南京型		《西儒耳目資》	
	二等韻	三等韻	二等韻	三等韻	二等韻	三等韻
知組	tʂ	tʂ	tʂ*	tʂ	tʂ/tʂ*	tʂ
莊組	tʂ	tʂ	tʂ*	tʂ*	tʂ/tʂ*	tʂ/tʂ*
章組		tʂ		tʂ		tʂ

表中有 "*" 號者皆可見 ts、tʂ 疊置的現象。這個假設能解釋大多數聲母的疊置現象，但仍有部份例外，如蟹咸山三攝莊系字在南京型讀爲 ts，但卻兼有 tʂ 一讀。然而分析此種現象的分布條件，知 ts 後必接後低元音及發音部位偏前的韻尾 -i、-n（蟹 ai、山咸 an），或許是因爲在此種音韻條件下，ts（舌尖前音）在舌體由後而前的發音動程下所產生的連讀音變與 tʂ（舌尖後音）相近的緣故，金尼閣於是將此類字并收於兩類聲母下。

此外，"徐"、"詳"、"尋" 等字同江淮官話讀爲測'ç，但亦兼有色 s 一音，與北部官話相合（例字見〔附錄 8-2〕）；中古禪母平聲兼有〔tʂ'〕一讀（詳見前文）亦是雜揉北部官話的音韻特徵。

若此，可知《西儒耳目資》在江淮官話的基礎上，含攝北部官話的語音特色，因而在能突顯出江淮方音特色的字音上，便形成聲母系統的疊置。江淮官話 n-、l- 不分，《西儒耳目資》n-、l- 有別，實是依照北部官話的音韻特徵而區分的。

（2）韻母系統的疊置

據筆者觀察，《列音韻譜》中韻母異讀的類型，主要亦有四類：

A. en 攝和 ien 攝（知章系）異讀

此類字多屬中古咸、山攝開口細音知章系，此種異讀的現象若從語音縱向歷時的發展來解釋。近代漢語知章系字發展爲捲舌音，若知章系字後接 -i- 介音，則因語音同化作用而促使 -i- 介音轉化爲舌尖後音〔ɿ〕，進而失落。因此《西儒耳目資》音系中，chen／chien 語音形式的交替正反映出 tʂɿɛn→tʂɛn 的過渡階段。

B. en 攝和 in 攝（莊系）的異讀

此類字多屬臻、深攝三等莊系。從上節的論證可知，《西儒耳目資》臻、深二攝的莊系字多有 ts、tʂ 的疊置，而在韻母上捲舌聲母後接的細音逐漸失落。西儒或許是因為音值上的相近，而將此類字并收 en 攝與 in 攝。

C. ho 和 huo（入聲）的異讀

此類字多為中古屋、沃、沒韻的牙喉音字。或許是因聲母〔x〕和韻母〔ɔ〕均具有〔＋後〕的區別特徵，音段連讀時聲母與韻母間產生過渡音〔-u-〕，西儒將此種音值上的些微差別並存於《列音韻譜》中，從而形成 ho／huo 的異讀現象。

D. im／ium（牙喉音）的異讀

此類字多屬中古梗攝合口細音溪母。在現代北方官話中，此類字多以由合口轉為開口，就北京話而言，「"營、塋"的韻母是〔in〕，這些字沒有讀為〔ynŋ〕陽平的」（李榮，1982：105）；但在南方官話中仍有為合口的，例如：黃岡、應城等地均讀為〔yən〕。茲以"傾、頃"兩字為例，據《漢語方音字匯》的記音，列舉出南、北官話的不同（"*"表示文讀音）：

	北京	濟南	合肥
傾	ˌtɕʻiŋ*/tɕʻiŋˋ*	tɕʻiuŋ*/kʻən	tɕʻyn
頃	ˌtɕʻiŋ/tɕʻiŋˋ	tɕʻiŋ/tɕʻiuŋ	tɕʻyn

由此可知：《西儒耳目資》中，中古梗攝合口細音字併收 im（開口）與 ium（合口）二讀，乃是疊置南、北官話音系的結果。

總結前文對《西儒耳目資》韻母異讀現象的考查，可知異讀現象並非全然表示語音系統的疊置，有些異讀現象可能是因音值的相近而并收，對此當以實際方言證據為依歸來加以判別。從上文 im／ium 韻母形式的交替，當可判定《西儒耳目資》韻母系統是在江淮官話的基礎上，疊置北方官話系統。如此，從音系疊置的角度著眼，不難理解江淮官話-n／-ŋ 無別，何《西儒耳目資》卻能明晰地區分-n 與-ŋ。

3. 《西儒耳目資》內含的語音層次

明初南京為全國的政治、經濟、文化中心，優勢的社會地位促使江淮官話躍居漢語共同語的地位，且以其權威的地位，向各方言區進行波浪式的擴散、滲透，而當時北部官話受此權威方言擴散的影響，亦融入若干江淮方言的音韻特徵，至今尚仍殘留在國語中，成爲底層遺跡，例如：中古收-k 韻尾的入聲字在國語中多有文白異讀的現象，文讀系統即是來自江淮官話音系。〔註9〕

　　然而，自明成祖遷都（1421）至明末兩百年間，由於政治、經濟、文化中心的漸次北移，以北京話爲主體的北部官話，地位逐漸上升，但江淮官話的優勢地位並未因此而遽然消失，仍能與北京官話相抗衡，從而形成新、舊官話疊置的現象。上文從聲母、韻母兩方面，考查《西儒耳目資》音系中的異讀現象，得知某些異讀現象，無法從語音縱向的歷時演化來解釋，此當是方言音系橫向疊置的具體顯現。

　　上文論述近代漢語共同語轉移的歷時漸變過程，藉此可確立《西儒耳目資》反映的明末官話，在共同語音演化過程中所居處之歷史定位。蓋明末之世，乃是漢語共同語漸次由南京官話轉向北京官話的過渡時期，如此，不難理解金尼閣所記的官話雜揉了南、北官話的音韻特徵，正是漢語共同語轉移過程中的實際反映。

第三節　現代國語標準音的形成與確立

1. 現代國語標準音的形成

　　由明初人口的徙移概況（詳見第七章），可知明代北京話與南京話有密切的關係。然而，明初北京話所內含的南方官話底層，在語音的歷時發展過程中，逐漸被周圍北方官話的音韻特徵所覆蓋，《西儒耳目資》所反映的明末官話音系，雖仍是南方官話爲基礎，但卻已疊置著北方官話的音韻特徵，而呈現出文白異讀的現象，展露出共同語標準音逐漸由南京音轉向北京音的趨勢。

　　滿清入關後，帶來東北官話的頂層（superstratum），更助長共同語標準音向北方官話轉換的趨勢。林燾（1987b）即從音韻特徵的空間分布著眼，根據調

〔註 9〕趙元任（1970：125）：「有一大些字，特別是收-k 的入聲字，有文言白話兩讀（也叫讀音跟語音），也是從方言之間借來的。……北邊從東三省一直到河北、河南這些收-k 尾的字都收複元音韻母 ai、ei、au、ou（例如“白、黑、薄、軸”）只是在河南一部份和山東大部份複元音單純化就看不出元音的後半有沒-k 的痕跡在裡頭了。就是在京兆區二百來公里對徑的範圍之內，就有這種兩讀現象。……在民國初年跟音韻學家錢玄同、白滌洲他們討論這兩讀問題的時候，他們都認爲那些所謂文讀音都是從安徽、江蘇那些地方來的京官帶到北方的影響。」

類的分合、調值的相似爲基準，畫出同言線（isogloss），得知：「北京官話區以北京市爲起點，從東向西，範圍逐步擴大，形成西南狹窄、東北遼闊的喇叭形區域，包括河北省東北部、內蒙古東部和東北三省的絕大部份。在這人口達一億以上的廣大區域內，不但聲韻系統基本相同、調類全同，而且調值全同或極近似，這在漢語方言中是絕無僅有的。」北京官話與東北官話在地域分布上密切相聯，且正與八旗兵入關鎮守的軌跡相合，由此當可證知：清軍入關對近代北京話的形成，起著非常重要的促進作用，現代國語音系以北京音標準，亦是承襲此一發展趨勢而來。〔註 10〕

　　共同語標準音的轉換是逐漸擴散，故非一朝一系可成。然而，北京音至何時方才躍居共同語的地位？可從文獻上尋求蛛絲馬跡，例如〔清〕裕禧《音韻逢源・序》（1840）已載明：

　　惜其（《音韻逢源》）不列入聲，未免缺然。問之，則曰：「五方之音，
　　清濁高下各有不同，當以京都爲正。其入聲之字，或作平聲讀者，
　　或作上、去二聲讀者，皆分隸於三聲之內……。」

從裕禧的序言中，可知在清道光年間，入聲失落的北京官話已取代存有入聲的江淮官話，成爲漢語共同語。

　　此外，共同語標準音的轉移，尚可由域外學習漢語的情形察知。〔日〕六角恆廣（1992）指出日本在中國語教育上的轉換：

　　日本外務省於 1871 年（明治 4）2 月，以培養翻譯爲目的，設立了
　　中國語學校——漢語學習所。……教的中國語是唐通事時代的南京
　　語，即今之下江方言中的一種。從 1876 年（明治 9）9 月始，日本
　　的中國語教育轉變爲教授北京官話。這是因爲，已從外交實際業務
　　方面認識到了共通語北京官話之重要性。

〔註 10〕關於北京話的與東北方言的融合過程，林燾（1987a：167～168）曾有精要的剖析，
　　　　指出：「東北方言是一千年前在現代北京話的前身幽燕方言的基礎上發展起來的，
　　　　在發展的過程中，仍舊不斷和北京話保持密切接觸，並且曾兩次"回歸"北京：
　　　　一次是十二中葉金女眞族統治者遷都燕京時；另一次是十七世紀中葉清八旗兵進
　　　　駐北京時。這兩次的語言回歸對北京官話區的形成和現代北京話發展都起了很大
　　　　的推動作用。兩種方言互相影響，日趨接近，形成了一個包括東北廣大地區和北
　　　　京市在內的北京官話區。」

促成共同語標準音轉換完成的契機，除了語言系統內部的自然融合外，亦不可忽視朝庭推廣的力量。呂朋林（1986：55-56）認為清代語文工作可分為幾個階段：初期（順治、康熙前期）著力於奪取政權，無暇顧及語文工作；前期（康熙後期至乾隆）則是以滿語為官方用語、族際交際語、外交用語，並不急需推廣漢語；至中後期（嘉慶、道光、咸豐、同治），隨著內地滿族的逐漸漢化，漢語恢復它的官方、族際、外交用語的地位，但有鑑於漢語方言的分歧妨礙交際，致使政府開始積極推廣漢語官話。〔註11〕清代中葉以後，閩粵省民學習官話，蔚為風尚，當時盛行的官話讀本，如潘逢禧《正音通俗表》（1867）、莎彝尊《正音切韻指掌》（1860）……等多是以當時北京官話為基礎方音。〔註12〕可知清代中後期，朝庭對官話的積極推廣，無疑是促成共同語標準音由“量變”轉為“質變”重要動力。

　　雖然共同語標準音系的轉換過程是漸進的而非突變的，但考查文獻語料記載、域外學習漢語的情形、清人官話讀本的盛行……等，仍可概略判定出共同語轉換的時間界限。從上文論證中可看出：清代中葉以後，北京話已躍居於共同語標準音的地位，現代國語更是明確規範以北京音為標準音。

2. 現代國語標準音的確立

　　近代官話與現代國語的性質並不相同，胡明揚（1987）別立“民族共同語”、“民族標準語”二個概念來加以區分，指出：「“民族共同語”一般是自然形成的，可以沒有明確的規範。“官話”正是這樣一種漢民族共同語。“民族標準語”是有明確規範的民族共同語，是在民族共同語發展進入一定階段人為地推廣的。普通話（國語）就是這樣一種漢民族共同語。」（頁167）可知現

〔註11〕〔清〕俞正燮《癸巳存稿》記載：「雍正六年，奉旨以福建、廣東人多不諳官話，著地方官訓導。廷臣議以八年為限，舉人、生員、貢監、童生不諳官話者，不准送試。福建省城四門設立正音書館。」（轉引自李新魁西元 1980：164）早在雍正年間，已自覺到推廣“正音”的必要性，故呂朋林（1985）對於清代語文推展工作的分期，實可再商榷。然而，清代中後期，官話讀本相繼刊行，無疑是政府積極推廣“正音”、百姓迫切學習官話的具體反映。

〔註12〕侯精一（1980）分析三種清人正音書 —— 潘逢禧《正音通俗表》（1867）與莎彝尊《正音切韻指掌》（1860）、《正音再華傍注》（1867）—— 的音韻系統，指出：「《正音通俗表》等三種正音書在當時對於學習北京話是實用。」（頁68）

代共同語標準音的確立，已是從全民交際的自然生成，轉向爲明確的人爲規範。

大陸上對普通話（國語）的定義是：「以北方話爲基礎方言，以北京語音爲標準音，以典範的白話文著作爲語法規範的民族共同語。」（轉引自胡明揚，1987：167）現代國語爲何擇取北京音爲標準音？此種自覺地選擇有其歷史演化條件：蓋自明末以來，共同語標準音已逐漸從江淮官話轉換爲北京官話，經過長時間的"競爭"，至清代中葉後，北京音已取得民族共同語的地位，承繼此種發展趨勢，於民國8年（1919）明令以北京音爲國語標準音。〔註13〕然而，北京話既是國語標準音，何以現代北京話仍有文白異讀的現象？此乃是因爲明代江淮官話的底層並未全然被掩蓋，某些讀音（古入聲字）的陳跡仍頑強的殘留在現代北京話中，從而產生文白異讀的疊置現象（靳光瑾，1991）。

總結以上各節的論證，可將近代漢語共同語標準音的轉換過程簡要地概括如下（"*"表示在共同語轉換過程中，與標準音系疊置的音系）：

宋　　　元　　　明初　　　明末　　清代中葉　　　　民國
汴洛方音→大都音→南京音→南京音→北京音*→北京音南京音
　　汴洛方音*　　　　　北京音* 南京音*

〔本章附錄〕〈西儒耳目資〉聲韻疊置字表

〔附錄8-1〕則ç、測ʻç、色s和者ch、撦'ch、石x疊置字表

《列音韻譜》	金尼閣記音	聲紐／韻攝
殺	sa、xa	生／山二入
初芻	ʻçu、'chu	初／遇三
鋤耡雛鶵殂	ʻçu、'chu	初崇／遇三
詛祖俎	çu、chu	莊／遇三
楚濋礎	ʻçu、'chu	初／遇三
助祖詛	çu、chu	莊崇／遇三

〔註13〕民國8年（1919）"國語統一籌備會"成立，該年十二月以部令公布"注音字母"，文曰：「……普通音即舊日所謂官音，此種官音，即數百年來全國共同遵用之讀書正音，亦即官話所用之音，實具有該案所稱通行全國之資格，取作標準，允爲合宜。北京音中所含官音比較最多，故北京音在國音中適占極重要之地位……」（轉引自邵鳴九，1973：85）。

釵差	'çai、'chai	初崇／蟹二
豺	'çai、'chai	崇／蟹二
創瘡滄愴	'çam、'cham	初／宕三
欃劖鑱漸	'çan、'chan	崇／咸二
衫杉芟攙纖襂摻縿幓	san、xan	生／咸二
讒饞瀺攙欃劖鑱潺孱虥虦	'çan、'chan	崇／咸二山二
產嵼	'çan、'chan	初生／山二
劅穇	san、xan	生／咸二山二
剗鏟	'çan、'chan	初／咸二山二
釤	san、xan	生／咸二
騶緅鄒	ceu、cheu	莊／流三
爭箏諍丁玎綪	cem、chem	知莊／梗二
錚崢撐瞠鎗鏘槍鏿	'çem、'chem	澈初崇／梗二
橙瞪傖根振杅崢	'çem、'chem	知澄崇／梗二
瞠撐樘掌	'çem、'chem	澈澄／梗二
臻蓁溱榛	çen、chin	莊／臻二
森罧糝參滲摻	sen、xin	生／深三
岑涔	'çin、chin	崇／深三
譖	çin、chin	莊／深三
衰榱	sui、xui	生／止合三
帥	sui、xui	生／止合
崇	'çum、'chum	崇／通三

〔附錄 8-2〕色 s 和測 'ç 疊置字表

《列音韻譜》所收字	金尼閣記音	聲紐／韻攝
徐	siu、'çiu	邪／遇三
尋潯燖鱘潭鐔鬵灊	sin、'çin	邪／深三
詳祥翔庠	siam、'çiam	邪／宕三
囚泅慉遒蝤酉	sieu、'çieu	邪從／流三

〔附錄 8-3〕韻母疊字表

《列音韻譜》所收字	金尼閣記音	聲紐／韻攝
氈旃饘鸇薝栴鱣邅驙 詹瞻譫占詀	chen/chien	知章／仙鹽
幝燀覘梴襜燀	'chen/'chien	澈昌／仙獮鹽

扇羶挻苫沾顫煽	xen/xien	書／仙鹽
臻蓁榛溱簪樺	cen/chin	莊／侵臻
琛睬郴睬參攙	'cen/'chin	徹崇初／侵咸
穀斛槲螫鵠忽惚曶笏穀穀汩滑紇黰熇麧淈核	ho/huo	見曉匣／屋沃沒
營塋縈榮瑩榮熒螢	im/ium	匣于以影／庚耕青
傾頃絅褧	'kim/'kium	溪／清迥

第九章 結 論

　　金尼閣編撰的《西儒耳目資》(1626)本是輔助西儒學習漢字、漢語的參考書，全書以羅馬字母標記漢音，書中的記音反映著明末官話的音韻系統。此書乃是《中原音韻》到現代國語間的過渡材料，且就其成書的時代和記音的性質來看，更可確知《西儒耳目資》實是探究近代漢語共同語語音發展、演變的重要書面語料。

　　《西儒耳目資》是中西學者心血所凝聚成的結晶。筆者鑑於該書有別於傳統韻書的特色，茲從記音方式（語音類型的對比）、斷代音系的擬構、歷時音系的轉移……等方面探究。首先闡釋西儒標音方式對漢語音韻學所造成的衝擊與影響；而後根據《列音韻譜》中的記音，依次剖析全書的聲母、韻母、聲調系統，藉此建構出明末官話音系；最後則以明末官話音系為基點，參酌文獻記載、考查人口遷徙概況，域外學習漢語的情形……等，確立明末官話音系的語音基礎，且更進一步上溯宋、元，下推滿清、民國，探尋近代漢語共同語發展的軌跡，釐清共同語語音演化的脈絡。下文茲將前文論證的結果概述如下，作為本篇論文的總結。

第一節　《西儒耳目資》研究綜述

1. 《西儒耳目資》的記音方式

西儒受到自身母語（印歐語言）的制約，擬訂的標音符號與創製的拼音方式均和傳統漢語音韻學有所差異。語音符號具有限定性，金尼閣援用根植於印歐語言事實的標音符號與拼音方式來詮解漢語音韻現象、記錄漢語語音，必定會有所不逮，因而必得在印歐語言的音韻基礎上，針對漢語所獨具的音韻特色，進行一番適切的調整、改造。如此，將由西方語言事實所推導出的音韻理論，與中國傳統的音韻觀念相結合，方能符合標記漢語的實際需要，亦能切合中國知識階層的認知基礎。

關於西儒記音方式的優越性，學者多未曾深入論及。筆者則從標音符號與拼音方式兩方面著眼，加以闡釋：

（1）以"字母──音素"符號標音

文字符號是用來記錄語言、切分語言的，若能將語流切分的越細，則組合的能力越強，拼音時自然較為便捷、經濟。

傳統漢語音韻學以方塊漢字標記語音。就文字符號記錄語言的方法來分類，漢字屬"表意"文字，無法據形知音；若就就文字符號記錄的語言單位而言，漢字則歸屬於"語素──音節"文字，即每個漢字大都為一個音節，如反切以二字拼成一音，則切語上字的韻母和切語下字的聲母，必為不承載信息的羨餘成份，造成拼讀時不必要的糾葛。西儒以羅馬字母標音，羅馬字母為"字母──音素"文字，以字母記錄音素，不僅可將音節結構進一步離析，且由於字母本身具有一定的音值，可見形而知音，有助於歷史音系的重構。

（2）創製四品切法

"四品切法"將西儒音素拼音的原理，裝入傳統的反切框架中，表面上襲手傳統的反切標音法，但若細部分析其內蘊的音韻概念，可知純為外來的成份。四品切法對傳統的漢語音韻學而言無疑是一種先進的理論，是一套先進的方法。其先進之處主要展現在以下兩方面：

A. 析音精細

《西儒耳目資》（1626）以羅馬字標示漢語音素，已能精細的標示音節中的語音成份，在當時是一種超時代的進步，《四庫提要》評述該書說：「歐邏巴地接西荒，故亦講於聲音之學，其國俗好語精微，凡事刻意研求，故體例頗涉繁碎，然亦自成一家之學」，所謂"好語精微""體例繁碎"亦即是西儒析音精細的具體顯現。

B. 切法明捷

四品切法秉持「同音必同號」的原則，故在切語用字上力求統一，實較傳統反切更爲明晰，而其切語的設置原理已和國語注音符號相當。再者，西儒能自覺地體察出切音中多餘的音素，故四品切法以摘頭去尾的方式免去「羨餘成份」的干擾，與改良反切以同發音方式之延長有別。

2. 斷代音系的重構

關於《西儒耳目資》音系的擬構，羅常培（1930a）、陸志韋（1947b）、李新魁（1982）、曾曉渝（1989）等學者已投注相當多的心力，亦取得可觀的成果。本文對於《西儒耳目資》聲母、韻母、聲調系統的構擬，企圖立足於前人既有的觀點上，對《西儒耳目資》的記音作窮盡式的分析，以客觀的統計數字作爲確立音類的依據，並爬梳文獻語料、參證現代方言調查報告，爲音系所含攝的各個音類擬測出切實可信的音值。以下茲將本文構擬的《西儒耳目資》音系，依聲母、韻母、聲調之次，表列如下：

（1）聲母系統

則 ç[ts]	測'ç[tsʻ]	色 s[s]		
者 ch[tʂ]	撦'ch[tʂʻ]	石 x[ʂ]	日 j[ʐ]	
格 k[k]	克'k[kʻ]	黑 h[x]	額 g[ŋ]	
百 p[p]	魄'p[pʻ]	麥 m[m]	弗 f[f]	物 v[v]
德 t[t]	忒't[tʻ]	搦 n[n]	勒 l[l]	

（2）韻母系統

a〔a〕　e〔ɛ〕　e˙〔ɿ〕　i〔i〕　o〔ɔ〕　o〔o〕　u〔u〕　ủ〔ʮ〕　ụ〔ʯ〕　ul〔ər〕

ia〔ia〕　ie〔iɛ〕　ie˙〔iə〕　　io〔iɔ〕　io〔io〕　　　　iu〔iu〕

ua〔ua〕　ue〔uɛ〕　　uo〔uɔ〕

　　iue〔iuɛ〕

---

ai〔ai〕　ao〔au〕　　　　eu〔əu〕

iai〔iai〕　iao〔iau〕　　ieu〔iəu〕

　uai〔uai〕　　　uei〔uəi〕

---

am〔aŋ〕　em〔əŋ〕　im　　um

	〔iŋ〕	〔uŋ〕
iam 〔iaŋ〕		ium 〔iuŋ〕
uam 〔uaŋ〕	uem 〔uəŋ〕	

an〔an〕	en〔ɛn〕 ／〔ən〕		
	ien〔iɛn〕	in〔in〕	
uan 〔uan〕	uen 〔uɛn〕	un 〔uən〕	uon 〔uɔn〕
	iuen 〔iuɛn〕	iun 〔iun〕	

（3）聲調系統

陰平	陽平	上聲	去聲	入聲
33/44	21	31/42,41	35	24/35

3. 明末官話音系的語音基礎

學者公認《西儒耳目資》反映著明末官話的音韻系統，因此欲探求有明一代官話的標準音，構擬宋元以來漢語共同語發展、變遷的歷史脈絡，《西儒耳目資》實是不可或缺的重要依據。然而，《西儒耳目資》的基礎方音究竟爲何？筆者認爲當是以南京話爲主體的江淮官話。

對於明末官話音系的探究，學者多就文獻史料的記載或明清時人的語文札記著眼，從一鱗片爪的資料上去推求，缺乏系統地論證，因此往往流於主觀臆測，不夠公允。筆者追溯明末官話音系，除從外緣的歷史文獻入手外，更以《西儒耳目資》音系爲考查的基點，藉著《西儒耳目資》的音韻系統在歷時、共時上所展現的音變規律，援用漢語方言分區所用的「特徵判斷法」、「古今比較判斷法」，與現代江淮官話的音韻系統相對比，進而判定「《西儒耳目資》以南京話爲基礎方音」此一論斷的可信度；最後，在「《西儒耳目資》反映明代官話音系」的前提上，轉由另一種角度加以驗證，即依據、域外學習漢語的概況，檢驗明代南京音是否具備成爲期叮語標準音的社會基礎。

（1）正面的探求

現代漢語方音所展現的共時差異，乃是音韻系統在歷時的演變過程中，經由不同音變規律作用所產生的結果，因此若是兩個音系間有相承的同源關係，必當經歷相同音變規則。基於此種預設，《西儒耳目資》的語音歷時演化的規律，逐項與現代江淮官話所呈現的語音特徵相互比照，從而《西儒耳目資》與江淮官話的相合度，據此確立《明末官話的語音基礎。

以下對比聲、韻、調系統，指出《西儒耳目資》音系與江淮官話相應合的特點：

A. 聲母系統的對比：

a. 知、莊分化的類型。

莊組三等的字除了止攝合口和宕攝讀 tʂ 組，其他全讀 ts 組；其他知、莊、章組字除了梗攝二等讀 ts 組，其它全讀 tʂ 組。

b. "徐"、"詳"（邪母）讀爲送氣清塞擦音。

c. 船、禪平聲的讀音類型。

就方言地理分析的類型著眼：《西儒耳目資》船、禪平聲多以讀清擦音爲主；北部官話船、禪平聲則以讀清塞擦音爲主，可見《西儒耳目資》音系的基礎方音與南方官話的語音類型較爲切近。

B. 韻母系統的對比：

a. 音母數量龐大，與江淮官話相近似。

b. 山攝合口字一等韻／二等韻仍保持對立。

c. 山攝重脣合口字仍讀爲合口。

d. 深臻二攝開口洪音與山咸二攝知照系的合流。

e. 遇攝知照系字的分立。

C. 聲調系統的對比：

a. 調類有五：陰平、陽平、上聲、去聲、入聲。

b. 各調調值與早期江淮官話調值相應。

《西儒耳目資》聲調系統雖不見於現代江淮官話區中，但仍存於若干江淮官話方言島中，如：四川廣元、南部、南溪、儀隴與福建南平等地，更可確立《西儒耳目資》的音系基礎當是江淮官話。

凡此均可證明：《西儒耳目資》所展現的音韻特徵與南方官話（江淮官話）的音韻特點相近似，而異於北方官話。據此，可確立明末官話的語音基礎是江淮官話。

（2）側面的檢證

共同語的基礎方言並非決定於人們的主觀願望，而決定於客觀的社會經濟、政治、文化等各方面的條件。因此可依據文獻史料，從政經地位、人口遷徙、傳統慣性、域外學習漢語的情形……等，檢證明代官話音系的語音基礎，是否爲南京話爲主體的江淮官話。

A. 政治、文化、經濟中心

明初之時，南京既是國都所在，又位於經濟富庶的江南之地，故南京無疑是當時全國政治與經濟的中心；再者，明朝的開國功臣多爲江淮人士，江淮官話既爲統治階層所習用，則南京話自然有躍升爲漢語共同語的契機。

B. 明初人口的遷徙

由史書的記載，或殘存在現化北京話的江淮官話底層痕跡，均可證知明初南京的官吏、富民、各行工匠曾大量移徙至北京。故永樂遷都之後，南京在政治、經濟上的優勢地位雖漸爲北京所替代，但南京話仍持續保有作爲官話標準音的社會基礎。

C. 域外學習漢語的情形

域外諸國學習漢語欲達到最大的交際效益，必是以通行度廣、適用性大的官話爲學習的目標，因此考查域外諸國學習漢語的情形，即可窺探出共同語的標準音系。日本學者六角恆廣（1992）、遠藤光曉（1985）、瀨戶口津子（1990）分別論述近代日本、朝鮮、琉球學習漢語的情形，可看出明末之時域外諸國所習用的漢語音系並非以北京話爲基礎，反倒是與江淮官話較爲相近，此無疑說明當時官話的語音基礎爲江淮官話。

綜合以上論述，筆者分別先從「正面的探求」，再予以「測面的檢證」，兩種不同的角度觀察，匯集多條線所，而交會出一致的焦點。如此，當可確知《西儒耳目資》音系基礎是以南京話爲主體的江淮官話。

4. 近代共同語的轉換歷程

近代音韻學者或以《中原音韻》音系與現代國語音系相似，便逕自認定現代國語乃直接承繼《中原音韻》音系而來。對於此種主觀的認定，筆者不禁感到懷疑，蓋因共同語是會隨著政治、經濟、文化、而轉換，自元迄今，北京歷經多次動亂，元代大都話豈能與現代北京話有直線相承的關係？換個角度看，若是現今北京話果眞承繼元代大都音而來，那當如何解釋多數明清官話音系的韻書中仍保有入聲？（詳閱張玉來，1991）如何解釋現代北京音存有文白異讀？

筆者認爲：早期官話乃是基於全民交際需求所形成的自然約定，因其缺乏明確的語音規範，故包含著較多的地方變體──"藍青官話"，具有較大的游移性、複合性。因此欲探究近代共同語發展歷程，當如耿振生（1993）所言：「首要的問題是搞清楚各個時代的共同語的基礎方言在那裡，並且像對待別的方言一樣對待這基礎方言，研究它的斷代面貌和演進過程；再去探討它如何在"官音"中發揮作用，官音與這基礎方言的相同點和相異點各是什麼。」

筆者擇取宋元至明清間能反映實際官話語音的韻書，參酌前賢研究的成果，探求各時期官話音系的斷代面貌；再考查各時期政治、文化、經濟中心的轉易，人口大規模移徙……等社會現象，從而將宋元以來共同語音系的發展歷程，簡示如下（"*"表在共同語轉換過程中，與標準音系疊置的音系）：

宋　　　元　　明初　　明末　清代中末葉　民國
汴汴洛方音→大都音→南京音→南京音→北京音→北京音
　　汴洛方音*　北京音*　南京音*

第二節　論題的再深入

本篇論文乃是以剖析《西儒耳目資》音系爲主體，進而描摹出明末官話的斷代面貌，且在此一斷代音系基點上，上溯宋元、下推明清，冀能釐清近代共同語歷時演化的大致趨勢。由於論題範圍與個人才學所限，因而未能充份剖析各種語料，考查更多文獻，致使本文所得的結論僅是一個大體的輪廓，至於細部的描摹則有待日後更深一層的探究了。筆者私自認爲，此一歷史語言學的論題可再從兩個方面深入研究：

1. 共同語語音發展史

以《西儒耳目資》所反映的明末官話音系爲基點，甄別出能反映實際官話語音的語料，作窮盡式地剖析，由此描摹出各斷代音系的面貌，再依時代先後加以排比、貫串。然而，除直線式的縱向探求外，亦需顧及橫向的擴散。如此，兼顧語音的縱向歷時演化與橫向方言擴散，方能近實地展現出共同語語音發展的情況。

2. 方言區域史

丁邦新（1992）提出"方言區域史"的概念：「方言區域史是以現代或古代某一方言區爲對象，研究那一個區域從古到今方言之間的演變接觸情形。」自漢代以來，江淮已自成一個方言區（嚴耕望，1975）；晉室南渡後，爲江淮注入北方方話的成份，《顏氏家訓·音辭篇》則論及：「摧而量之，獨金陵與洛下耳……。」若此，考查有關江淮方言的資料，結合歷史音韻與現代方言語料，當可對江淮區域的方言演化有更縱深的描述。

附　圖

〔附圖 2-1〕〈萬國音韻活圖〉書影

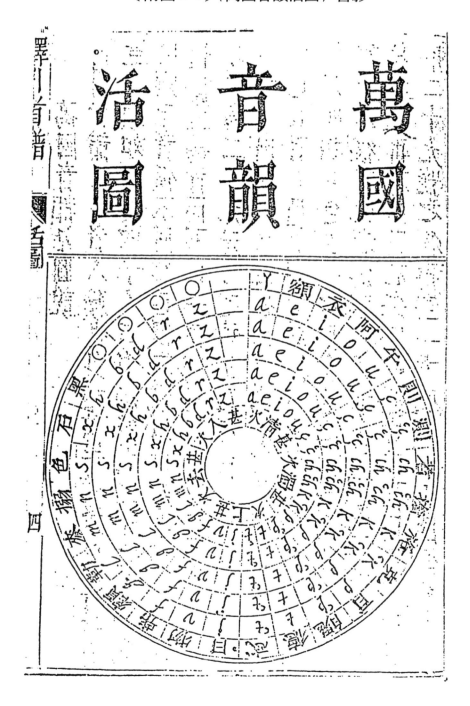

〔附圖 2-2〕〈中原音韻活圖〉書影

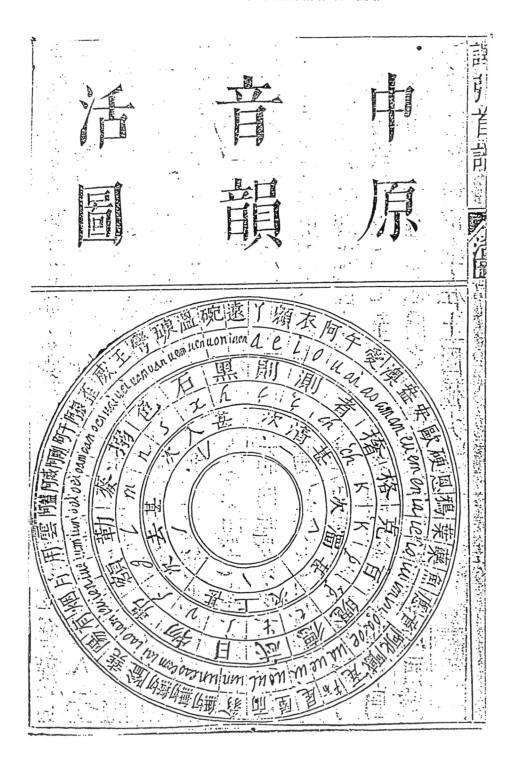

〔附圖 2-3〕〈音韻經緯總局〉書影（首頁）

父	一 自 a	二 鳴 e	三 字 i	四 元 o	五 母 u
ʃ 則者	ça 雜察	çe 則	çi 祭	ço 左	cu 粗
ch 者格	cha 察	che 者	chi 知	cho 竹	chu 主
K 百德	Ka 雜格	Ke 格	Ki 巳	Ko 歌	Ku 古
P 百德	pa 巴	pe 百	pi 備	po 波	pu 布
t 德	ta 大	te 德	ti 地	to 叕	tu 都
J 日	ja 雜日	ʒe 日	ʒi 祗日	ʒo 肉	ʒu 儒
v 物弗	va 鞅法	ve 則物	vi 未	vo 阿物	vu 無
f 弗	fa 法	fe 則佛	fi 非	fo 福	fu 父
g 額勒	ga 雜額	ge 額	gi 衣額	go 我	gu 梧
L 勒麥	La 蠟馬	Le 勒	Li 理	Lo 六	Lu 路
m 麥搦	ma 馬	me 麥	mi 米	mo 木	mu 母
n 搦色	na 納	ne 搦	ni 尼	no 喏	nu 怒
S 色	sa 撒	se 色	si 西	so 俗	Su 數
x 石黑	xa 沙	xe 石	xi 是	xo 熟	xu 書
h 黑	ha 雜黑	he 黑	hi 喜	ho 火	hu 湖

〔附圖2-4〕〈音韻經緯全局〉書影（首頁）

○濤 ○ ã	第濁 ○ â	一上 ○ a	母去 ○ a'	○入 ○ ä	○清 ○ ê	第濁 ○ ê	二上 ○ é	母去 ○ è	○入 ○ ë	同鳴字父
	陸樝差	鮓搓 茶	詐詫	雜擦礼察	遮車	者擽	蔗	宅柵抵撒赫		則測者擽格克百䰀德忒日物弗/額勒麥搦色石黑
巴葩他	琶	把打	霸杷大	公汎達閩 祔法				格客白拍德忒月	忘勒阿搦塞舌赫	
麻拏 沙		馬拿酒	禡那嘎。	蠟帳綱撒殺	蛇	奢	捨	舍	實	

〔附圖 2-5〕〈列音韻譜〉書影（首頁）

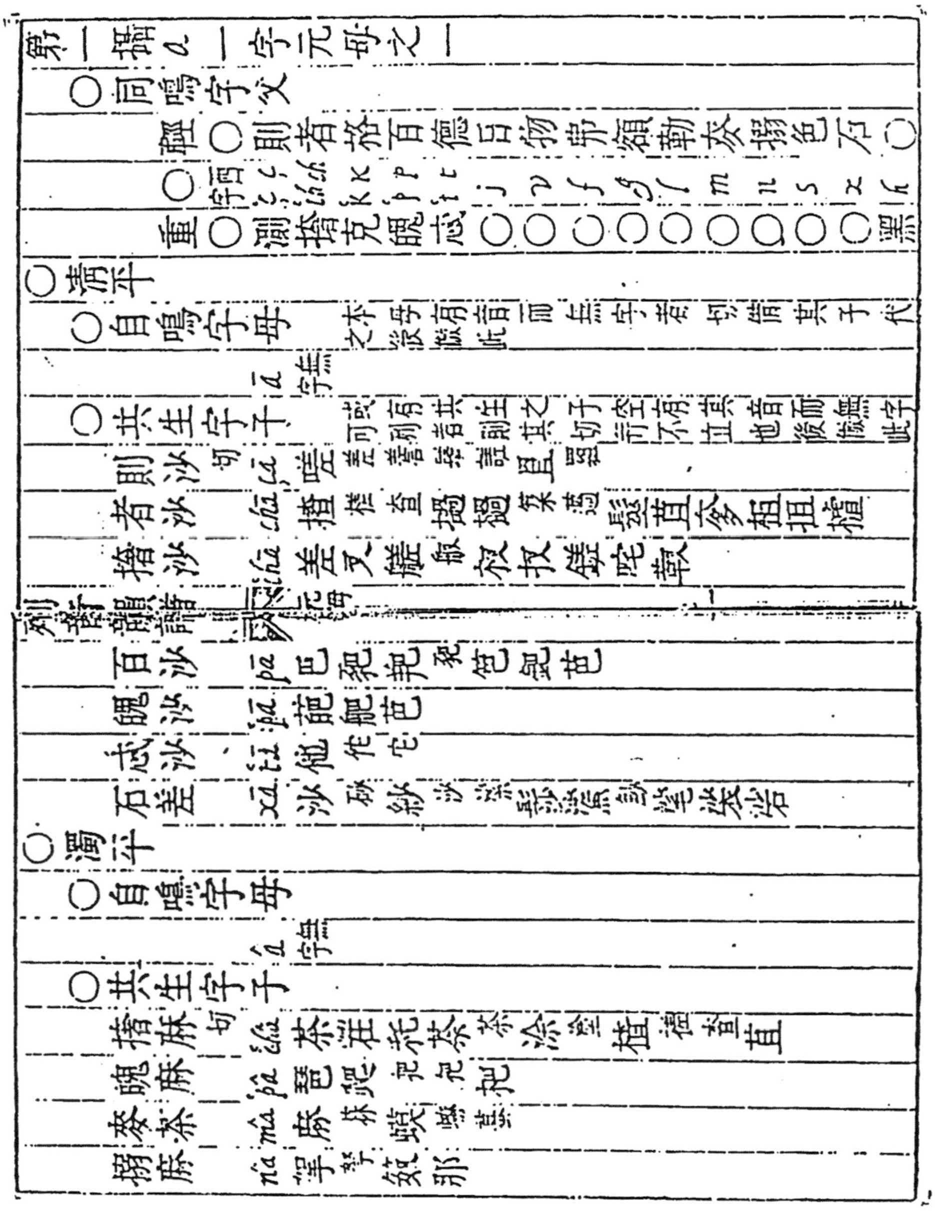

〔附圖2-6〕〈列邊正譜〉書影（部份）

〔附圖 2-7〕〈萬字直音總綱〉（首頁）

〔附圖 3-1〕〈賓主問答詞義〉書影（轉引自楊福綿西元 1986）

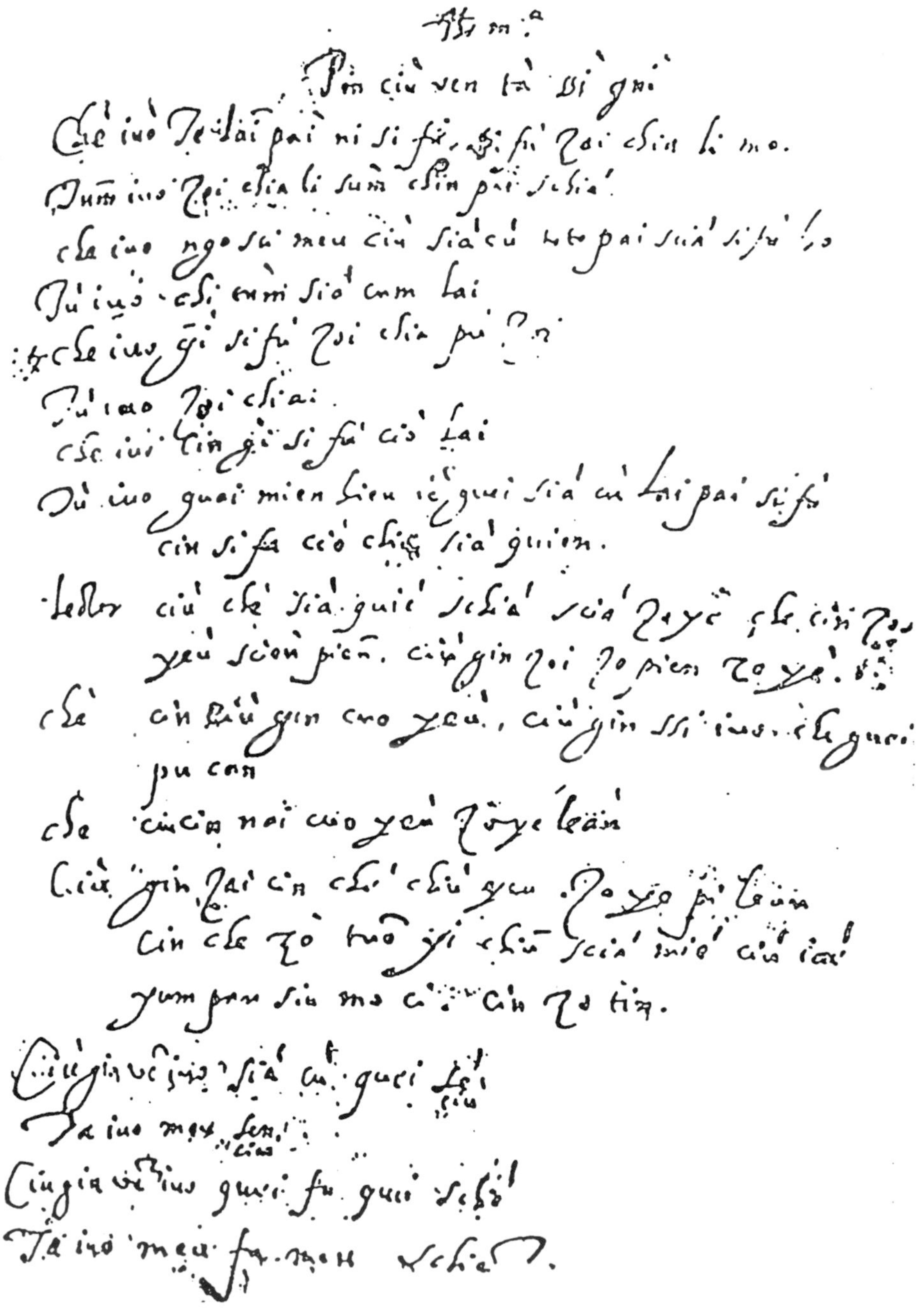

〔附圖 3-2〕〈葡漢辭典〉書影（轉引自楊福綿西元 1986）

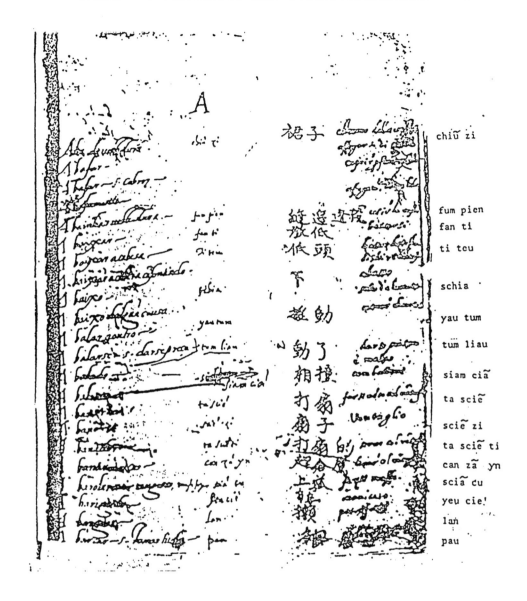

〔附圖3-3〕利瑪竇羅馬字注音文章書影（部份）

〔附圖 3-4〕〈切子四品法圖〉〈切母四品法圖〉書影

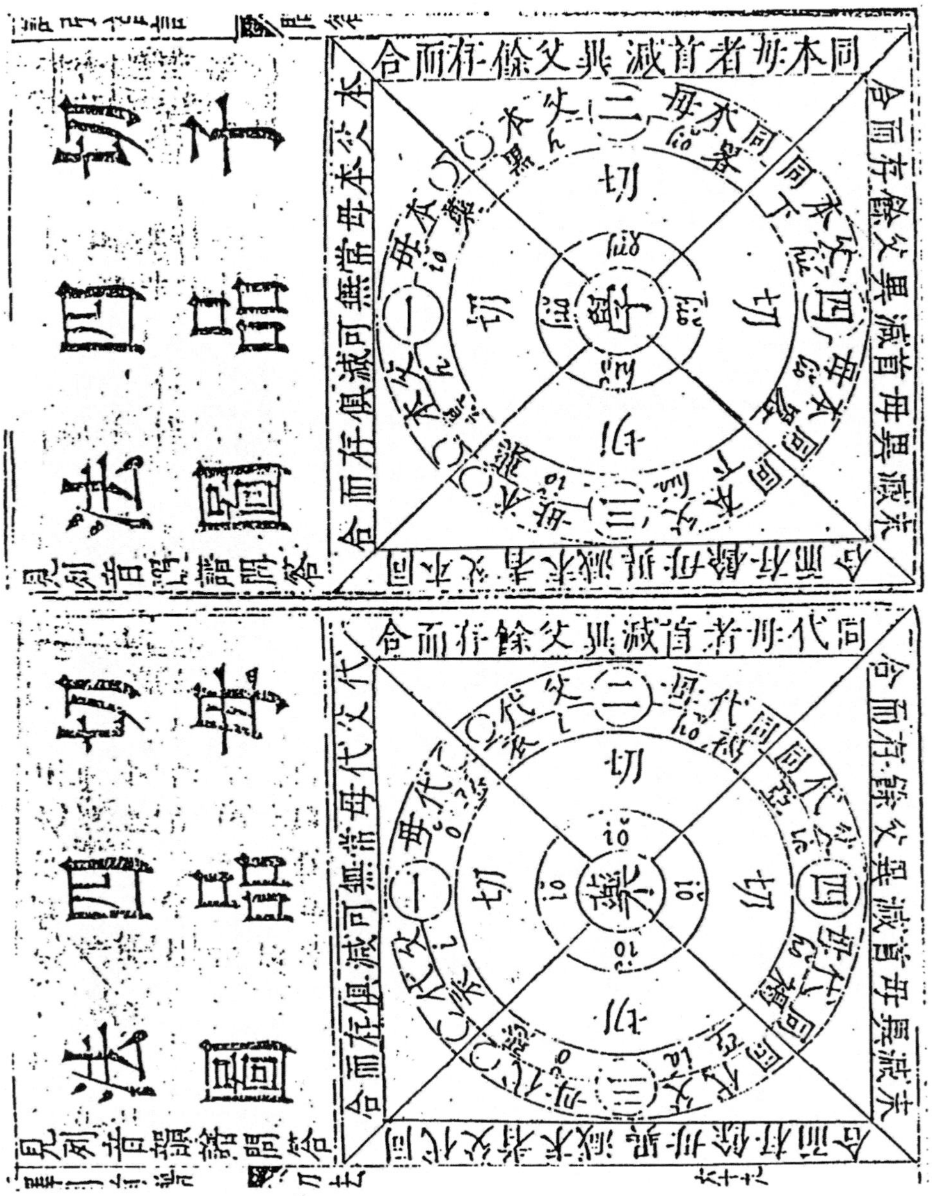

〔附圖 5-1〕〈等韻圖經〉“止攝第三開口篇”書影

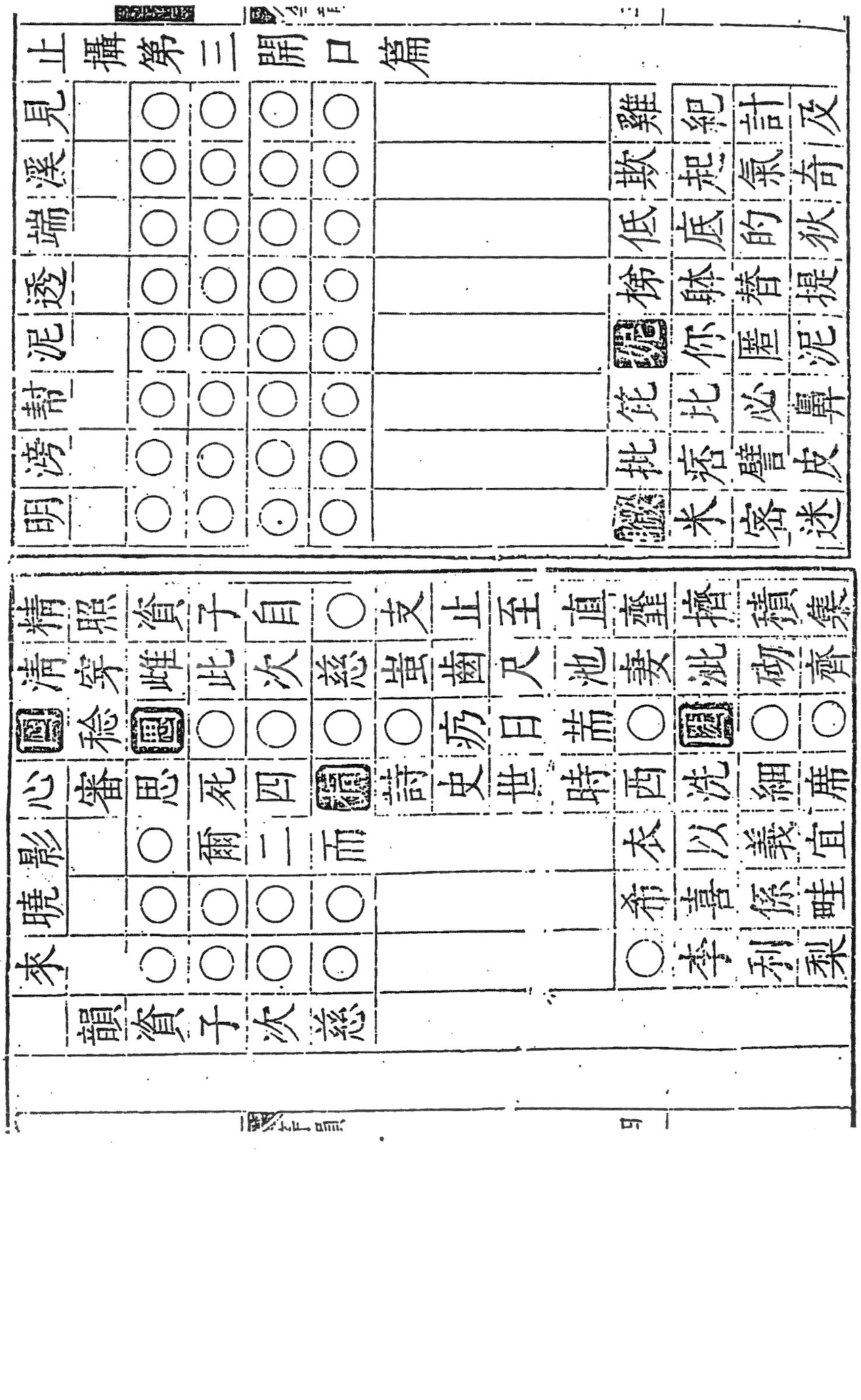

止攝第三開口篇

見	溪	端	透	泥	封	滂	明
○	○	○	○	○	○	○	○
○	○	○	○	○	○	○	○
○	○	○	○	○	○	○	○
○	○	○	○	○	○	○	○
雞	欺	低	梯	[illegible]	篦	批	[illegible]
紀	起	底	體	你	比	痞	米
計	氣	的	替	匿	必	譬	密
及	奇	狄	提	泥	鼻	皮	迷

精	清	[illegible]	心	影	曉	來	
照	穿	稔	審				韻
資	雌	[illegible]	思	○	○	○	資
子	此	○	死	爾	○	○	子
自	次	○	四	二	○	○	次
○	慈	○	[illegible]	而	○	○	慈
支	蚩	○	詩				
止	齒	痧	史				
至	尺	日	世				
直	池	茸	時				
齏	妻	○	西	衣	希	○	
擠	泚	[illegible]	洗	以	喜	李	
積	砌	○	細	義	係	利	
集	齊	○	席	宜	畦	梨	

〔附圖 5-2〕ul 攝字在〈總局〉〈全局〉中的分布

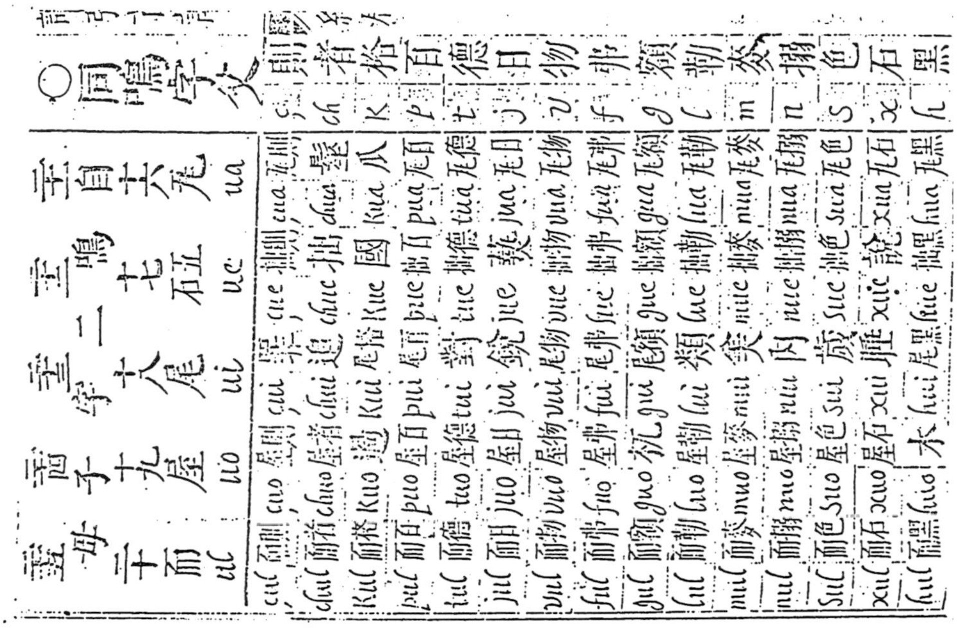

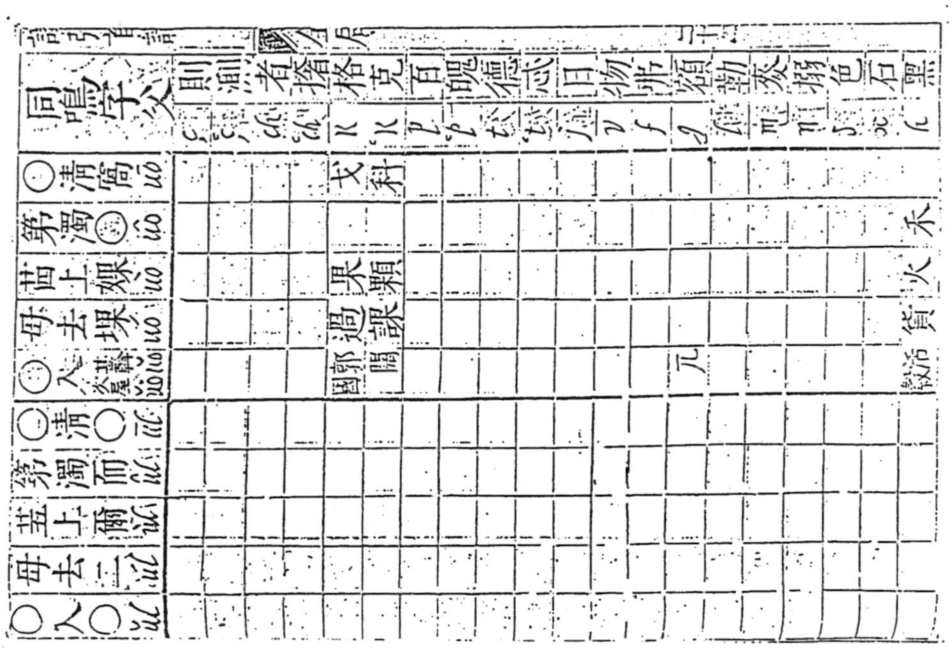

〔附圖 5-3〕〈拙菴韻悟〉“應字提綱”與“八十四偶韻”書影

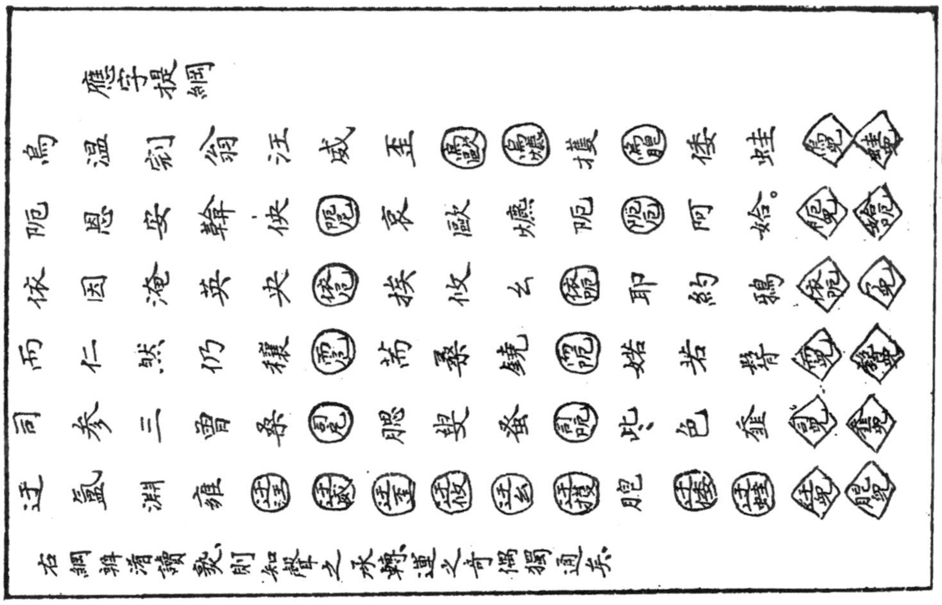

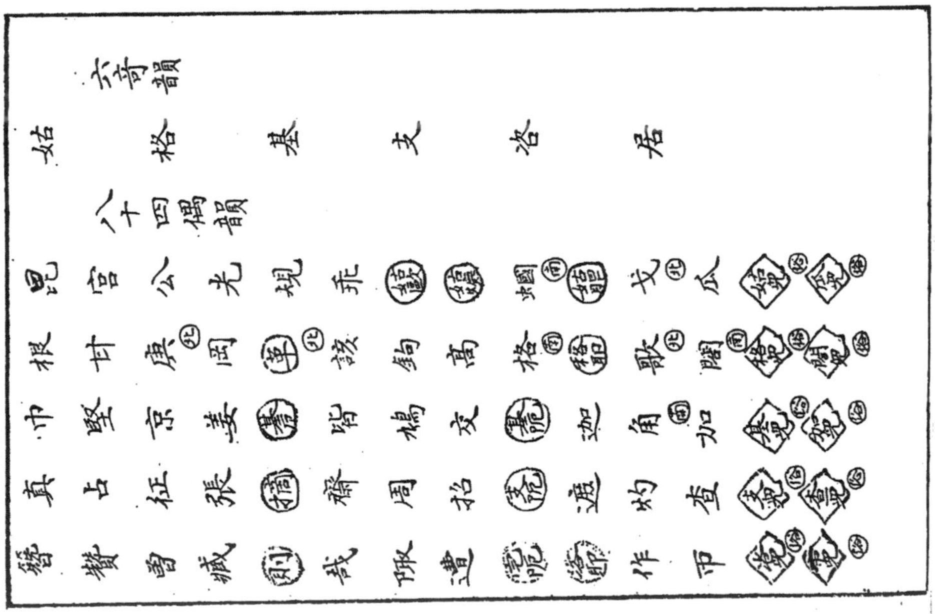

參考書目

一、古籍類

1. 〔宋〕陳彭年（重修）、林尹（校訂），1008，《宋本廣韻》，台北：黎明，1988，（十版），《等韻五種》，台北：藝文，1989，（三版）。

2. 〔元〕周德清，1324，《中原音韻》，台北：藝文，1979。

3. 〔明〕樂韶鳳，1375，《洪武正韻》，台北：商務，四庫全書文淵閣影本。

4. 〔明〕徐孝，1606，《重訂司馬溫公等韻圖經》。

5. 〔明〕程大約，《程氏墨苑》，滋蘭堂本，求藏於中央圖書館。

6. 〔明〕金尼閣，1626，《西儒耳目資》，北京大學 1933 年影印版，據「武林李衙藏板」。

7. 〔明〕方以智，1639，《切韻聲原》，台北：商務，四庫全書文淵閣影本。

8. 〔明〕張位，《問奇集》，寶顏堂秘笈，收錄於《百部叢書》。

9. 〔清〕劉獻廷，《廣陽雜記》，畿輔叢書本。

10. 〔清〕熊士伯，1703，《等切元聲》，尚友堂藏板，求藏於臺灣師大圖書館。

11. 〔清〕李光地，1726，《音韻闡微·凡例》，台北：商務，四庫全書文淵閣影本。

12. 〔清〕趙紹箕，《拙菴韻悟》，臺灣師大國文所圖書館藏書。

13. 〔清〕李汝珍，1805，《李氏音鑑》，木樨山房藏板。

14. 〔清〕裕恩，1840，《音韻逢源》，臺灣師大國文所圖書館藏書。

15. 〔清〕謝啓昆，《小學考》，台北：藝文，1974。

16. 〔明〕尤侗，《明史外國傳》，台北：學生，1977。

17. 〔清〕張廷玉，《明史·佛郎機傳》，台北：中國文化大學。

18.〔清〕鄒漪，《啓禎野乘》，台北：明文。

19.〔清〕陳濟生，《啓禎兩朝遺詩小傳》，台北：明文。

20.〔清〕徐昭儉修，楊兆泰纂，《新絳縣志》，台北：成文，1929。

21.〔民國〕舒其紳等修，嚴長明等纂，《西安府志》，乾隆44年刊本，台北：成文。

二、中文專著、期刊論文

1. 丁邦新，1975，〈平仄新考〉載《史語所集刊》47.1：1-14。

　　1978，〈問奇集所記之明代方音〉載《中央研究院成立五十年紀念論文集》577～592。

　　1982，〈漢語方言區分的條件〉載《清華學報》新14:257～271。

　　1986，〈十七世紀以來北方官話之演變〉載《近代中國區域史研討會論文集》5～15。

　　1987，〈論官話方言研究中的幾個問題〉載《史語所集刊》58.4:809～841。

　　1989，〈漢語聲調的演變〉載《第二屆國際漢學會議論文集》：395～408。

　　1990，〈華語研究的展望〉收錄於《第二屆世界華語文教學研討會論文集》：1～13，台北：世界華文協進會。

　　1992，〈漢語方言史和方言區域史的研究〉載《中國境內語言暨語言學》1:23～39。

2. 于化民，1986，〈"佛郎機"名號源流考〉載《文史》27:195～205。

3. 王　力，1958，《漢語史稿》，北京：科學。

　　1979，〈現代漢語分析中的幾個問題〉載《中國語文》4:281～286。

　　1985，《漢語語音史》，北京：中國社會科學。

　　1991，《漢語音韻》，北京：中華。

4. 王士元，1967，〈聲調的音位特徵〉載《國外語言學》1987.1:1～11（劉漢成、張文軒譯）。

　　1969，〈競爭性演變是剩餘的原因〉收錄於《語音學探微》：225～251，北京：北京大學，1990，（石鋒譯）。

　　1982，〈語言變化的詞匯透視〉載《語言研究》2:34～48。

　　1988a，〈聲調發展方式一說〉載《語文研究》1:38～42，（劉漢成、張文軒譯）。

　　1988b，《語言與語音》，台北：文鶴。

　　1991，〈詞彙擴散的動態描寫〉載《語言研究》1:15～33，（與沈鍾偉合撰）。

5. 王世華，1992，〈揚州話的聲韻調〉載《方言》2:115～119。

6. 王伯熙，1984，〈文字的分類和漢字的性質〉載《中國語文》2:108～116。

7. 王洪君，1985，〈文白異讀與疊置式音變〉載《語言學論叢》17:122～154。

8. 王理嘉，1991a，〈儿化韻研究中的幾個問題〉載《中國語文》2:96～103。

　　　1991b，《音系學基礎》，北京：語文。

9. 〔日〕六角恆廣著／王順洪譯，1992，《日本中國語教育史研究》，北京：北京語言學院。

10. 方　豪，1983，《中西交通史》（下），台北：文化大學。

　　　1988，《中國天主教史人物傳》，北京：中華。

11. 中國大百科全書編委會，1988，《中國大百科全書・語言文字卷》，北京、上海：中國大百科全書。

12. 中國科學院圖書館，1994，《續修四庫全書總目提要・經部小學類》，北京：中華。

13. 中國語言學大辭典編委會，1991，《中國語言學大辭典》，南昌：江西教育。

14. 中國學術名著提要編委會，1992，《中國學術名著提要・語言文字卷》，上海：復旦大學。

15. 〔美〕布龍菲爾德（Bloomfield）／袁家驊等　譯，1955，《語言論》，北京：商務，1980，（袁家驊等譯）

16. 〔日〕平山久雄，1984，〈江淮祖語調值構擬和北方方言祖調值初案〉載《語言研究》1:185～199。

　　　1985，〈日僧安然《悉曇藏》裡關於唐代聲調的記載〉載《王力先生紀念論文集・中文分冊》:1～20，香港：三聯。

17. 石　鋒，1991，〈試論語音的層次〉載《中國語言學報》4:1～14。

　　　1994，〈聲調格局和聲調分類〉收錄於《語音叢稿》:99～110，北京：北京語言學院。

18. 北京大學中國語言文學系，1989，《漢語方音字匯》，北京：文字改革（第二版）。

　　　1994，〈聲調三論〉收錄於《語音叢稿》:123～137，北京：北京語言學院。

19. 白滌洲，1931，〈北音入聲演變考〉載《女師大學術季刊》2.2。

　　　1934，〈漢字標音方法之演進〉載《國學季刊》4.4:515～547。

20. 史靜寰，1983，〈談明清之際入華耶穌會士的學術傳教〉載《內蒙古師大學報》3:73～78。

21. 江蘇省和上海市方言調查組 1960，《江蘇省和上海市方言概況》，南京：江蘇人民。

22. 朱德熙，1958，〈"老乞大諺解""朴通事諺解"書後〉載《北京大學學報》2:69～75。

　　　1986，〈在中國語言和方言學術討論會上的發言〉載《中國語文》4:246～252。

23. 朱曉農，1990，〈百餘年來的/j/→/r/變化〉載《語言學與漢語教學》279～286，北京：北京語言學院。

24. 〔俄〕B.A.伊斯特林著／左少興譯，1965，《文字的產生和發展》，北京：北京大學，1989。

25. 伍巍，1986，〈漢語"-儿"尾縱談〉載《音韻學研究》2:296～304。

26. 呂朋林，1986，〈清代官話讀本研究〉載《古籍整理研究學刊》，3:55～63。

27. 余志鴻，1991，〈儿化和語言結構的變化〉載《江蘇社會科學》2:90～92。

28. 江壽明，1989，〈從《中原音韻》的又讀字，論其非單一語音體系〉載《語文論叢》4:104～107。

29. 李方桂，1980，《上古音研究》，北京：商務。

30. 李如龍，1991a，〈論方言和普通話之間的過渡語〉載《語言・社會・文化》：154～168，北京：語文。

　　　　1991b，《閩語研究》，北京：語文（與陳章太合著）。

　　　　1993，〈套出漢字的魔方——四十年來漢語方言研究的重大突破〉收錄於《中國語文研究四十年論文集》：116～121，北京：北京語言學院。

31. 李思敬，1981，〈漢語音韻學史文獻上的儿化音記錄考〉載《語文研究》1:83～88。

　　　　1986，《漢語儿〔ɚ〕音史》，北京：商務。

32. 李葆嘉，1990，〈論語言類型與文字類型的制約關係〉載《語言文字學》1990.12:5～12。

　　　　1992a，〈漢語音韻研究的歷史考察與反思〉載《南京師大學報》1992.2:69～76。

　　　　1992b，〈論漢語音韻研究的傳統方法與文化學方法〉載《江蘇社會科學》4:106～110。

33. 李秉皓，1993，〈比利時的語言政策〉載《語文建設》11:38～39。

34. 李振麟，1983，〈關於歷史比較語言學的方法論問題〉載《語言研究》1:125～133。

35. 李新魁，1962，〈論《中原音韻》的性質及它所代表的音系〉收錄於《李新魁自選集》：99～133，鄭州：河南教育，1993。

　　　　1979a，〈論《切韻》系統中床禪的分合〉收錄於《李新魁語言學論集》：20～44，北京：中華，1994。

　　　　1979b，〈論近代漢語照系聲母的音值〉載《學術研究》6:38～45。

　　　　1980，〈論近代漢語共同語的標準音〉收錄於《李新魁自選集》：150～167，鄭州：河南教育，1993。

　　　　1982，〈記表現山西方音的《西儒耳目資》〉載《語文研究》1:126～129。

　　　　1983a，《漢語等韻學》，北京：中華。

　　　　1983b，《〈中原音韻〉音系研究》，河南：中州書畫社。

　　　　1984，〈近代漢語介音的發展〉載《音韻學研究》1:471～484。

　　　　1987，〈漢語共同語的形成和發展〉收錄於《李新魁自選集》：266～295，鄭州：河南教育，1993。

　　　　1993，《韻學古籍述要》，西安：陝西人民（與麥耘合編）

36. 李　榮，1965，〈語音演變歸律的例外〉收錄於《音韻存稿》：107～118，北京：商務，1982。

1982，〈論北京話"榮"字的音〉收錄於《語文論衡》：103～106，北京：商務，1985。

1985a，〈官話方言的分區〉載《方言》1:2～5。

1985b，〈論李涪對《切韻》的批評及其相關問題〉載《中國語文》1:1～9。

1987，《中國語言地圖集》，香港：朗文。

37. 杜其容，1976，〈論中古聲調〉載《中華文化復興月刊》9.3:22～30。

1981，〈輕脣音之演變條件〉載《國際漢學會議論文集》213:222。

38. 何大安，1988，《規律與方向：變遷中的音韻結構》，台北：中央研究院史語所。

1991，《聲韻學中的觀念和方法》，台北：大安，（二版）。

39. 何耿鏞，1984，《漢語方言研究小史》，太原：山西教育。

40. 何桂春，1992，〈十年來明清在華耶穌會士研究述評〉載《中國史研究動態》5:12～17。

41. 何高濟、王遵仲、李申　合譯，1983，《利瑪竇中國札記》，北京：中華。

42. 吳宗濟，1980，〈試論普通話語音的"區別特徵"及其相互關係〉載《中國語文》5:321～327。

43. 吳孟雪，1992，〈明清歐人對中國語言文字的研究〉載《文史知識》1～2:42～48,40～45。

44. 吳悅，1987，〈清末切音字運動淺探〉載《復旦學報》4:57～61。

45. 沈福偉，1988，《中西文化交流史》，台北：東華。

46. 邢公畹，1984a，〈說平聲〉載《音韻學研究》第一輯：447～454。

1984b，〈安慶方言入聲字的歷史語音學研究〉載《中國語言學報》2:1～21。

47. 邢福義，1990，《文化語言學》，孝感：湖北教育。

48. 林平和，1975，《明代等韻學之研究》，政治大學博士論文。

49. 林慶勳，1987，〈試論合聲切法〉載《漢學研究》5.1:29～50。

1988，《音韻闡微研究》，台北：學生。

50. 林　燾，1987a，〈北京官話溯源〉載《中國語文》3:161～169。

1987b，〈北京官話區的劃分〉載《方言》：166～172。

1990，《語音探索集稿》，北京：北京語言學院。

1992，《語音學教程》，北京：北京大學，（與王理嘉合著）。

51. 竺家寧，1991，〈近代音史上的舌尖韻母〉載《聲韻學論叢》3:205～221，台北：學生。

1992，〈清代語料中的ㄓ韻母〉載《中正大學學報》3.1:97～119。

1993，〈宋元韻圖入聲分配及其音系研究〉載《中正大學學報》4.1:1～36。

52. 〔法〕房德里耶斯（J. Vendryes）／岑麒祥、葉蜚聲　譯，1992，《語言》，北京：商務。

53. 邵鳴九，1973，《國音沿革六講》，台北：臺灣商務。

54. 邵榮芬，1981，《中原雅音研究》，濟南：山東人民。

55. 宗福邦，1984，〈論入聲的性質〉載《音韻學研究》第一輯：455～470。

56. 周有光，1985，〈劉獻廷和他的《新韻譜》〉載《語言論文集》：261～267。

57. 周法高，1983，〈參加國際中國古文字學研討會和國際漢藏語言學會議的心得〉載《大陸雜誌》67.6:257～266。

58. 周祖謨，1942，〈宋代汴洛語音考〉收錄於《問學集》1979:581～655。

1966，〈關於唐代方言中四聲讀法的一些資料〉載《問學集》，北京：中華。

59. 居　蜜，1966，〈明末清初來華耶穌會士漢姓名考〉載《大陸雜誌》3～5:8～12,16～21,25～32。

60. 姜聿華，1992，《中國傳統語言學要籍述論》，北京：書目文獻。

61. 姜信沆，1980，〈依據朝鮮資料略記近代漢語語音史〉載《史語所集刊》51.3:513～534。

62. 胡明揚，1985，〈普通話和北京話〉收錄於《語言學論文選》：167～187，北京：中國人民大學，1991。

63. 〔法〕保爾巴西（Paul Passy）／劉復　譯，1971，《比較語音學概要》，台北：泰順。

64. 〔英〕R.R.K.哈特曼（Hartmann）、F.C.斯托克（Stork）／黃長著等　譯，1981，《語言語語言學詞典》，上海：上海辭書。

65. 侯精一，1980，〈清人正音書三種〉載《中國語文》1:64～68。

66. 俞　敏，1984，〈北京系的成長和它受的周圍影響〉載《方言》4:272～277。

1987，〈中州音韻保存在山東海邊兒上〉載《河北師院學報》3:66～69。

1989，〈方言區際的橫向系聯〉載《中國語文》6:425～429。

67. 柳眉，1993，《世界常用語言入門知識》，北京：中國人民大學。

68. 柳應九，1991，〈古官話音考——以十五世紀朝鮮時人的認識為中心〉載《語言研究》增刊：80～86。

69. 袁家驊，1989，《漢語方言概要》，北京：文字改革，（第二版）。

70. 孫建元，1990，〈中古影喻疑微諸紐在北京音系裡全面合流的年代〉載《廣西大學報》3:6～14。

71. 〔瑞士〕索緒爾（Saussure）高明凱譯，1985，《普通語言學教程》，台北：弘文館。

72. 耿振生，1992，《明清等韻學通論》，北京：語文。

　　　　　　1993，〈論近代書面音系研究方法〉載《古漢語研究》4:44～52,21。

73. 徐宗澤，1938，《中國天主教傳教史概論》，上海：上海書店 1990

　　　　　　1958，《明清間耶穌會士譯著提要》，台北：台灣中華。

74. 徐　泓，1980，〈明初南京的都市規劃與人口變遷〉載《食貨月刊》10.3:12～46。

　　　　　　1988，〈明初的人口移徙政策〉載《漢學研究》6.2:179～187。

　　　　　　1991，〈明永樂年間的戶口遷徙〉載《國科會研究彙刊・人文及社會科
　　　　　　學》1.2:196～217。

75. 徐通鏘，1981，〈語言發展的不平衡性和歷史比較研究〉收錄於《徐通鏘自選集》：
　　1～21，鄭州：河南教育，1993。

　　　　　　1990，〈結構的不平衡性和語言演變的原因〉載《中國語文》1:1～14。

　　　　　　1991，《歷史語言學》，北京：商務。

　　　　　　1992，《語言學綱要》，北京：北京大學，二版（與葉蜚聲合著）。

　　　　　　1994，〈文白異讀和語音史的研究〉收錄於《現代語言學》：41～60，北
　　　　　　京：語文。

76. 都興宙，1987，〈漢民族共同語入聲韻尾消變軌跡說〉載《青海大學學報》4:71
　　～80。

77. 高本漢，1948，《中國音韻學研究》，台北：臺灣商務，（趙元任、李方桂合譯）。

　　　　　　1963，《中國語之性質及其歷史》，台北：國立編譯館，（杜其容譯）。

78. 郭錦桴，1992，《綜合語音學》，福州：福建教育。

　　　　　　1993，《漢語聲調語調闡要與探索》，北京：北京語言學院。

79. 崇　岡，1982，〈漢語音韻學的回顧與前瞻〉載《語言研究》2:1～10。

80. 曹正義，1987，〈革新韻書《合并字學集韻》述要〉載《文史哲》5:67～68,63。

　　　　　　1991，〈近代-m韻嬗變證補〉載《語言研究》，增刊：142～143。

81. 曹述敬，1991，《音韻學辭典》，長沙：湖南。

82. 莫景西，1992，〈"儿化"、"儿尾"的分類和分區初探〉載《中山大學學報》
　　4:131～138。

83. 黃典誠，1993，《漢語語音史》，合肥：安徽教育。

84. 〔美〕I.麥迪遜（Ian Maddieson）石鋒　譯，1978，〈聲調的共性〉載《語言研究
　　譯叢》，第二輯，1988:205～227。

85. 〔法〕A.梅耶（Antoine Meillet）岑麒祥　譯，1984，〈歷史語言學中的比較法〉收
　　錄於《國外語言學》：1～85，北京：語文。

86. 梅祖麟，1979，〈中古漢語的聲調與上聲的起源〉載《中國語言學論文集》175～
　　197，台北：幼獅，（黃宣範譯）

　　　　　　1982，〈說上聲〉載《清華學報》14.1,2:233～240。

87. 許餘龍，1992，《對比語言學概論》，上海：上海外語教育。

88. 許寶華，1984，〈論入聲〉載《音韻學研究》第一輯：433～446，北京：中華。

1985，〈不規則音變的潛語音條件〉載《語言研究》1:25～37。

89. 康寔鎭，1985，《老乞大・朴通事研究》，臺灣師範大學博士論文。

90. 尉遲治平，1990，〈老乞大朴通事諺解漢字音〉，中國聲韻學國際學術研討會論文，香港：浸會學院。

91. 崔玲愛，1975，《洪武正韻研究》，臺灣大學博士論文。

92. 崔榮昌，1985，〈四川方言的形成〉載《方言》1:6～14。

1986，〈四川省西南官話以外的漢語方言〉載《方言》3:186～187。

1993，〈四川方言研究史上的豐碑——讀《四川方言調查報告》〉載《四川大學學報》1:71～79。

93. 陸志韋，1947a，〈記徐孝重訂司馬溫公等韻圖經〉載《燕京學報》32:169～196。

1947b，〈金尼閣西儒耳目資所記的音〉載《燕京學報》33:115～128。

94. 陳其光，1991，〈漢語鼻音韻尾的演變〉載《語言研究》增刊：122～129。

95. 陳亞川，1991，〈“地方普通話”的性質特徵及其他〉收錄於《漢語集稿》，66～71，北京：北京語言學院，1993。

96. 陳保亞，1993，《語言文化論》，雲南：雲南大學。

97. 陸致極，1992，《漢語方言數量研究探索》，北京：語文。

98. 陳寅恪，1936，〈四聲三問〉載《清華學報》9.2:275～276。

99. 陳梧桐，1984，〈明成祖爲何遷都北京〉載《文史知識》3:21～27。

100. 陳剛，1986，〈關於“媽虎子”及其近音詞〉載《中國語文》5:362～365,373。

101. 陳望道，1939，〈中國拼音文字的演進——明末以來中國語文的新潮〉收錄於《陳望道文集》3:157～164，上海：上海人民，1981。

102. 陳振寰，1986，〈關於古調類調值的一種假設〉載《音韻學研究》2:27～36。

1993，〈中國音韻學研究的四大階段及其形成的原因和條件〉載《語文字學》1:27～31。

103. 陳貴麟，1989，《《古今中外音韻通例》所反映的官話音系，臺灣師大碩士論文。

1993，〈試論基礎音系與主體音系的區別〉收錄於《中國語言學論文集》：79～96，高雄：復文。

104. 陳衛平，1992，《第一頁與胚胎——明清之際的中西文化比較》，上海：上海人民。

105. 陳薰，1979，《合肥方言》，臺灣大學碩士論文。

106. 常瀛生，1993，《北京土話中的滿語》，北京：北京燕山。

107. 曾光平，1989，〈《中原音韻》的語音基礎是大都音〉收錄於《古漢語研究》2:55～62。

108. 曾曉渝，1989，《西儒耳目資》，西南師範大學碩士論文。

1991，〈試論《西儒耳目資》的語音基礎及明代官話的標準音〉載《西南師大學報》1:66〜74。

　　　　　　1992,〈《西儒耳目資》的調值擬測〉載《語言研究》2:132〜136。

109. 游汝杰,1990,《方言與中國文化》,台北:南天,(與周振鶴合著)。

　　　　　　1992,《漢語方言學導論》,上海:上海教育。

　　　　　　1994,〈略論古代漢語方言的構擬〉載《現代語言學》:219〜230。

110. 馮承鈞譯,1938,《入華耶穌會士列傳》,台北:商務,1960。

　　　　　　1941,《明末奉使羅馬教廷耶穌會士卜彌格傳》,台北:商務,1960。

111. 馮　蒸,1989,〈漢語音韻研究方法論〉載《語言教學與研究》3:123〜141。

　　　　　　1990,〈關於《正韻切音指掌》的幾個問題〉載《漢字文化》1:24〜40。

　　　　　　1991a,〈《正韻切音指掌》再探〉收錄於《漢字漢語學術研討會論文集》下:153〜175。

　　　　　　1991b,《實用古代漢語·音韻》,北京:北京出版社。

112. 張玉來,1991a,〈近代漢語官話入聲的消亡過程及其相關的語音性質〉載《山東師大學報》1:64〜68。

　　　　　　1991b,〈元明以來韻書中的入聲問題〉載《中國語文》5:380〜382。

113. 張世祿,1984,《張世祿語言學論文集》,上海:學林。

　　　　　　1986,《中國音韻學史》,台北:臺灣商務。

114. 張光宇,1990,〈漢語發展史與漢語語音史〉收錄於《〈切韻〉與方言》,台北:臺灣商務。

　　　　　　1991,〈漢語方言發展的不平衡性〉載《中國語文》6:431〜438。

115. 張清常,1982,〈-m 韻古今變遷一瞥〉載《語言學論文集》:96〜102,北京:商務,1993。

　　　　　　1983,〈《中原音韻》新著錄的一些異讀〉載《中國語文》1:51〜56。

116. 張啓煥,1993,《河南方言研究》,開封:河南大學。

117. 張維華、孫西合,1985,〈十六世紀耶穌會士在華傳教政策的演變〉載《文史哲》1:23〜33。

118. 張衛東,1992,〈論《西儒耳目資》的記音性質〉載《紀念王力先生九十誕辰文集》:224〜242,濟南:山東教育。

119. 傅力,1991,〈元、明、清三代的"推普"工作〉載《語言建設》9:24〜25。

120. 〔俄〕雅洪托夫(Yakhotov)唐作藩、胡雙寶　選編,1980,〈十一世紀的北京語音〉收錄於《漢語史論集》1986:187〜196,北京:北京大學。

121. 彭小川,1987,〈試論漢語方言分區的典型問題〉載《暨南學報》2:107〜113。

122. 溫端政,1986,〈試論山西晉語的入聲〉載《中國語文》2:124〜127。

　　　　　　1993,《山西方言調查研究報告》,太原:山西高校,(與侯精一合編)

123. 程偉禮,1987,〈基督教與中西文化交流〉載《復旦學報》1:55〜60。

124. 費錦昌，1990，〈現代漢字的性質和特點〉載《語文建設》4:30～35,50。

125. 靳光瑾，1991a，〈北京話文白異讀的形成及消長〉載《語言建設》5:10～12。

　　　　1991b，〈北京話的文白競爭和普通話的正音原則〉載《語言建設》6:31～34。

126. 葉寶奎，1994，〈《洪武正韻》與明初官話音系〉載《廈門大學學報》1:89～93。

127. 楊亦鳴，1989，〈《李氏音鑑》音系的性質〉載《語言研究》2:82～94。

128. 楊秀芳，1987，〈論《交泰韻》所反映的一種明代方音〉載《漢學研究》5.2:329～373。

129. 楊耐思，1958，〈北方話"濁上變去"來源試探〉載《學術月刊》2:72～77。

　　　　1979a，《〈中原音韻〉音系》，北京：中國社會科學。

　　　　1979b，〈近代漢語-m 的轉化〉載《語言學論叢》7:16～27。

　　　　1984，〈漢語"知、章、莊、日"的八思巴字譯音〉載《音韻學研究》1:394～401，北京：中華。

　　　　1990，〈《中原音韻》兩韻并收字讀音考〉載《王力先生紀念論文集》:114～129，北京：商務。

　　　　1993，〈近代漢語語音研究中的三個問題〉收錄於《中國語文研究四十年紀念文集》，北京：北京語言學院。

130. 楊時逢，1984，《四川方言調查報告》，南港：中研院史語所。

　　　　1988，〈西南官話入聲的演變〉載《史語所集刊》59.1:7～11。

131. 楊福綿，1990，〈《葡漢字典》所反映的明末官話音系〉，中國聲韻學國際學術研討會論文，香港：浸會學院。

132. 楊振淇，1991，《京劇音韻知識》，北京：中國戲劇。

133. 楊揚，1985，〈《伊索寓言》的明代譯義抄本——《況義》〉載《文獻》2:266～284。

134. 董同龢，1981，〈聲母韻母的觀念和現代的語音分析理論〉載《董同龢語先生語言論文選集》:341～351，台北：食貨，（丁邦新編）

　　　　1989，《漢語音韻學》，台北：文史哲，十版。

135. 董紹克，1985，〈試論入聲-ʔ尾的語音性質〉載《山東師大學報》3:55～62。

136. 詹伯慧，1981，〈漢語北方方言的一致性和差異性〉收錄於《語言與方言論集》203～218，廣州：廣東人民，1993。

　　　　1991，《現代漢語方言》，台北：新學識。

137. 萬明，1993a，〈從八封信簡看耶穌會士入華的最初歷程〉載《文獻》2:129～142。

　　　　1993b，〈明代後期西方傳教士來華嘗試及其成敗述論〉載《北京大學學報》5:50～60,84。

138. 賈二強，1992，〈明末清初陝西的傳教士〉載《文史知識》6:76～80。

139. 熊正輝，1990，〈官話區方言分 ts.tʂ 的類型〉載《方言》1:1～10。

140. 熊元任，1984，《湖北方言調查報告》，台北：中央研究院歷史語言研究所。

1968，《語言問題》，台北：臺灣商務，1987（五版）。

1992，《趙元任語言學論文選》，北京：清華大學（袁毓林編）

141. 趙世開，1990，《國外語言學概述——流派和代表人物》，北京：北京語言學院。

142. 趙遐秋、曾慶瑞，1962，〈《中原音韻》音系的基礎和"入派三聲"的性質〉載《中國語文》7:312～324。

143. 趙蔭棠，1985，《等韻源流》，台北：文史哲。

144. 寧繼福，1985，《〈中原音韻〉表稿》，吉林：吉林文史。

145. 潘悟雲，1982，〈關於漢語聲調發展的幾個問題——讀王士元先生的 A Note on Tone Development〉載《中國語言學報》（JCL）10.2:361～385。

1983，〈"輕清、重濁"釋〉載《社會科學戰線》2:324～328。

146. 〔日〕遠藤光曉，1985，〈《翻譯老乞大・朴通事》裡的漢語聲調〉載《語言學論叢》13:162～182。

147. 蔣希文，1982，〈從現代方言論中古知莊章三組聲母在《中原音韻》裡的讀音〉載《中國語言學報》1:139～159。

148. 黎新第，1987，〈《中原音韻》"入派三聲"析疑〉載《重慶師院學報》4:67～78。

149. 鄭仁甲，1991，〈漢語捲舌聲母的起源和發展〉載《語言研究》增刊：138～141。

150. 鄭錦全，1966，〈官話方言的聲調徵性跟連調變化〉載《大陸雜誌》33.4:6～12。

1980，〈明清韻書字母的介音與北音顎化源流的探討〉載《書目季刊》14.2:77～87。

1988，〈漢語方言親疏關係的計量研究〉載《中國語文》2:87～102。

151. 魯國堯，1985，〈明代官話及其基礎方音問題——讀《利瑪竇中國札記》載《南京大學學報》4:47～52。

152. 暴拯群，1989，〈試論《中原音韻》的語音基礎〉載《洛陽師專學報》3:45～53。

153. 鄧興鋒，1992，〈明代官話基礎方言新論〉載《南京社會科學》5:112～115。

154. 劉丹青，1994，〈《南京方言詞典》引論〉載《方言》2:81～102。

155. 劉叔新，1990，《漢語描寫詞匯學》，北京：商務。

156. 劉保明，1987，〈《諱辯》"濁上變去"例補證〉載《中國語文》4:308～309。

157. 劉埜，1982，〈《西儒耳目資》與中法文化交流〉載《河北師院學報》1:51～55。

158. 劉俊一，1991，〈漢語音節的三分法和四分法〉載《古漢語研究》3:69～73,56。

159. 劉　靜，1984，〈試論《洪武正韻》的語音基礎〉載《陝西師大學報》4:112～114。

1989，〈《中原音韻》車遮韻的形成、演變及語音性質〉載《陝西師大學報》3:109～112。

1991，〈中原雅音辨析〉載《陝西師大學報》1:65～70。

160. 劉興策，1988，〈試論"楚語"的歸屬〉載《華中師大學報》4:104～111。

161. 〔日〕橋本萬太郎，1982，〈西北方言和中古漢語的硬軟顎音韻尾〉載《語文研究》1:19～33。

1985，《語言地理類型學》，北京：北京大學，（余志鴻　譯）

1991，〈古代漢語聲調調值構擬的嘗試及其涵義〉載《語言學論叢》，第十六輯：47～98。

162. 鮑明煒，1980，〈六十年來南京方音向普通話靠攏情況的考察〉載《中國語文》4:241～245。

1986，〈南京方言歷史演變初探〉載《語言研究集刊》第一輯：376～393。

1990，〈南京方言同音字匯〉，（未刊稿）。

1993，〈江淮方言的特點〉載《南京大學學報》4:71～76 轉 85。

163. 盧海鳴，1991，〈六朝時期南京方言的演變〉載《南京社會科學》2:28～30,27。

164. 應裕康，1972，《清代韻圖之研究》，政治大學博士論文。

165. 薛鳳生，1978，〈論入聲字之演化規律〉載《屈萬里先生七秩榮慶論文集》407～433，台北：聯經。

1980，〈論"支思"韻的形成與演進〉載《書目季刊》14.2:53～74。

1982，〈論音變與音位結構的關係〉載《語言研究》2:11～17。

1986，《國語音系解析》，台北：學生。

1990，《〈中原音韻〉音位系統》，北京：北京語言學院（魯國堯、侍建國譯）。

1992，〈方音重迭與普通話文白異讀之形成〉載《紀念王力先生九十誕辰文集》256～280，（耿振生譯）。

166. 謝雲飛，1975，〈金尼閣《西儒耳目資》析論〉載《南洋大學學報》8/9:62～88。

167. 儲誠志，1987，〈安徽岳西方言的周音字匯〉載《方言》4:284～293。

168. 龍宇純，1989，《韻鏡校注》，台北：藝文。

169. 〔英〕戴維・克里斯特爾（David Crystal）／方立等　譯，1992，《語言學和語音學基礎詞典》，北京：北京語言學院。

170. 顏逸明，1987，〈八十年代漢語方言的分區〉載《華東師大學報》4:59～66。

171. 瞿靄堂，1985，〈漢藏語言調值研究的價值和方法〉載《民族語文》6:1～14。

1992，〈北京話的字調與語調——兼論漢藏語言聲調的性質和特點〉載《中國人民大學學報》5:67～74，（與勁松合撰）。

1993，〈論漢藏語言的聲調〉載《民族語文》6:10～18。

1994，〈論漢藏語言的聲調（續）〉載《民族語文》1:75～78。

172. 〔日〕瀨戶口律子，1990，〈琉球官話課本研究〉，中國聲韻學國際學術研討會論文，香港：浸會學院。

173. 羅常培，1930a，〈耶穌會士在音韻學上的貢獻〉載《史語所集刊》1.3:263～343。

1930b，〈《聲韻同然集》殘稿跋〉載《史語所集刊》1.3:339～343。

1933，〈漢語方音研究小史〉收錄於《羅常培語言學論文選集》：142～156，台北：九思，1963。

1934，《國語字母演進史》，上海：商務。

1935a，〈京劇音韻中的幾個問題〉收錄於《羅常培語言學論文選集》：157〜176，台北：九思，1963。

1935b，〈中國音韻學的外來影響〉載《東方雜誌》32.14:35〜45。

1939，〈從 "四聲" 說到 "九聲"〉載《東方雜誌》36.8:39〜48。

1959，〈論龍果夫的《八思巴字和古官話》〉載《中國語文》12:575〜584。

1982，《漢語音韻學導論》，台北：里仁。

174. 羅　漁，1986，《利瑪竇書信集》，台北：光啓。

175. 蘇　華，1994，〈福建南平方言同音字匯〉載《方言》1:37〜45。

176. 嚴耕望，1975，〈揚雄所記先秦方言地理區〉收錄於《嚴耕望史學論文選集》：71〜94，台北：聯經，1991。

三、外文資料：

1. Frank F.S.Hsueh（薛鳳生），1992 "On Dialectal Overlapping as a Cause for the Literary/Colloquial Contrast in Standard Chinese"收錄於《中國境內語言暨語言學》第一輯 379〜405，台北：中研院史語所。

2. Paul Fu-mei Yang（楊福綿），1986 "The Portuguess-Chinese Dictionary of Matteo Ricci: a Historical and linguistic Introduction"收錄於《第二屆國際漢學會議論文集》，台北：中研院史語所，1989

3. 古屋昭弘，〈明代官話の一資料〉載〔日〕《東洋學報》70.3〜4:360〜384。

附錄 《西儒耳目資》音韻結構分析表

〈表例說明〉

1. 以下諸表乃是依據〈音韻經緯全局〉的格式、次序所編列而成。表中例字悉以〈音韻經緯全局〉所列為準，並參照《列音韻譜》所彙集的同音字組，加以校證。

2. 《西儒耳目資》五十韻攝中，第二攝 e、第十四攝 ie、第四攝 o、第十五攝 io、第廿四攝的入聲韻字均有甚／次的對立。以上諸攝入聲"次"韻字與同攝的平、上、去聲字並無相承的關係，當可另成一獨立的韻類，且在本文第五章【附表】（頁 114～115）已列出諸攝入聲"次"韻字，為避免表格重複、混淆韻類，故以下各表除第五攝外，僅羅列出"甚"韻字。

3. 各表縱列聲母（金尼閣羅馬字注音），橫列韻攝、聲調，將〈音韻經緯全局〉例字實入空格中，每個例字表徵著《列音韻譜》的同音字組。

4. 翻查《廣韻》、《韻鏡》，依序羅列出表中各例字的中古韻攝、開合、等第、聲紐，由此展現出語音歷時演化的趨向。

5. 若表中例字為《廣韻》未收錄的後起字，則更翻查《集韻》、《洪武正韻》……等，推溯其韻攝、開合、等第、聲紐。

第一攝 a　音韻結構分析表

	a[-a]				
	清平	濁平	上聲	去聲	入聲
[ɸ-]					
ç[ts-]	嗟　麻開三／精				雜　合開一／從
'ç[ts'-]					攃　曷開一／清
ch[tʂ-]	楂　麻開二／崇		鮓　馬開二／莊	詐　禡開二／莊	札　黠開二／莊
'ch[tʂ'-]	差　麻開二／初	茶　麻開二／澄	槎　馬開二／崇	詫　麻開二／徹	察　黠開二／初
k[k-]					
'k[k'-]					
p[p-]	巴　麻開二／幫		把　馬開二／幫	霸　禡開二／幫	八　黠開二／幫
'p[p'-]	葩　麻開二／滂	琶　麻開二／並		帊　禡開二／滂	汃　黠合二／滂
t[t-]			打　梗開二／端	大　箇開一／定	達　曷開一／定
't[t'-]	他　歌開一／透				闥　曷開一／透
j[ʐ-]					
v[v-]					襪　月合三／微
f[f-]					法　乏合三／非
g[ng-]					
l[l-]					蠟　盍合一／來
m[m-]		麻　麻開二／明	馬　馬開二／明	禡　禡開二／明	袜　轄開二／明
n[n-]		拏　麻開二／娘	拿　麻開二／娘	那　過合一／泥	納　合開一／泥
s[s-]					撒　合開一／心
x[ʂ-]	沙　麻開二／生		洒　馬開二／生	嗄　禡開二／生	殺　黠開二／生
h[x-]					

第二攝 e　音韻結構分析表

	e[-ɛ]				
	清平	濁平	上聲	去聲	入聲
[ɸ-]					
ç[ts-]					宅　陌開二／澄
'ç[ts'-]					柵　麥開二／初
ch[tʂ-]	遮　麻開三／章		者　馬開三／章	蔗　禡開三／章	哲　薛開三／知
'ch[tʂ'-]	車　麻開三／昌		撦　馬開三／昌		撤　薛開三／徹
k[k-]					格　陌開二／見
'k[k'-]					客　陌開二／溪
p[p-]					白　陌開二／並
'p[p'-]					拍　陌開二／滂
t[t-]					德　德開一／端
't[t'-]					忒　德開一／透
j[ʐ-]			惹　馬開三／日		熱　薛開三／日
v[v-]					
f[f-]					
g[ng-]					厄　麥開二／影
l[l-]					勒　德開一／來
m[m-]					陌　陌開二／明
n[n-]					搦　陌開二／娘

s[s-]					塞 德開一／心
x[ş-]	奢 麻開三／書	蛇 麻開三／船	捨 馬開三／書	舍 禡開三／書	舌 薛開三／船
h[x-]					赫 陌開二／曉

第三攝 i　音韻結構分析表

	i[-i]				
	清平	濁平	上聲	去聲	入聲
[φ-]	衣 微開三／影	移 支開三／以	依 微開三／影	易 寘開三／以	
ç[ts-]	齎 齊開四／精		泲 薺開四／精	祭 祭開三／精	
'ç[ts'-]	妻 齊開四／清	齊 齊開四／從	縷 薺開四／清	砌 霽開四／清	
ch[tş-]	知 支開三／知		止 止開三／章	致 至開三／知	
'ch[tş'-]	鴟 脂開三／昌	馳 支開三／澄	恥 之開三／徹	埴 志開三／昌	
k[k-]	機 微開三／見		己 止開三／見	記 志開三／見	
'k[k'-]	欺 之開三／溪	奇 支開三／群	起 止開三／溪	企 寘開三／溪	
p[p-]	碑 古開三／幫		彼 紙開三／幫	避 寘開三／並	
'p[p'-]	披 支開三／滂	皮 支開三／並	庀 旨開三／滂	譬 寘開三／滂	
t[t-]	隄 齊開四／端		底 薺開四／端	地 至開三／定	
't[t'-]	梯 齊開四／透	題 齊開四／定	體 薺開四／透	替 霽開四／透	
j[ʐ-]					
v[v-]		微 微合三／微	尾 尾合三／微	未 未合三／微	
f[f-]	非 微合三／非	肥 微合三／奉	斐 尾合三／敷	費 未合三／敷	
g[ng-]					

		離 支開三／來	里 止開三／來	詈 寘開三／來	
l[l-]		離 支開三／來	里 止開三／來	詈 寘開三／來	
m[m-]		糜 支開三／明	米 薺開四／明	寐 至開三／明	
n[n-]		泥 齊開四／泥	你 薺開四／泥	詣 霽開四／疑	
s[s-]	西 齊開四／心		徙 紙開三／心	細 霽開四／心	
x[ʂ-]	詩 之開三／書	時 之開三／禪	矢 旨開三／書	侍 志開三／禪	
h[x-]	羲 支開三／曉	奚 齊開四／匣	喜 止開三／曉	係 霽開四／見	

【i攝附註】

〔註1〕〈全局〉在音節〔ci-上聲〕的空格中填入「泲」。該字《廣韻》未收,《集韻》則標注為"子禮切"。

〔註 2〕〈全局〉在音節〔t'i-清平〕的空格中填入「揥」。《列音韻譜》並無此字,可知此當是「梯」字之形誤。

第四攝 o 音韻結構分析表

	o[-ɔ]				
	清平	濁平	上聲	去聲	入聲
[φ-]	阿 歌開一／影		娿 哿開一／影		
ç[ts-]			左 哿開一／精	佐 箇開一／精	昨 鐸開一／從
'ç[ts'-]	瑳 歌開一／清	痤 戈合一／從	瑳 哿開一／清	挫 過合一／精	錯 鐸開一／清
ch[tʂ-]					汋 覺開二／崇
'ch[tʂ'-]					綽 藥開三／昌
k[k-]	歌 歌開一／見		哿 哿開一／見	個 箇開一／見	葛 曷開一／見
'k[k'-]	軻 歌開一／曉		可 哿開一／溪	課 過合一／溪	渴 曷開一／溪
p[p-]	波 戈合一／幫		播 過合一／幫	簸 過合一／幫	剝 覺開二／幫

'p[p'-]	坡 戈合一/滂	婆 戈合一/並	頗 果合一/滂	破 過合一/滂	剝 覺開二/幫
t[t-]	多 歌開一/端		朵 果合一/端	墮 果合一/定	奪 末合一/定
't[t'-]	佗 歌開一/定	駝 歌開一/定	垛 果合一/定	拖 箇開一/透	脫 末合一/透
j[ʐ-]					弱 藥開三/日
v[v-]					
f[f-]				伏 宥開三/奉	縛 藥開三/奉
g[ng-]		莪 歌開一/疑	我 哿開一/疑	餓 箇開一/疑	咢 鐸開一/疑
l[l-]		羅 歌開一/來	邏 箇開一/來	摞 過合一/來	落 鐸開一/來
m[m-]		摩 戈合一/明	麼 果合一/明	磨 過合一/明	抹 末合一/明
n[n-]		儺 歌開一/泥	娜 哿開一/泥	奈 箇開一/泥	諾 鐸開一/泥
s[s-]	梭 戈合一/心		鎖 果合一/心	娑 歌開一/心	索 鐸開一/心
x[ʂ-]					杓 藥開三/禪
h[x-]	訶 歌開一/曉	荷 歌開一/匣	火 果合一/曉	賀 箇開一/匣	曷 曷開一/匣

第五攝 u 甚／次／中對照表

		u				
		清平	濁平	上聲	去聲	入聲
[ɸ-]	甚〔-u〕	烏 模合一/影	吾 模合一/疑	午 姥合一/疑	誤 暮合一/疑	
	次〔-ɿ〕					
	中〔-ʮ〕					
ç[ts-]	甚〔-u〕	租 模合一/精		阻 語開三/初	胙 暮合一/從	崒 術合三/從
	次〔-ɿ〕	貲 脂開三/精		紫 紙開三/精	恣 至開三/精	
	中〔-ʮ〕					

'ç[ts'-]	甚〔-u〕	蟲 模合 一／清	穇 虞合 三／崇	楚 語開 三／初	措 暮合 一／清	焌 術合 三／清
	次〔-ๅ〕	雌 支開 三／清	疵 支開 三／船	此 紙開 三／清	刺 寘開 三／清	
	中〔-ɿ〕					
ch[tʂ-]	甚〔-u〕			詛 御開 三／莊	助 御開 三／崇	
	次〔-ๅ〕					
	中〔-ɿ〕	諸 虞合 三／韋		主 麌合 三／章	著 御合 三／知	尤 術合 三／澄
'ch[tʂ'-]	甚〔-u〕	初 魚開 三／初	鋤 魚開 三／崇	濋 語開 三／初	憷 御開 三／清	
	次〔-ๅ〕					
	中〔-ɿ〕	樞 虞合 三／昌	陰 魚開 三／澄	杵 語開 三／昌	處 御開 三／昌	黜 術合 三／徹
k[k-]	甚〔-u〕	孤 模合 一／見		古 姥合 一／見	顧 暮合 一／見	
	次〔-ๅ〕					
	中〔-ɿ〕					
'k[k'-]	甚〔-u〕	枯 模合 一／溪		苦 姥合 一／溪	庫 暮合 一／溪	
	次〔-ๅ〕					
	中〔-ɿ〕					
p[p-]	甚〔-u〕	逋 模合 一／幫		補 姥合 一／幫	布 暮合 一／幫	
	次〔-ๅ〕					
	中〔-ɿ〕					
'p[p'-]	甚〔-u〕	鋪 模合 一／滂	酺 模合 一／並	普 姥合 一／滂	鋪 暮合 一／滂	
	次〔-ๅ〕					
	中〔-ɿ〕					
t[t-]	甚〔-u〕	都 模合 一／端		睹 姥合 一／端	度 暮合 一／定	
	次〔-ๅ〕					
	中〔-ɿ〕					

't[t'-]	甚〔-u〕	瑹 模合 一／透	徒 模合 一／定	土 姥合 一／透	叨 暮合 一／透	
	次〔ㄣ〕					
	中〔-ㄩ〕					
j[ʑ-]	甚〔-u〕					
	次〔ㄣ〕					
	中〔-ㄩ〕		儒 虞合 三／日	汝 語開 三／日	茹 御開 三／日	入 緝開 三／日
v[v-]	甚〔-u〕		無 虞合 三／微	式 麌合 三／微	務 遇合 一／明	
	次〔ㄣ〕					
	中〔-ㄩ〕					
f[f-]	甚〔-u〕		夫 虞合 三／非	符 虞合 三／本	甫 麌合 三／非	附 遇合 三／來
	次〔ㄣ〕					
	中〔-ㄩ〕					
g[ng-]	甚〔-u〕		吾 模合 一／疑	伍 姥合 一／疑	誤 暮合 一／疑	
	次〔ㄣ〕					
	中〔-ㄩ〕					
l[l-]	甚〔-u〕		盧 模合 一／來	魯 姥合 一／來	路 暮合 一／來	
	次〔ㄣ〕					
	中〔-ㄩ〕					
m[m-]	甚〔-u〕		模 模合 一／明	母 厚開 一／明	暮 暮合 一／明	
	次〔ㄣ〕					
	中〔-ㄩ〕					
n[n-]	甚〔-u〕		奴 模合 一／泥	弩 姥合 一／泥	怒 暮合 一／泥	
	次〔ㄣ〕					
	中〔-ㄩ〕					

s[s-]	甚〔-u〕	蘇 模合 一／心		數 麞合 三／生	訴 暮合 一／心	
	次〔-ɿ〕	私 脂開 三／邪	詞 之開 三／邪	死 脂開 三／心	泗 至開 三／心	率 術合 三／生
	中〔-ʅ〕					恤 術合 三／心
x[ʂ-]	甚〔-u〕					
	次〔-ɿ〕					
	中〔-ʅ〕	書 魚開 三／書	殊 虞合 三／禪	暑 語開 三／書	恕 御開 三／書	術 術合 三／船
h[x-]	甚〔-u〕	呼 模合 一／曉	胡 模合 一／匣	虎 姥合 一／曉	互 暮合 一／匣	
	次〔-ɿ〕					
	中〔-ʅ〕					

第六攝 ai 音韻結構分析

	ai[-ai]				
	清平	濁平	上聲	去聲	入聲
[ɸ-]					
ç[ts-]	栽 治開一 ／精		宰 海開一 ／精	在 代開一 ／從	
‘ç[ts‘-]	猜 咍開一 ／清	才 治開一 ／從	采 海開一 ／清	蔡 泰開一 ／清	
ch[tʂ-]	齋 皆開二 ／莊		豸 蟹三 ／澄	債 卦開二 ／莊	
‘ch[tʂ‘-]	釵 佳開二 ／初	柴 佳開二 ／崇	茝 海開三 ／昌	囆 夬開二 ／徹	
k[k-]	該 咍開一 ／見		改 海開一 ／見	蓋 泰開一 ／見	
‘k[k‘-]	開 治開一 ／溪		愷 海開一 ／溪	概 至開三 ／見	
p[p-]			擺 蟹開二 ／幫	拜 怪開二 ／幫	
‘p[p‘-]		牌 佳開二 ／並		派 卦合二 ／滂	

t[t-]			逮 代開一／定	帶 泰開一／端	
't[t'-]	台 咍開一／透	臺 咍開一／定		泰 泰開一／透	
j[ʐ-]					
v[v-]				外 合一泰／疑	
f[f-]					
g[ng-]	哀 咍開一／影	皚 咍開一／疑	藹 泰開一／影	愛 代開一／影	
l[l-]		來 咍開一／來		賴 泰開一／來	
m[m-]		埋 皆開二／明	買 蟹開二／明	賣 卦合二／明	
n[n-]		能 咍開一／泥	乃 海開一／泥	耐 代開一／泥	
s[s-]	腮 咍開一／心			賽 代開一／心	
x[ʂ-]	篩 脂開三／生		灑 蟹開二／生	曬 卦開二／生	
h[x-]	哈 咍開一／曉	孩 咍開一／匣	海 海開一／曉	害 泰開一／匣	

第七攝 ao 音韻結構分析表

	ao[-au]				
	清平	濁平	上聲	去聲	入聲
[ɸ-]					
ç[ts-]	遭 豪開一／精		早 皓開一／精	漕 號開一／從	
'ç[ts'-]	操 豪開一／清	曹 豪開一／從	草 皓開一／清	造 號開一／清	
ch[tʂ-]	招 宵開三／章		昭 宵開三／章	照 笑開三／章	
'ch[tʂ'-]	超 宵開三／徹	朝 宵開三／徹	炒 巧開二／初	鈔 效開二／初	
k[k-]	高 豪開一／見		縞 皓開一／見	誥 號開一／見	

	清平	濁平	上聲	去聲	
'k[k'-]	尻 豪開一 /溪		考 皓開一 /溪	犒 號開一 /溪	
p[p-]	包 肴開二 /幫		飽 巧開二 /幫	豹 效開二 /幫	
'p[p'-]	胞 肴開二 /幫	跑 肴開二 /並		鉋 效開二 /並	
t[t-]	刀 豪開一 /端		禱 皓開一 /端	道 皓開一 /定	
't[t'-]	叨 豪開一 /透	陶 豪開一 /定	討 皓開一 /透	韜 豪開一 /透	
j[ʐ-]		饒 宵開三 /日	擾 小開三 /日		
v[v-]					
f[f-]					
g[ng-]	鏖 豪開一 /影	熬 豪開一 /疑	襖 皓開一 /影	奧 號開一 /影	
l[l-]		勞 豪開一 /來	老 皓開一 /來	澇 號開一 /來	
m[m-]		茅 肴開二 /明	卯 巧開二 /明	貌 效開二 /明	
n[n-]		撓 巧開二 /娘	腦 皓開一 /泥	鬧 效開二 /娘	
s[s-]	騷 豪開一 /心		嫂 皓開一 /心	瘙 號開一 /心	
x[ʂ-]	燒 宵開三 /書	韶 宵開三 /禪	少 小開三 /書	邵 笑開三 /禪	
h[x-]	蒿 豪開一 /曉	豪 豪開一 /匣	好 皓開一 /曉	號 號開一 /匣	

第八攝 am 音韻結構分析表

	am[-aŋ]				
	清平	濁平	上聲	去聲	入聲
[ɸ-]					
ç[ts-]	臧 唐開一 /精		奘 蕩開一 /從	葬 宕開一 /精	
'ç[ts'-]	倉 唐開一 /清	藏 唐開一 /從	蒼 蕩開一 /清		

ch[tʂ-]	章 陽開三／章		掌 養開三／章	帳 漾開三／知
‘ch[tʂ‘-]	昌 陽開三／昌	常 陽開三／禪	敞 養開三／昌	暢 漾開三／徹
k[k-]	岡 唐開一／見		园 蕩開一／見	扛 江開二／見
‘k[k‘-]	康 唐開一／溪		慷 蕩開一／溪	抗 宕開一／溪
p[p-]	邦 江開二／幫		榜 蕩開一／幫	謗 宕開一／幫
‘p[p‘-]	滂 唐開一／滂	龐 江開二／並		胖 絳開二／幫
t[t-]	當 唐開一／端		黨 蕩開一／端	譡 宕開一／端
‘t[t‘-]	湯 唐開一／透	唐 唐開一／並	儻 蕩開一／透	盪 宕開一／透
j[ʐ-]		穰 陽開三／日	壤 養開三／日	讓 漾開三／日
v[v-]	汪 唐合一／影	忘 漾開三／微	罔 養開三／微	妄 漾開三／微
f[f-]	方 陽開一／非	房 陽開三／奉	紡 養開三／敷	訪 漾開三／敷
g[ng-]		昂 唐開一／疑	盎 蕩開一／影	块 蕩開一／影
l[l-]		郎 唐開一／來	朗 蕩開一／來	浪 宕開一／來
m[m-]		忙 唐開一／明	莽 蕩開一／明	漭 宕開一／明
n[n-]		囊 唐開一／泥	曩 蕩開一／泥	儾 宕開一／泥
s[s-]	桑 唐開一／心		顙 蕩開一／心	喪 宕開一／心
x[ʂ-]	商 陽開三／書	常 陽開三／禪	賞 養開三／書	餉 漾開三／書
h[x-]		杭 唐開一／匣	頏 唐開一／匣	吭 宕開一／匣

第九攝 an 音韻結構分析表

	an[-an]				
	清平	濁平	上聲	去聲	入聲
[ɸ-]					
ç[ts-]	簪 覃開一／精		昝 感開一／精	贊 翰開一／精	
‘ç[ts‘-]	餐 寒開一／清	殘 寒開一／從	慘 感開一／清	粲 翰開一／清	
ch[tʂ-]	詀 咸開二／知		棧 產開二／崇	湛 豏開二／澄	
‘ch[tʂ‘-]	欃 咸開二／崇	讒 咸開二／崇	產 產開二／生	懺 鑑開二／初	
k[k-]	干 寒開一／見		稈 旱開一／見	幹 翰開一／見	
‘k[k‘-]	刊 寒開一／溪		坎 感開一／溪	看 翰開一／溪	
p[p-]	班 刪合二／幫		版 潸合二／幫	瓣 襉開二／並	
‘p[p‘-]	攀 刪合二／滂		昄 潸合二／滂	盼 襉開二／滂	
t[t-]	丹 寒開一／端		亶 旱開一／端	旦 翰開一／端	
‘t[t‘-]	灘 寒開一／透	壇 寒開一／定	坦 旱開一／定	炭 翰開一／透	
j[ʐ-]					
v[v-]			晚 阮合三／微	萬 願合三／微	
f[f-]	番 元合三／敷	煩 元合三／奉	反 阮合三／非	飯 願合三／奉	
g[ng-]	安 寒開一／影	豻 山開二／疑	闇 勘開一／影	按 翰開一／影	
l[l-]		闌 寒開一／來	嬾 旱開一／來	濫 襉開一／來	
m[m-]		蠻 刪合二／明	矕 潸合二／明	慢 諫合二／明	
n[n-]		南 覃開一／泥	赧 潸開二／娘	難 翰開一／泥	

	清平	濁平	上聲	去聲	入聲
s[s-]	三　談開一／心		散　旱開一／心	傘　旱開一／心	
x[ʂ-]	山　山開二		汕　諫開二／生	訕　諫開二／生	
h[x-]	憨　談開一／曉	寒　寒開一／匣	旱　旱開一／匣	翰　翰開一／匣	

第十攝 eu　音韻結構分析表

	eu[-əu]				
	清平	濁平	上聲	去聲	入聲
[ɸ-]					
ç[ts-]	鄒　尤開三／莊		走　厚開一／精	奏　候開一／精	
'ç[tsʻ-]	篘　尤開三／初	愁　尤開三／崇	嗾　厚開一／心	湊　候開一／清	
ch[tʂ-]	周　尤開三／章		肘　有開三／知	胄　宥開三／澄	
'ch[tʂʻ-]	抽　尤開三／澈	酬　尤開三／禪	丑　有開三／澈	臭　宥開三／昌	
k[k-]	勾　侯開一／見		苟　厚開一／見	彀　候開一／見	
'k[kʻ-]	摳　侯開一／溪		口　厚開一／溪	寇　候開一／溪	
p[p-]	裒　侯開一／幫		掊　厚開一／幫		
'p[pʻ-]	秠　尤開三／滂	裒　侯開一／並	瓿　厚開一／並		
t[t-]	兜　侯開一／端		斗　厚開一／端	豆　候開一／定	
't[tʻ-]	偷　侯開一／透	頭　侯開一／定	斢　厚開一／透	透　候開一／透	
j[ʐ-]		柔　尤開三／日	蹂　有開三／日	輮　宥開三／日	
v[v-]					
f[f-]		浮　尤開三／奉	否　有開三／非	覆　宥開三／敷	
g[ng-]	歐　侯開一／影	腢　侯開一／疑	喁　鍾合三／疑	漚　候開一／影	

	清平	濁平	上聲	去聲	入聲
l[l-]		婁　侯開一／來	塿　厚開一／來	陋　候開一／來	
m[m-]		謀　尤開三／明	畝　厚開一／明	茂　候開一／明	
n[n-]		羺　侯開一／泥	穀　厚開一／泥	耨　候開一／泥	
s[s-]	搜　尤開三／生		溲　尤開三／生	漱　候開一／心	
x[ʂ-]	收　尤開三／書		首　有開三／書	狩　宥開三／書	
h[x-]	呴　虞開三／見	侯　侯開一／匣	厚　厚開一／匣	後　候開一／匣	

【eu 攝附註】

〔註 1〕〈全局〉在音節〔heu-濁平〕空格中塡入「候」字。查考《列音韻譜》（頁 53b）可知「候」實爲「侯」字之訛誤。

第十一攝 em　音韻結構分析表

	em[-əŋ]				
	清平	濁平	上聲	去聲	入聲
[φ-]					
ç[ts-]	曾　登開一／精			增　嶝開一／精	
'ç[ts'-]	崝　耕開二／崇	層　登開一／從		剗　嶝開一／清	
ch[tʂ-]	爭　耕開二／莊			偵　映開二／知	
'ch[tʂ'-]	撑　庚開二／徹	棖　庚開二／澄		瞠　庚開二／徹	
k[k-]	更　庚開二／見		梗　梗開二／見	賡　唐開二／見	
'k[k'-]	阬　庚開二／溪		肯　等開一／溪		
p[p-]	崩　登開一／幫		盧　耿開二／並	堋　嶝開一／幫	
'p[p'-]	烹　庚開二／滂	彭　庚開二／並	捧　腫合三／滂		
t[t-]	登　登開一／端		等　等開一／端	嶝　嶝開一／端	

‘t[t‘-]		謄　登開一 ／定		輡　嶝開一 ／透	
j[ẓ-]		仍　蒸開三 ／日		扔　證開三 ／日	
v[v-]					
f[f-]					
g[ng-]				硬　諍開二 ／疑	
l[l-]		輘　登開一 ／來	冷　梗開二 ／來	稜　登開一 ／平	
m[m-]		萌　耕開二 ／明	猛　梗開二 ／明	孟　映開二 ／明	
n[n-]		儜　耕開二 ／娘			
s[s-]	生　庚開二 ／生		省　梗開二 ／生	胜　映開二 ／生	
x[ṣ-]					
h[x-]	亨　庚開二 ／曉	衡　庚開二 ／匣		詻　映開二 ／匣	

【em 攝附註】

〔註1〕〈全局〉在音節〔t’em-去聲〕的空格中填入「輡」。該字《廣韻》未收，《集韻》、《洪武正韻》則標注爲“台鄧切”。

〔註2〕〈全局〉在音節〔lem-濁平〕的空格中填入「輘」。該字《廣韻》未收，《集韻》、《洪武正韻》則標注爲“盧登切”。

〔註3〕〈全局〉在音節〔hem-去聲〕的空格中填入「詻」。該字《廣韻》未收，《集韻》標注“下孟切”，《洪武正韻》則標注爲“胡孟切”。

第十二攝 en　音韻結構分析表

	en[-ən]				
	清平	濁平	上聲	去聲	入聲
[φ-]					
ç[ts-]	臻　臻開二 ／莊			譖　沁開三 ／莊	
‘ç[ts‘-]	琛　侵開三 ／徹	岑　侵開三 ／崇	齔　隱開三 ／初	襯　震開三 ／初	

ch[tʂ-]	氈 仙開三／章		展 獮開三／知	戰 線開三／章	
‘ch[tʂ‘-]	祐 鹽開三／昌	禪 仙開三／禪	闡 獮開三／昌	沾 鹽開三／知	
k[k-]	根 痕開一／見			艮 恨開一／見	
‘k[k‘-]			懇 很開一／溪		
p[p-]					
‘p[p‘-]					
t[t-]					
‘t[t‘-]					
j[ʐ-]		然 仙開三／日	冉 琰開三／日	染 豔開三／日	
v[v-]		文 文合三／微	吻 吻合三／微	問 問合三／微	
f[f-]					
g[ng-]	恩 痕開一／影				
l[l-]					
m[m-]					
n[n-]					
s[s-]	森 侵開三／生		糝 寢開三／生	滲 沁開三／生	
x[ʂ-]	扇 仙開三／書	蟾 鹽開三／禪	閃 琰開三／書	善 獮開三／禪	
h[x-]		痕 痕開一／匣	狠 很開一／匣	恨 恨開一／匣	

【en 攝附註】

〔註1〕〈全局〉在音節〔cen-去聲〕空格中填入「讚」字。此與《列音韻譜》的列字不符，且基於音韻歷時演變的規律，亦可知此空當填入「譖」字而非「讚」，兩者因形近而誤。

〔註2〕〈全局〉在音節〔jen-上聲〕空格中填入「染」字。在音節〔jen-去聲〕空格中實入「冉」字。《列音韻譜》jen-去聲僅收「染」字（頁 62a）；再者，《廣韻》「染」有"如檢切"、"而豔切"二讀，「冉」則僅有"而琰切"一讀。因而，「染」、「冉」兩字的音韻位置當互換。

第十三攝 ia　音韻結構分析表

	ia[-ia]				
	清平	濁平	上聲	去聲	入聲
[φ-]	鴉　麻開二／影	衙　麻開二／疑	雅　馬開二／疑	亞　禡開二／影	鴨　狎開二／影
ç[ts-]					
'ç[ts'-]					
ch[tʂ-]					
'ch[tʂ'-]					
k[k-]	家　麻開二／見		賈　馬開二／見	駕　禡開二／見	甲　狎開二／見
'k[k'-]	伽　麻開三／群			髂　禡開二／溪	恰　洽開二／溪
p[p-]					
'p[p'-]					
t[t-]					
't[t'-]					
j[ʐ-]					
v[v-]					
f[f-]					
g[ng-]					
l[l-]					
m[m-]					
n[n-]					
s[s-]					
x[ʂ-]					
h[x-]	鰕　開二麻／匣	霞　麻開二／匣	閜　馬開二／曉	下　禡開二／匣	瞎　鎋開二／曉

【ia 攝附註】

〔註1〕〈全局〉在音節〔k'ia-清平〕的空格中填入「伽」。該字《廣韻》未收，《集韻》、《韻會》標注 "求迦切"，《洪武正韻》則標爲 "具牙切"。

第十四攝 ie　音韻結構分析表

	ie[-iɛ]				
	清平	濁平	上聲	去聲	入聲
[φ-]		爺　麻開三／以	野　馬開三／以	夜　禡開三／以	葉　葉開三／以
ç[ts-]	罝　開三麻／精		姐　馬開三／精	借　禡開三／精	櫛　櫛開二／莊
'ç[ts‘-]			且　馬開三／清	赸　禡開三／昌	切　屑開四／清
ch[tʂ-]					
'ch[tʂ‘-]					
k[k-]					訐　薛開三／見
'k[k‘-]		茄　麻開三／見			挈　屑開四／溪
p[p-]					蟞　屑開四／並
'p[p‘-]					瞥　屑開四／滂
t[t-]	爹　麻開三／端				絰　屑開四／定
't[t‘-]					鐵　屑開四／透
j[ʐ-]					
v[v-]					
f[f-]					
g[ng-]					
l[l-]					列　薛開三／來
m[m-]					滅　薛開三／明
n[n-]					齧　屑開四／疑
s[s-]	些　麻開三／心	斜　麻開三／邪	寫　馬開三／心	謝　禡開三／邪	屑　屑開四／心
x[ʂ-]					

h[x-]					協　怗開四／匣

【ie 攝附註】

〔註1〕〈全局〉在音節〔ie-濁平〕的空格中填入「爺」字。該字《廣韻》未收，《玉篇》標注為“以遮切”。

第十五攝 io　音韻結構分析表

	io[-iɔ]				
	清平	濁平	上聲	去聲	入聲
[φ-]					藥　開三藥／以
ç[ts-]					爵　開三藥／精
ʻç[tsʻ-]					鵲　開三藥／清
ch[tʂ-]					
ʻch[tʂʻ-]					
k[k-]					腳　開三藥／見
ʻk[kʻ-]					殼　開二覺／溪
p[p-]					
ʻp[pʻ-]					
t[t-]					
ʻt[tʻ-]					
j[ʐ-]					
v[v-]					
f[f-]					
g[ng-]					
l[l-]					略　開三藥／來
m[m-]					
n[n-]					虐　開三藥／疑
s[s-]					削　開三藥／心
x[ʂ-]					
h[x-]					學　開二覺／匣

第十六攝 iu 音韻結構分析表

| | iu[-iʉ] | | | | |
	清平	濁平	上聲	去聲	入聲
[φ-]	迂 虞合一／影	魚 魚開三／疑	語 語開三／疑	御 御開三／疑	域 職合三／于
ç[ts-]	疽 魚開三／清		沮 語開三／從	聚 遇合三／從	
'ç[ts'-]	趨 虞合三／清	徐 魚開三／邪	取 麌合三／清	娶 遇合三／清	焌 術合三／清
ch[tʂ-]					
'ch[tʂ'-]					
k[k-]	居 魚開三／見		舉 魚開三／見	據 御開三／見	苗 黠合二／莊
'k[k'-]	墟 魚開三／溪	渠 魚開三／群	齲 麌合三／溪	去 遇合三／溪	屈 物合三／溪
p[p-]					
'p[p'-]					
t[t-]					
't[t'-]					
j[ẓ-]					
v[v-]					
f[f-]					
g[ng-]					
l[l-]		閭 魚開三／來	旅 語開三／來	慮 御開三／來	律 術合三／來
m[m-]					
n[n-]		袽 魚開三／娘	女 語開三／娘	女 御開三／娘	
s[s-]	須 虞合三／心	徐 魚開三／邪	胥 語開三／心	絮 御開心／心	恤 術合三／心
x[ʂ-]					
h[x-]	虛 魚開三／曉		許 語開三／曉	噓 御開三／曉	殈 錫合四／曉

【iu 攝附註】

〔註 1〕〈全局〉在音節〔c'iu-濁平〕的空格中塡入「焌」字。查考《列音韻譜》（頁 76a）可知「焌」實爲「焌」字之訛誤。

第十七攝 im 音韻結構分析

	im[-iŋ]				
	清平	濁平	上聲	去聲	入聲
[ɸ-]	英 庚開三／影	迎 庚開三／疑	影 梗開三／影	應 證開三／影	
ç[ts-]	精 清開三／精		井 靜開三／精	淨 勁開三／從	
ʻç[tsʻ-]	清 清開三／清	情 清開三／從	請 靜開三／清	倩 勁開三／清	
ch[tʂ-]	貞 清開三／知		整 靜開三／章	正 勁開三／章	
ʻch[tʂʻ-]	稱 蒸開三／昌	成 清開三／禪	逞 靜開三／徹	遉 勁開三／徹	
k[k-]	京 庚開三／精		境 梗開三／見	敬 映開三／見	
ʻk[kʻ-]	卿 庚開三／溪	檠 庚開三／群	謦 迥開四／溪	慶 勁開三／溪	
p[p-]	兵 庚開三／幫		丙 梗開三／幫	病 映開三／並	
ʻp[pʻ-]	砰 耕開二／滂	平 庚開三／並	頩 迥開四／滂	聘 映開三／滂	
t[t-]	釘 青開四／端		頂 迥開四／滂	定 徑開四／定	
ʻt[tʻ-]	聽 青開四／透	庭 青開四／定	挺 迥開四／定	聽 徑開四／透	
j[ʐ-]					
v[v-]					
f[f-]					
g[ng-]					
l[l-]		令 庚開三／來	領 靜開四／來	另 徑開四／來	
m[m-]		明 庚開三／來	皿 梗開三／明	命 映開三／明	
n[n-]		寧 青開四／泥	濘 迥開四／泥	甯 徑開四／泥	
s[s-]	惺 青開四／心	餳 清開三／邪	省 靜開三／心	性 勁開三／心	
x[ʂ-]	升 蒸開三／書	繩 蒸開三／船		勝 證開三／書	

h[x-]	馨 青開四／曉	形 青開四／匣	悻 迥開四／匣	行 映開三／匣

【im 攝附註】

〔註 1〕〈全局〉在音節〔lim-去聲〕的空格中塡入「另」字。該字《廣韻》未收，《五音集韻》標注爲"郎定切"。

第十八攝 in 音韻結構分析表

	in[-in]				
	清平	濁平	上聲	去聲	入聲
[φ-]	因 眞開三／影	寅 眞開三／以	引 軫開三／以	印 震開三／影	
ç[ts-]	津 眞開三／精		儘 軫開三／精	燼 震開三／從	
'ç[ts'-]	親 眞開三／清	泰 眞開三／從	寢 寢開三／清	沁 沁開三／清	
ch[tʂ-]	眞 眞開三／章		軫 軫開三／章	震 震開三／章	
'ch[tʂ'-]	嗔 眞開三／昌	陳 眞開三／澄	辴 軫開三／徹	趁 震開三／徹	
k[k-]	巾 眞開三／見		緊 軫開三／見	僅 震開三／群	
'k[k'-]	欽 侵開三／溪	勤 欣開三／群		菣 震開三／溪	
p[p-]	賓 眞開三／幫		稟 寢開三／幫	擯 震開三／幫	
'p[p'-]	繽 眞開三／滂	頻 眞開三／並	品 寢開三／滂		
t[t-]					
't[t'-]					
j[ʐ-]		人 眞開三／日	忍 軫開三／日	刃 震開三／日	
v[v-]					
f[f-]					
g[ng-]					
l[l-]		鄰 眞開三／來	廩 寢開三／來	吝 震開三／來	
m[m-]		民 眞開三／明	敏 軫開三／明		

	清平	濁平	上聲	去聲	入聲
n[n-]		紉 眞開三/娘		賃 沁開三/娘	
s[s-]	辛 眞開三/心	尋 侵開三/邪		信 震開三/心	
x[ş-]	申 眞開三/書	辰 眞開三/禪	沉 寢開三/書	愼 震開三/禪	
h[x-]	欣 欣開三/曉	礦 眞開三/匣		釁 震開三/曉	

第十九攝 oa　音韻結構分析表

	oa[-ua]				
	清平	濁平	上聲	去聲	入聲
[φ-]					
ç[ts-]					
‘ç[ts‘-]					
ch[tʂ-]					
‘ch[tʂ‘-]					
k[k-]					
‘k[k‘-]					
p[p-]					
‘p[p‘-]					
t[t-]					
‘t[t‘-]					
j[ʐ-]					
v[v-]					
f[f-]					
g[ng-]					
l[l-]					
m[m-]					
n[n-]					
s[s-]					
x[ʂ-]			耍 馬開二/生		刷 鎋合二/生
h[x-]	花 麻合二/曉	華 麻二合/匣	踝 馬合二/匣	化 禡合二/曉	滑 黠合二/匣

【oa攝附註】

〔註1〕〈全局〉在音節〔xoa-上聲〕的空格中填入「耍」字。該字《廣韻》未收，《篇海》標注為“沙下切”。

第二十攝 oe 音韻結構分析表

	oe[-uɛ]				
	清平	濁平	上聲	去聲	入聲
[φ-]					
ç[ts-]					
'ç[ts'-]					
ch[tʂ-]					
'ch[tʂ'-]					
k[k-]					
'k[k'-]					
p[p-]					
'p[p'-]					
t[t-]					
't[t'-]					
j[ʐ-]					
v[v-]					物　物合三／微
f[f-]					佛　物合三／敷
g[ng-]					
l[l-]					
m[m-]					
n[n-]					
s[s-]					
x[ʂ-]					
h[x-]					㦗　陌合二／曉

第廿一攝 ua 音韻結構分析表

	ua[-ua]				
	清平	濁平	上聲	去聲	入聲
[φ-]	蛙　合二佳／影		瓦　馬合二／疑	凹　洽開二／影	嘞　黠合二／影
ç[ts-]					
'ç[ts'-]	髽　合二麻／莊				
ch[tʂ-]					

	清平				
'ch[tʂ'-]					
k[k-]	瓜　麻合二／見		寡　馬合二／見	卦　卦合二／見	刮　鎋合二／見
'k[k'-]	誇　麻合二／溪		骻　馬合二／溪	胯　禡合二／溪	
p[p-]					
'p[p'-]					
t[t-]					
't[t'-]					
j[ʐ-]					
v[v-]					
f[f-]					
g[ng-]					
l[l-]					
m[m-]					
n[n-]					
s[s-]					
x[ʂ-]					
h[x-]					

第廿二攝 ue　音韻結構分析表

	ue[-uɛ]				
	清平	濁平	上聲	去聲	入聲
[ɸ-]					
ç[ts-]					
'ç[ts'-]					
ch[tʂ-]					拙　薛合三／章
'ch[tʂ'-]					啜　薛合三／昌
k[k-]					國　德合一／見
'k[k'-]					
p[p-]					
'p[p'-]					
t[t-]					

't[t'-]				
j[z̩-]				爇　薛合三／日
v[v-]				
f[f-]				
g[ng-]				
l[l-]				
m[m-]				
n[n-]				
s[s-]				
x[ṣ-]				說　薛合三／書
h[x-]				

第廿三攝 ui　音韻結構分析表

	ui[-ui]				
	清平	濁平	上聲	去聲	入聲
[ɸ-]		微　微合三／微	尾　尾合三／微	未　未合三／微	
ç[ts-]	嗺　灰合一／精		觜　紙合三／精	醉　至合三／精	
'ç[ts'-]	催　灰合一／清	摧　灰合一／從	崒　隊合一／精	翠　至合三／清	
ch[tṣ-]	追　脂合三／知		捶　紙合三／章	惴　寘合三／章	
'ch[tṣ'-]	吹　支合三／昌	垂　支合三／禪	揣　紙合三／昌	喙　祭合三／昌	
k[k-]					
'k[k'-]					
p[p-]					
'p[p'-]					
t[t-]	堆灰合一／端		隊　隊合一／定	兌　泰合一／定	
't[t'-]	推　灰合一／透	頹　灰合一／定	腿　賄合一／透	娧　泰合一／透	
j[z̩-]		綏　脂合三／日	蕊　紙合三／日	銳　祭合三／以	

v[v-]				
f[f-]				
g[ng-]				
l[l-]	雷　灰合一／來	累　紙合三／來	類　隊合一／來	
m[m-]		眉　脂開三／明	美　旨開三／明	眛　泰合一／明
n[n-]		挼　灰合一／心	餒　賄合一／泥	內　隊合一／泥
s[s-]	雖　脂合三／心	隨　支合三／邪	髓　紙合三／心	遂　至合三／邪
x[ş-]	榱　脂合三／生	誰　脂合三／禪	水　旨合三／書	睡　寘合三／禪
h[x-]				

第廿四攝 uo　音韻結構分析表

	uo[-uɔ]				
	清平	濁平	上聲	去聲	入聲
[φ-]	窩　戈合一／影		媧　果合一／影	堁　過合一／溪	斡　末合一／影
ç[ts-]					
'ç[ts'-]					
ch[tʂ-]					
'ch[tʂ'-]					
k[k-]	戈　戈合一／見		果　果合一／見	過　過合一／見	郭　鐸合一／見
'k[k'-]	科　戈合一／溪		顆　果合一／溪	課　過合一／溪	闊　末合一／溪
p[p-]					
'p[p'-]					
t[t-]					
't[t'-]					
j[ʐ-]					
v[v-]					
f[f-]					
g[ng-]					兀　沒合一／疑

l[l-]				
m[m-]				
n[n-]				
s[s-]				
x[ş-]				
h[x-]		禾　戈合一／匣	火　果合一／曉	貨　過合一／曉	活末合一／匣

【iuo 攝附註】

〔註1〕〈全局〉在音節〔ou-清平〕的空格中填入「窩」。該字《廣韻》未收，《集韻》、《洪武正韻》則標注爲"烏禾切"。

第廿五攝 ul　音韻結構分析表

	ul[-ər]				
	清平	濁平	上聲	去聲	入聲
[φ-]		而　之開三／日	爾　紙開三／日	二　至開三／日	
ç[ts-]					
'ç[ts'-]					
ch[tş-]					
'ch[tş'-]					
k[k-]					
'k[k'-]					
p[p-]					
'p[p'-]					
t[t-]					
't[t'-]					
j[z̧-]					
v[v-]					
f[f-]					
g[ng-]					
l[l-]					
m[m-]					
n[n-]					
s[s-]					
x[ş-]					
h[x-]					

第廿六攝 um 音韻結構分析表

	um[-uŋ]				
	清平	濁平	上聲	去聲	入聲
[φ-]	翁 東合一/影		蓊 董合一/影	甕 送合一/影	
ç[ts-]	宗 多合一/精		總 董合一/精	綜 宋合一/精	
‘ç[ts‘-]	蔥 東合一/清	從 鍾合三/從			
ch[tʂ-]	中 東合三/知		種 腫合三/章	仲 送合三/澄	
‘ch[tʂ‘-]	沖 東合三/澄	蟲 東合三/澄	寵 腫合三/徹	趨 用合三/徹	
k[k-]	弓 東合三/見		拱 腫合三/見	貢 送合一/見	
‘k[k‘-]	空 東合一/溪		孔 董合一/溪	控 送合一/溪	
p[p-]			菶 董合一/並		
‘p[p‘-]		蓬 東合一/並			
t[t-]	東 東合一/端		董 董合一/端	凍 送合一/端	
‘t[t‘-]	通 東合一/透	同 東合一/定	統 宋合一/透	痛 送合一/透	
j[ʐ-]		戎 東合三/日	冗 腫合三/日		
v[v-]					
f[f-]	風 東合三/非	馮 東合三/奉	奉 腫合三/奉	縫 用合三/奉	
g[ng-]					
l[l-]		龍 鍾合三/來	籠 董合一/來	弄 送合一/來	
m[m-]		蒙 東合一/明	蠓 董合一/明	夢 送合一/明	

	清平	濁平	上聲	去聲	
n[n-]		農 多合一／泥	癑 腫合三／心	送 送合一／心	
s[s-]	嵩 東合三／心		蜙 腫合三／心	送 送合一／心	
x[ṣ-]	舂 鍾合三／書	慵 鍾合三／禪	瘇 腫合三／禪		
h[x-]	烘 東合一／曉	紅 東合一／匣	鴻 董合一／匣	橫 映合二／匣	

【um 攝附註】

〔註 1〕〈全局〉在音節〔ch'um-去聲〕空格中填入「舂」字。查考《列音韻譜》（頁 101a）可知「舂」當爲「恿」字之訛誤。

〔註 2〕〈全局〉在音節〔pum-上聲〕空格中無字，但《列音韻譜》在 pum 下，列有同音字組「菶玤唪……」（頁 100a）。〈全局〉漏收，今則據《列音韻譜》補入。

〔註 3〕〈全局〉在音節〔hum-去聲〕空格中填入「懭」字。查考《列音韻譜》（頁 101a）可知「懭」當爲「橫」字之訛誤。

第廿七攝 un 音韻結構分析表

	un[-un]				
	清平	濁平	上聲	去聲	入聲
[ɸ-]					
ç[ts-]	尊 魂合一／精		撙 混合一／精	鐏 慁合一／從	
'ç[ts'-]	村 魂合一／清	存 魂合一／從	忖 混合一／清	寸 慁合一／清	
ch[tṣ-]	諄 諄合三／章		準 準合三／章	稕 稕合三／章	
'ch[tṣ'-]	椿 諄合三／徹	脣 諄合三／船	蠢 準合三／昌		
k[k-]					
'k[k'-]					
p[p-]					
'p[p'-]					
t[t-]	敦 魂合一／端		盾 混合一／定	頓 慁合一／端	
't[t'-]	暾 魂合一／透	屯 魂合一／定	瞳 混合一／透	鈍 魂合一／定	

j[ʐ̩-]		瞤 諄合三／日	蠕 準合三／日	潤 稕合三／日	
v[v-]					
f[f-]					
g[ng-]					
l[l-]		淪 諄合三／來		論 慁合一／來	
m[m-]					
n[n-]				嫩 慁合一／泥	
s[s-]	孫 魂合一／心		損 混合一／心	巽 慁合一／心	
x[ʂ-]		純 諄合三／禪	盾 準合三／船	瞬 稕合三／書	
h[x-]					

第廿八攝 eao　音韻結構分析

	eao[-iau]				
	清平	濁平	上聲	去聲	入聲
［ɸ-]					
ç[ts-]					
'ç[ts'-]					
ch[tʂ-]					
'ch[tʂ'-]					
k[k-]					
'k[k'-]					
p[p-]					
'p[p'-]					
t[t-]					
't[t'-]					
j[ʐ̩-]					
v[v-]					
f[f-]					
g[ng-]					

l[l-]		聊　蕭開四 ／來	了　篠開四 ／來	料　嘯開四 ／來	
m[m-]					
n[n-]					
s[s-]					
x[ṣ-]					
h[x-]					

第廿九攝 eam　音韻結構分析

	eam[-iaŋ]				
	清平	濁平	上聲	去聲	入聲
[ɸ-]					
ç[ts-]					
'ç[ts'-]					
ch[tṣ-]					
'ch[tṣ'-]					
k[k-]					
'k[k'-]					
p[p-]					
'p[p'-]					
t[t-]					
't[t'-]					
j[ẓ-]					
v[v-]					
f[f-]					
g[ng-]					
l[l-]		良　陽開三 ／來	兩　養開三 ／來	量　漾開三 ／來	
m[m-]					
n[n-]					
s[s-]					
x[ṣ-]					
h[x-]					

第三十攝 iai　音韻結構分析

	iai[-iai]				
	清平	濁平	上聲	去聲	入聲
[φ-]	埃　咍開一／影	涯　佳開二／疑	矮　蟹開二／影	隘　卦開二／影	
ç[ts-]					
'ç[ts'-]					
ch[tʂ-]					
'ch[tʂ'-]					
k[k-]	街　皆開二／見		解　蟹開二／見	介　怪開二／見	
'k[k'-]	緒　皆開二／溪		楷　駭開二／溪	鞂　卦開二／溪	
p[p-]					
'p[p'-]					
t[t-]					
't[t'-]					
j[ʐ-]					
v[v-]					
f[f-]					
g[ng-]					
l[l-]					
m[m-]					
n[n-]					
s[s-]					
x[ʂ-]					
h[x-]		鞋　佳開二／匣	駭　駭開二／匣	邂　卦開二／匣	

【iai 攝附註】

〔註1〕〈全局〉在音節〔kiai-去聲〕空格中填入「鞂」字。該字《廣韻》未收，《集韻》、《洪武正韻》則標注爲“口戒切”。

第卅一攝 iao　音韻結構分析表

	iao[-iau]				
	清平	濁平	上聲	去聲	入聲
[ɸ-]	么 蕭開四／影	堯 蕭開四／疑	杳 篠開四／影	要 笑開三／影	
ç[ts-]	焦 宵開三／精		巢 肴開二／崇	譙 笑開三／從	
'ç[ts'-]	鍬 宵開三／清	樵 宵開三／從	悄 小開三／清	峭 笑開三／清	
ch[tʂ-]					
'ch[tʂ'-]					
k[k-]	交 肴開二／見		皎 篠開四／見	叫 嘯開四／見	
'k[k'-]	趫 宵開三／溪	喬 宵開三／群	巧 巧開二／溪	竅 嘯開四／溪	
p[p-]	標 宵開三／幫		表 小開三／幫	票 嘯開四／並	
'p[p'-]	飄 宵開三／滂	瓢 宵開三／並	剽 笑開三／滂	摽 笑開三／滂	
t[t-]	貂 蕭開四／端		蔦 篠開四／端	弔 嘯開四／端	
't[t'-]	挑 蕭開四／透	條 蕭開四／定	窕 篠開四／定	跳 蕭開四／定	
j[ʐ-]					
v[v-]					
f[f-]					
g[ng-]					
l[l-]					
m[m-]		苗 宵開三／明	眇 小開三／明	妙 笑開三／明	
n[n-]			鳥 篠開四／端	溺 嘯開四／泥	
s[s-]	蕭 蕭開四／心		小 小開三／心	肖 笑開三／心	
x[ʂ-]	梢 肴開二／生		稍 效開二／生	哨 笑開三／清	

| h[x-] | 哮 肴開二／曉 | 爻 肴開二／匣 | 曉 篠開四／曉 | 效 效開二／匣 | |

【iao 攝附註】

〔註1〕〈全局〉在音節〔piao-去聲〕的空格中填入「票」。該字《廣韻》未收，《集韻》則標注爲"毗召切"。

第卅二攝 iam　音韻結構分析

	iam[-iaŋ]				
	清平	濁平	上聲	去聲	入聲
[ɸ-]	央 陽開三／影	陽 陽開三／以	養 養開三／以	漾 漾開三／以	
ç[ts-]	將 陽開三／精		獎 養開三／精	匠 漾開三／從	
‘ç[ts‘-]	搶 陽開三／清	詳 陽開三／邪	硶 養開三／清	蹌 陽開三／清	
ch[tʂ-]					
‘ch[tʂ‘-]					
k[k-]	江 江開二／見		講 講開二／見	絳 絳開二／見	
‘k[k‘-]	羌 陽開三／溪	強 陽開三／群	彊 養開三／群		
p[p-]					
‘p[p‘-]					
t[t-]					
‘t[t‘-]					
j[ʐ-]					
v[v-]					
f[f-]					
g[ng-]					
l[l-]					
m[m-]					
n[n-]		娘 陽開三／娘		釀 漾開三／娘	
s[s-]	襄 陽開三／心	祥 陽開三／邪	想 養開三／心	相 漾開三／心	
x[ʂ-]					
h[x-]	香 陽開三／曉	降 江開二／匣	響 養開三／曉	向 漾開三／曉	

第卅三攝 ieu　音韻結構分析

	ieu[-iəu]				
	清平	濁平	上聲	去聲	入聲
[ɸ-]	憂　尤開三／影	尤　尤開三／于	有　有開三／于	宥　宥開三／以	
ç[ts-]	啾　尤開三／精		酒　有開三／精	僦　宥開三／精	
'ç[ts'-]	秋　尤開三／清	酋　尤開三／從			
ch[tʂ-]					
'ch[tʂ'-]					
k[k-]	鳩　尤開三／見		九　有開三／見	救　宥開三／見	
'k[k'-]	丘　尤開三／溪	求　尤開三／群	糗　有開三／溪	糗　有開三／溪	
p[p-]	彪　幽開三／幫				
'p[p'-]					
t[t-]	丟　尤開三／端				
't[t'-]					
j[ʐ-]					
v[v-]					
f[f-]					
g[ng-]					
l[l-]		留　尤開三／來	柳　有開三／來	溜　宥開三／來	
m[m-]		繆　幽開三／明		謬　幼開三／明	
n[n-]		牛　尤開三／疑	紐　奚開三／娘		
s[s-]	脩　尤開三／心	囚　尤開三／邪	滫　黝開三／心	袖　宥開三／邪	
x[ʂ-]	收　尤開三／書		首　有開三／書	獸　宥開三／書	

h[x-]	休　尤開三／曉		朽　有開三／曉	嗅　宥開三／曉	

【ieu 攝附註】

〔註1〕〈全局〉在音節〔tieu-清平〕的空格中填入「丟」。該字《廣韻》未收，《字彙》標注爲"丁羞切"。

第卅四攝 ien　音韻結構分析

	ien[-iɛn]				
	清平	濁平	上聲	去聲	入聲
[φ-]	煙　先開四／影	顔　刪開二／疑	眼　產開二／疑	堰　線開三／影	
ç[ts-]	箋　先開四／精		翦　獮開三／精	荐　霰開四／從	
'ç[ts'-]	千　先開四／清	前　先開四／從	淺　獮開三／清	倩　霰開四／清	
ch[tʂ-]	氈　仙開三／章		展　獮開三／知	戰　線開三／章	
'ch[tʂ'-]	燀　仙開三／昌	蟬　仙開三／禪	諂　琰開三／徹	繵　獮開三／昌	
k[k-]	堅　先開四／見		柬　產開二／見	見　霰開四／見	
'k[k'-]	汧　先開四／溪	乾　仙開三／群	遣　獮開三／溪	牽　霰開四／溪	
p[p-]	邊　先開四／幫		扁　銑開四／幫	變　線合三／幫	
'p[p'-]	偏　仙開三／滂	便　仙開三／並	鶣　獮開三／滂	片　霰開四／滂	
t[t-]	顛　先開四／端		典　銑開四／端	電　霰開四／定	
't[t'-]	天　先開四／透	田　先開四／定	腆　銑開四／透	悿　掭開四／透	
j[ʐ-]					
v[v-]					
f[f-]					
g[ng-]					
l[l-]		連　仙開三／來	輦　獮開三／來	練　霰開四／來	

· 254 ·

m[m-]		眠　先開四／明	免　獮開三／明	面　線開三／明
n[n-]		年　先開四／泥	姩　忝開四／泥	廿　緝開三／日
s[s-]	先　先開四／心	涎　仙開三／邪	銑　銑開四／心	霰　霰開四／心
x[ʂ-]	羶　仙開三／書	嬋　仙開三／禪	閃　琰開三／書	善　獮開三／禪
h[x-]	軒　元開三／曉	閒　山開二／匣	憲　願開三／曉	獻　願開三／曉

第卅五攝 iue　音韻結構分析

	iue[-iu ɛ]				
	清平	濁平	上聲	去聲	入聲
[ɸ-]					月　月合三／疑
ç[ts-]					絕　薛合三／從
'ç[ts'-]					
ch[tʂ-]					
'ch[tʂ'-]					
k[k-]					厥月合三／見
'k[k'-]		茄　歌開三／群			闕　月合三／溪
p[p-]					
'p[p'-]					
t[t-]					
't[t'-]					
j[ʐ-]					
v[v-]					
f[f-]					
g[ng-]					
l[l-]					劣　薛合三／來
m[m-]					
n[n-]					

s[s-]					雪　薛合三／心
x[ʂ-]					
h[x-]	靴　戈合三／曉				血　屑合四／曉

第卅六攝 ium　音韻結構分析

	ium[-iuŋ]				
	清平	濁平	上聲	去聲	入聲
[ɸ-]	雍　鍾合三／影	融　東合三／以	擁　腫合三／影	用　用合三／以	
ç[ts-]					
'ç[ts'-]					
ch[tʂ-]					
'ch[tʂ'-]					
k[k-]	扃　青合四／見		冏　梗合三／見		
'k[k'-]	穹　東合三／溪	窮　東合三／群	頃　靜合三／溪	謦　送合三／溪	
p[p-]					
'p[p'-]					
t[t-]					
't[t'-]					
j[ʐ-]					
v[v-]					
f[f-]					
g[ng-]					
l[l-]					
m[m-]					
n[n-]					
s[s-]					
x[ʂ-]					
h[x-]	胸　鍾合三／曉	雄　東合三／匣	詢　腫合三／曉	呴　鍾合三／曉	

第卅七攝 iun　音韻結構分析

	iun[-iun]				
	清平	濁平	上聲	去聲	入聲
[φ-]	氲　文合三／影	雲　文合三／于	隕　準合三／于	運　問合三／于	
ç[ts-]					
'ç[ts'-]	逡　諄合三／清			俊　稕合三／精	
ch[tʂ-]					
'ch[tʂ'-]					
k[k-]	鈞　諄合三／見		窘　準合三／群	郡　問合三／群	
'k[k'-]	困　諄合三／溪	群　文合三／群	稇　準合三／溪		
p[p-]					
'p[p'-]					
t[t-]					
't[t'-]					
j[ʐ-]					
v[v-]					
f[f-]					
g[ng-]					
l[l-]		淪　諄合三／來		論　慁合一／來	
m[m-]					
n[n-]					
s[s-]	荀　諄合三／心	巡　諄合三／邪	筍　準合三／心	峻　稕合三／心	
x[ʂ-]					
h[x-]	熏　文合三／曉			訓　問合三／曉	

第卅八攝 oai　音韻結構分析表

	oai[-uai]				
	清平	濁平	上聲	去聲	入聲
[φ-]					
ç[ts-]					
'ç[ts'-]					
ch[tʂ-]					
'ch[tʂ'-]					
k[k-]					
'k[k'-]					
p[p-]					
'p[p'-]					
t[t-]					
't[t'-]					
j[ʐ-]					
v[v-]					
f[f-]					
g[ng-]					
l[l-]					
m[m-]					
n[n-]					
s[s-]					
x[ʂ-]	衰　脂合三／生				
h[x-]		懷　皆合二／匣	夥　蟹合二／匣	壞　怪合二／匣	

第卅九攝 oei　音韻結構分析

	oei[-uəi]				
	清平	濁平	上聲	去聲	入聲
[φ-]					
ç[ts-]					
'ç[ts'-]					
ch[tʂ-]					
'ch[tʂ'-]					

k[k-]				
‘k[k‘-]				
p[p-]	悲　脂開三／幫		琲　賄合一／並	貝　泰開一／幫	
‘p[p‘-]	邳　脂開三／滂	裴　灰合一／並	伾　脂開三／並	霈　泰開一／滂	
t[t-]				
‘t[t‘-]				
j[z̧-]				
v[v-]				
f[f-]				
g[ng-]	痿　支合三／影	爲　支合三／于	偉　尾合三／于	僞　寘合三／疑	
l[l-]				
m[m-]		眉　脂開三／明	美　旨開三／明	昧　隊合一／明	
n[n-]				
s[s-]				
x[ş-]				
h[x-]	麾　支合三／曉	回　灰合一／匣	悔　賄合一／曉	諱　未合三／曉	

【oei 攝附註】

〔註 1〕〈全局〉在音節〔goei-清平〕空格中填入「麞」字。查考《列音韻譜》（頁 131b）可知「麞」應爲「痿」字之訛誤。

第四十攝 oam　音韻結構分析

	oam[-uaŋ]				
	清平	濁平	上聲	去聲	入聲
[φ-]					
ç[ts-]					
‘ç[ts‘-]					
ch[tʂ-]	莊　陽開三／莊		奘　蕩開一／從	壯　漾開三／莊	
‘ch[tʂ‘-]	窗　江開二／初	撞　江開二／澄	搶　養開三／初	創　漾開三／初	
k[k-]					

	清平	濁平	上聲	去聲	入聲
'k[k'-]					
p[p-]					
'p[p'-]					
t[t-]					
't[t'-]					
j[ẓ-]					
v[v-]					
f[f-]					
g[ng-]					
l[l-]					
m[m-]					
n[n-]					
s[s-]					
x[ṣ-]	雙　陽開三／生		爽　養開三／生	戇　絳開二／生	
h[x-]	荒　唐合一／曉	黃　唐合一／匣	恍　唐合一／見	況　漾合三／曉	

第四十一攝 oan　音韻結構分析

	oan[-uan]				
	清平	濁平	上聲	去聲	入聲
[ɸ-]					
ç[ts-]					
'ç[ts'-]					
ch[tṣ-]					
'ch[tṣ'-]					
k[k-]					
'k[k'-]					
p[p-]					
'p[p'-]					
t[t-]					
't[t'-]					
j[ẓ-]					
v[v-]					
f[f-]					
g[ng-]					

l[l-]				
m[m-]				
n[n-]				
s[s-]				
x[ʂ-]	欄 刪合二／生			
h[x-]		還 刪合二／匣	緩 緩合一／匣	環 刪合二／匣	

第四十二攝 oen 音韻結構分析

	oen[-uεn]				
	清平	濁平	上聲	去聲	入聲
[φ-]					
ç[ts-]					
'ç[ts'-]					
ch[tʂ-]					
'ch[tʂ'-]					
k[k-]					
'k[k'-]					
p[p-]					
'p[p'-]					
t[t-]					
't[t'-]					
j[ʐ-]					
v[v-]					
f[f-]					
g[ng-]					
l[l-]					
m[m-]					
n[n-]					
s[s-]					
x[ʂ-]					
h[x-]	昏 魂合一／曉	魂 魂合一／匣	混 混合一／匣	悟 慁合一／曉	

第四十三攝 uai　音韻結構分析

	uai[-uai]				
	清平	濁平	上聲	去聲	入聲
[φ-]	歪　佳合二／影			外　泰合一／疑	
ç[ts-]					
‘ç[ts‘-]					
ch[tṣ-]					
‘ch[tṣ‘-]					
k[k-]	媧　佳合二／見		枴　蟹合二／見	怪　怪合二／見	
‘k[k‘-]	瓜　麻合二／溪			快　夬合二／溪	
p[p-]					
‘p[p‘-]					
t[t-]					
‘t[t‘-]					
j[ẓ-]					
v[v-]					
f[f-]					
g[ng-]					
l[l-]					
m[m-]					
n[n-]					
s[s-]					
x[ṣ-]					
h[x-]					

【uai 攝附註】

〔註1〕〈全局〉在音節〔uai-清平〕的空格中填入「歪」。該字《廣韻》未收，《字彙》則標注為“烏乖切”。

第四十四攝 uei 音韻結構分析

	uei[-uəi]				
	清平	濁平	上聲	去聲	入聲
[ɸ-]	痿 支合三／影	爲 支合三／于	委 支合三／影	謂未合三／于	
ç[ts-]					
'ç[ts'-]					
ch[tʂ-]					
'ch[tʂ'-]					
k[k-]	歸 微合三／見		鬼 尾合三／見	媿 至合三／見	
'k[k'-]	恢 灰合一／溪	葵 支合三／群	跬 紙合三／溪	匱 至合三／群	
p[p-]					
'p[p'-]					
t[t-]					
't[t'-]					
j[ʐ-]					
v[v-]					
f[f-]					
g[ng-]					
l[l-]					
m[m-]					
n[n-]					
s[s-]					
x[ʂ-]					
h[x-]					

第四十五攝 uam 音韻結構分析

	uam[-uaŋ]				
	清平	濁平	上聲	去聲	入聲
[ɸ-]	汪 唐合一／影	王 陽合三／于	往 養合三／于	旺 漾合三／于	
ç[ts-]					
'ç[ts'-]					

	清平	濁平	上聲	去聲	入聲
ch[tʂ-]	椿　江開二／知		奘　蕩開一／從	惷　合用三／徹	
'ch[tʂʻ-]	鏦　江開二／初	床　陽開三／崇	磢　養開三／初	刱　漾開三／切	
k[k-]	光　唐合一／見		廣　蕩合一／見	誑　漾合三／群	
'k[kʻ-]	筐　陽合三／溪	狂　陽合三／群	俇　養合三／群	曠　宕合一／溪	
p[p-]					
'p[pʻ-]					
t[t-]					
't[tʻ-]					
j[ʐ-]					
v[v-]					
f[f-]					
g[ng-]					
l[l-]					
m[m-]					
n[n-]					
s[s-]					
x[ʂ-]	霜　陽開三／生		懷　江開二／生	淙　絳開二／生	
h[x-]					

第四十六攝 uan　音韻結構分析

	uan[-uan]				
	清平	濁平	上聲	去聲	入聲
[φ-]	彎　刪合二／影	頑　刪合二／疑	碗　緩合一／影	腕　換合一／影	
ç[ts-]					
'ç[tsʻ-]					
ch[tʂ-]					
'ch[tʂʻ-]					
k[k-]	關　刪合二／見			慣　諫合二／見	

'k[k'-]		瘸　戈合三／群			
p[p-]					
'p[p'-]					
t[t-]					
't[t'-]					
j[ẓ-]					
v[v-]					
f[f-]					
g[ng-]					
l[l-]					
m[m-]					
n[n-]					
s[s-]					
x[ṣ-]					
h[x-]					

第四十七攝 uem　音韻結構分析

	uem[-uəŋ]				
	清平	濁平	上聲	去聲	入聲
[φ-]					
ç[ts-]					
'ç[ts'-]					
ch[tṣ-]					
'ch[tṣ'-]					
k[k-]	肱　登合一／見		礦　梗合二／見		
'k[k'-]	輄　登合一／匣				
p[p-]					
'p[p'-]					
t[t-]					
't[t'-]					
j[ẓ-]					
v[v-]					
f[f-]					

g[ng-]				
l[l-]				
m[m-]				
n[n-]				
s[s-]				
x[ʂ-]				
h[x-]				

第四十八攝 uen　音韻結構分析

	uen[-u ɛ n]				
	清平	濁平	上聲	去聲	入聲
[ɸ-]	溫　魂合一／影		穩　混合一／影	醞　問合三／影	
ç[ts-]					
'ç[ts‘-]					
ch[tʂ-]	專　仙合三／章		轉　獮合三／知	饌　線合三／崇	
'ch[tʂ‘-]	穿　仙合三／昌	船　仙合三／船	舛　獮合三／昌	釧　線合三／昌	
k[k-]	昆　魂合一／見		袞　混合一／見	棍　混合一／匣	
'k[k‘-]	坤　魂合一／溪		梱　混合一／溪	困　慁合一／溪	
p[p-]	奔　魂合一／幫		本　混合一／幫	坌　慁合一／並	
'p[p‘-]	歕　魂合一／滂	盆　魂合一／並		噴　慁合一／滂	
t[t-]					
't[t‘-]					
j[z̩-]		唯　獮合三／日	阮　元合三／日	愞　獮合三／日	
v[v-]					
f[f-]	分　文合三／非	氛　文合三／奉	粉　吻合三／非	糞　問合三／非	
g[ng-]					
l[l-]					

m[m-]		門 魂合一／明		悶 慁合一／明
n[n-]				
s[s-]				
x[ʂ-]				
h[x-]				

第四十九攝 uon　音韻結構分析

	uon[-uɔn]				
	清平	濁平	上聲	去聲	入聲
[ɸ-]	剜 桓合一／影	刓 桓合一／疑	碗 緩合一／影	腕 換合一／影	
ç[ts-]	鑽 桓合一／精		纂 緩合一／精	鑽 換合一／從	
'ç[ts'-]	攛 換合一／清	攢 桓合一／從		竄 換合一／清	
ch[tʂ-]					
'ch[tʂ'-]					
k[k-]	官 桓合一／見		管 緩合一／見	貫 換合一／見	
'k[k'-]	寬 桓合一／溪		窾 緩合一／溪		
p[p-]	般 桓合一／幫		飯 緩合一／幫	半 換合一／幫	
'p[p'-]	潘 桓合一／滂	盤 桓合一／並		判 換合一／滂	
t[t-]	端 桓合一／端		短 緩合一／端	段 換合一／定	
't[t'-]	湍 桓合一／透	團 桓合一／定		彖 換合一／透	
j[ʐ-]					
v[v-]					
f[f-]					
g[ng-]					
l[l-]		欒 桓合一／來	卵 緩合一／來	亂 換合一／來	

	清平	濁平	上聲	去聲	
m[m-]		漫 桓合一／明	滿 緩合一／明	幔 換合一／明	
n[n-]		澳 桓合一／泥	煖 緩合一／泥	愌 換合一／泥	
s[s-]	酸 桓合一／心		算 緩合一／心	筭 換合一／心	
x[ʂ-]					
h[x-]	歡 桓合一／曉	桓 桓合一／匣	緩 緩合一／匣	換 換合一／匣	

【uon 攝附註】

〔註1〕〈全局〉在音節〔c'uon-去聲〕的空格中填入「攛」。該字《廣韻》未收，《集韻》、《洪武正韻》則標注為"取亂切"。

〔註2〕〈全局〉將「餠」字置於〔p'uon-上聲〕空格中。《列音韻譜》中，「餠」標為 puon，註明"百碗切"；再就「餠」字的歷史來源著眼，在《廣韻》該字為"博管切"（緩韻幫母）。由此可知，「餠」字應當改填在〔poun-上聲〕的空格中。

第五十攝 iuen　音韻結構分析

	iuen[-iuɛn]				
	清平	濁平	上聲	去聲	入聲
[φ-]	冤 元合三／影	元 元合三／于	遠 阮合三／于	願 願合三／疑	
ç[ts-]	鐫 仙合三／精		雋 獮合三／從		
'ç[ts'-]	佺 仙合三／清	全 仙合三／從			
ch[tʂ-]					
'ch[tʂ'-]					
k[k-]	鵑 先合四／見		狷 霰合四／見	倦 線合三／群	
'k[k'-]	卷 仙合三／群	權 仙合三／群	犬 銑合四／溪	勸 願合三／溪	
p[p-]					
'p[p'-]					
t[t-]					
't[t'-]					

j[ẓ-]				
v[v-]				
f[f-]				
g[ng-]				
l[l-]		孿　仙合三／來	臠　獮合三／來	戀　線合三／來	
m[m-]				
n[n-]				
s[s-]	瑄　仙合三／心	旋　仙合三／邪	選　獮合三／心	鏇　線合三／邪	
x[ṣ-]				
h[x-]	暄　元合三／曉	玄　先合四／匣	泫　銑合四／匣	炫　霰合四／匣